AU PETIT MARGUERY

Du même auteur

Caramelle, Bernard Barrault, 1989.

LAURENT BENEGUI

AU PETIT MARGUERY

barrault

Directrice littéraire
Betty Mialet

Si vous souhaitez être tenu au courant de la publication de nos ouvrages, il vous suffit d'en faire la demande aux Editions Bernard Barrault, 79, avenue Denfert-Rochereau, 75014 Paris.

ISBN : 2-7360-0130-3
Imprimé en France

En matière d'écriture, si résolu que l'on soit à rester sur la grand-route, certains chemins de traverse ont une séduction à laquelle il est difficile de résister. Je m'en vais vagabonder dans l'un d'eux. Si le lecteur veut bien me tenir compagnie, j'en serai heureux.

Billy Budd, marin
Herman Melville

A mon père
A ma mère
A Agnès
A mes amis

AMUSE-GUEULE

Thomas n'était pas grand.

Il jetait ses jambes loin sur le bitume et cabrait son buste contre le vent glacial. A chaque foulée, son cou s'étirait dans le duvet et son menton pointait au ras du col douillet. Un passant, le croisant, lui aurait facilement donné dix centimètres de plus. Ce qui n'eût pas manqué d'irriter Thomas.

Mais il n'y avait pas de passants. L'avenue était débarrassée de ses piétons. La nuit était déjà tombée. Le trottoir pouvait grisailler en toute quiétude. Il faisait trop froid ce soir du mois de février.

Thomas pensa : « J'ai eu le nez creux de mettre ma doudoune... »

Il eut alors un petit sourire en passant sous un réverbère et son visage s'éclaira. Un visage rond aux traits émoussés d'où se détachaient, bleu clair, deux yeux un peu trop bleu clair. De ces yeux qui redoutent la réverbération du soleil sur la neige et que l'on cache derrière une paire de lunettes noires quand ils sont enflammés et rouges. Iritis, cela s'appelle.

Thomas aimait prononcer le mot « iritis ».

D'une façon générale il goûtait les mots qui désignent les maladies, les spécialités scientifiques, les technologies de pointe, les dialectes disparus et les essences rares.

Thomas aimait briller en société.

Il était blond.

Il plaisait aux filles.

Il n'y avait pas forcément corrélation entre ces trois dernières évidences.

Il ne remarqua pas, cent mètres devant lui, la voiture qui montait sur le trottoir. Une Renault blanche immatriculée en WW, équipée d'une galerie.

Il sortit une cigarette de sa poche, l'alluma. Le tabac, à cause de la température hivernale, avait un goût de miel.

Thomas était arrivé. Il regarda sa montre. Il était 19 h 30. Le rendez-vous était fixé à 20 heures. Il avait bien fait de se presser.

« Pour moi c'est important d'être en avance... Ça permet de discuter un petit peu avant la cohue, hein ?... »

Et il disparut à l'intérieur, comme happé par la chaleur et la lumière rose qui irradiaient depuis la porte ouverte.

La Renault blanche éteignit ses phares. La porte s'ouvrit côté conducteur. Une silhouette descendit, munie d'une pince. Depuis l'habitacle une voix s'éleva, irritée :

– Mais qu'est-ce tu fous avec cette galerie ? Laisse tomber ! fit cette voix, de fille.

– Et si on nous la vole ? répondit la silhouette, de garçon.

– Ça caille ! La porte !

La portière se referma en claquant. Il y eut un moment d'agacement contenu, vite emporté par un tourbillon du vent. Sur le nez du garçon glissèrent ses lunettes. Il les rattrapa de justesse. La fille appelait cela un tic. Avec son léger accent espagnol elle articulait :

– Un tiqué ! C'est devenu un vrai tiqué... chez toi.

Pour lui, cela consistait d'un mouvement rapide de l'index à stopper à l'extrême bout de son nez la chute de la monture, puis la remonter au-dessus de la bosse cartilagineuse qui signait, paraît-il, le nez familial depuis des générations.

Songeur, il desserra les boulons de la galerie.

Il avait les yeux fixés sur l'îlot de lumière rosâtre qui moussait.

Là-bas.

Près du banc sur-lequel-on-attrape-des-puces-si-l'on-s'assoit-dessus-à-cause-des clochards.

En face du marchand de jouets.

A côté de la boutique de la libraire qui avait eu un problème au sein, à l'époque on appelait ça ainsi.

Il avait l'air de faire chaud à l'intérieur.

Quand il eut fini, il ouvrit le coffre. La galerie n'y tenait pas.

– Elle est trop grande ? demanda la fille, à l'intérieur. Sa voix s'était radoucie.

– Oui...

– Et à l'arrière ?

– Ça n'ira pas non plus.

– Qu'est-ce que tu vas faire ?

– Ben... Je vais la revisser sur le toit.

– Et si... si on nous la vole ?

– Tant pis.

Il revissa la galerie sur le toit. Cela prit quelques minutes à peine, puis il se faufila dans l'habitacle, contre elle, douce, aux joues chaudes et qui l'accueillait.

– Je t'aime..., il lui dit à voix basse.

Même si personne ne les surveillait. Ses lunettes se couvrirent de buée en quelques secondes. Il ne voyait plus rien.

Elle glissa sa bouche contre son oreille qu'il avait brûlante à cause du froid.

– Barnabé ? elle murmura, câline.

– Oui ?

– Tu as oublié de refermer la portière...

Barnabé se retourna.

Il aperçut dehors, un morceau du trottoir, la grille métallique qui cerclait le pied du platane, ainsi qu'une bien moulée de chien encore fumante.

De la main gauche il tira la portière à lui, délicatement, tandis que de l'index de la main droite il récupérait juste à temps sa monture en écaille.

Maintenant, Barnabé et Maria se tenaient blottis l'un contre l'autre dans la voiture immobile d'où la chaleur s'échappait lentement.

Ils attendaient que le temps s'écoule un peu plus.

Il se mit à neiger.

Six étages plus haut, légèrement en biais, Agamemnon resta encore quelques instants sur le balcon.

Il portait un pantalon de toile blanc, un tee-shirt blanc à manches courtes, et étirait ses bras au-dessus de sa tête. Le bas de son tee-shirt remonta, découvrant son nombril et quelques poils frisés. Il n'en sembla pas affecté. Seuls les nuages de vapeur d'eau qu'il exhalait à chaque respiration témoignaient d'un quelconque lien entre son corps et l'air glacé qui l'entourait. Pâle, il se détachait sur le fond sombre du ciel. Insensible au froid.

Il ramena lentement ses bras devant son visage, tendus, puis pliés. Comme s'il avait voulu prier. Mais Agamemnon n'était pas du tout une personne qui prie. Agamemnon pensait qu'on naît abandonné, vit isolé, puis meurt seul et qu'il est inutile de rechercher dans la religion un dérivatif à cette solitude. Il disait volontiers : « Je suis un pragmatique... » Et passait une partie non négligeable de ses journées à s'en persuader. Finalement, de tous, il était le plus soucieux du divin.

Non, si Agamemnon avait ainsi ramené ses bras devant son visage, c'est qu'il voulait les renifler. A gauche cela allait, mais à droite ça puait. Cette odeur coriace de cadavre ne le quittait plus depuis qu'il s'était fait embaucher à la morgue de l'hôpital. Il avait ainsi découvert que pour prélever d'infimes fragments de tissus destinés à l'étude histologique, ou pour effectuer une observation macroscopique des viscères, il fallait disséquer, découper, arracher un à un tous les organes. Après examen on se débarrassait des restes dans des seaux de dix litres. Parties molles et rouges mêlées entre elles. Foie s'entassant sur un poumon. Et même des gens connus. En fin d'autopsie ils étaient réintégrés. Chez l'un, chez l'autre.

C'était l'essentiel de son travail à l'amphithéâtre. Reverser le contenu des seaux, en vrac, dans les corps devenus cercueils. Puis recoudre grossièrement avant de faire la toilette des défunts et les habiller ensuite pour leur dernière représentation.

Fumant cigarette sur cigarette, Agamemnon restait là des heures. Il gravait dans sa mémoire chaque détail des dissections, n'omettant pas la moindre remarque proférée de la voix basse et sans timbre des médecins légistes.

Plus tard, après avoir fait un détour par le parc central, une halte apaisante dans la verdure, il rentrait rédiger son étude.

C'était cette odeur qui assaille parfois au détour d'une route de province, quand un chien crevé gît, les tripes à l'air, sur le bas-côté. Cette odeur qui s'accrochait à ses bras, à droite plus qu'à gauche. Pourquoi ?

C'était ainsi.

Agamemnon ouvrit le poing. Découvrant, niché dans sa paume, un demi-bouchon de liège. Il prit dans la poche de son pantalon un couteau à cran d'arrêt, fit jaillir la lame et coupa le demi-bouchon en deux quarts de bouchon.

– Si je casse la lame du couteau... et que je la change... est-ce que ce sera toujours le même couteau ?

Il se le demanda quelques secondes, puis regarda six étages plus bas, le store du restaurant qui s'étalait sur toute la largeur du rez-de-chaussée de l'immeuble.

Il jeta le quart de bouchon en l'air.

Une fraction d'instant, le morceau de liège se mêla aux flocons de neige qui virevoltaient dans le vide, puis il tomba à pic.

– Trois fois... trois fois...

Agamemnon avait supplié, violemment, à voix haute. Il lui arrivait souvent, maintenant, de parler tout seul.

Le bouchon rebondit sur le store, une fois... deux fois... et... tomba sur le trottoir, disparaissant dans le halo de lumière rose que diffusait la terrasse du restaurant.

Préoccupé, Agamemnon quitta le balcon et rentra dans la chambre de bonne que lui louaient M. et Mme Iroulégui depuis qu'il vivait seul.

Il était l'heure de se parfumer les avant-bras.

Un bon gros magret étendu sur le dos cuisait en douceur. Son ventre arrondi ruisselait de gouttelettes transparentes qui se gorgeaient de sang en s'écoulant le long des fibres charnues. La graisse de la peau, scarifiée de plusieurs coups de couteau, grésillait contre le double étamage du fond de la poêle. Il fondait dans son propre jus et se dissipait en subtils effluves.

Puis au dernier moment, quand les trois quarts de la cuisson auraient été effectués, quand la chaleur aurait pénétré le cœur même de la viande, il faudrait le retourner...

Clic !

Encore quelques secondes sur le ventre...

Clac !

Et ce serait prêt, saignant, chaud et parfumé. C'était aussi simple.

Clic clac !

Et un grand secret à la fois.

Oh ! Il en avait mangé des magrets, Hippolyte Iroulégui.

Qu'ils soient secs comme des crottes de mulots en plein mois de janvier ou ridés comme le fruit des figuiers plantés sur une pente à sable, il les avaient goûtés.

Qu'ils soient filandreux, laminés en tranchettes malingres, inondés sous les grumeaux d'une sauce insipide ou gras comme des éponges dont on n'aurait pas voulu donner pitance aux cochons, il les avaient goûtés.

Eh bien, les siens étaient meilleurs.

Et l'on venait de loin pour les manger.

Hippolyte Iroulégui savait préserver ce goût délicat du canard sans toutefois écœurer ceux qui n'aiment pas la viande de canard.

Il se plaisait à raconter qu'en laissant fondre une seule bouchée de son magret sur la langue, on pouvait, yeux fermés, suivre les migrations d'automne, voler en formation triangulaire et caquetante jusqu'à ces pays d'Afrique noire où il n'était jamais allé mais qu'il pouvait décrire comme s'il en était natif. Il parlait également quelques mots d'anglais, pouvait réciter un poème en russe, énoncer un proverbe en allemand et un en swahili.

Hippolyte n'était pas vantard et, s'il disait que son magret était le meilleur de Paris, c'est qu'il l'était.

Tout en surveillant la cuisson du coin de l'œil, Hippolyte éminçait un oignon, les doigts de sa main gauche repliés sur le bulbe, le dos de la première phalange guidant la lame du couteau qui venait plusieurs fois par seconde détacher de fines lamelles presque translucides. Ce même geste automatique et régulier pratiqué depuis plus de quarante-cinq ans, dont les multiples cicatrices qui blanchissaient chacun de ses doigts étaient la mémoire.

Lamelle après lamelle, l'oignon réduisait de volume.

Les doigts de la main gauche reculaient devant l'assaut de la lame d'acier qui retombait à chaque fois sur le billot de bois en causant un bruit mat.

Quarante-cinq années passées derrière des fourneaux.

– J'ai découpé plus d'oignons dans ma vie qu'il en pousserait en cent années si on ensemençait le Champ-de-Mars avec de l'oignon !

Il aimait beaucoup le Champ-de-Mars, à cause de la tour Eiffel et parce qu'il venait y promener son fils quand celui-ci n'avait pas encore l'âge de marcher.

Hippolyte avait débuté à quatorze ans chez son oncle qui tenait l'hôtel Central, au pays. Il fallait bien apprendre un métier. Depuis, la cuisine avait empli chacune de ses journées. C'était devenu sa passion. Il n'avait jamais eu le temps d'en connaître une autre.

Sa guerre d'Algérie, c'était le souvenir des tables dressées pour deux cents personnes à l'hôtel République de Tizi-Ouzou, tandis qu'au-dehors, à la lisière du désert hostile, ceux qui n'étaient pas invités au banquet se faisaient tuer à la mode. Une circulaire de l'état-major, réservée aux cuisiniers du corps, interdisait d'ailleurs que l'on serve des rognons aux repas, qu'ils fussent grillés ou bien accommodés en sauce.

Dans la toute fin des années 50, il cuisina à Saint-Germain-des-Prés et rencontra Joséphine.

Ce furent de rapides et secrètes étreintes dans le noir de la cave du restaurant des Beaux-Arts, rue Bonaparte, en face de l'école. Il descendait s'approvisionner en entrecôtes tandis que Joséphine prétextait de nourrir le chat pour l'y rejoindre à l'insu de la direction.

La direction. Son propre père. Sa propre mère. Après plusieurs semaines de ce régime le chat menaçait de mourir d'inanition et Hippolyte dut épouser Joséphine sur-le-champ. Ils se marièrent à l'église Saint-Germain-des-Prés. Il y avait des peintres et des sculpteurs, dont certains sont devenus célèbres.

Ce fut un sacré festin.

Hippolyte et Joséphine achetèrent leur propre restaurant juste après le dessert.

Un fils naquit quelques mois plus tard.

Ils l'élevèrent à l'abri de ces murs chaleureux, dans la bonne odeur des confits et du cassoulet.

Joséphine servait en salle, Hippolyte cuisinait. Mai 68 leur brisa la vitrine à trois reprises. La troisième fois, ils jugèrent vain de la faire réparer. Ainsi naquit l'idée, en cette fin de printemps cette année-là, de faire rajouter une terrasse que l'on pourrait ouvrir ou fermer selon la saison.

Vingt années supplémentaires avaient passé.

Maintenant Hippolyte avait cinquante-neuf ans.

Ce soir, la terrasse était fermée parce que c'était l'hiver, mais au printemps prochain elle ne rouvrirait plus.

Hippolyte le savait depuis de nombreux mois. Seulement, aujourd'hui, c'était tangible. A cause du repas organisé par les amis de son fils. Cela le mit mal à l'aise. Il ne se sentit pas bien, son couteau dérapa. Le bruit sur le billot tarda.

Le sang coulait par saccades de la pulpe de son doigt coupée net.

– Chef ! Chef ! Se mit à beugler Mohcène dans la cuisine encore froide en ce début de service. Tu t'es coupé ! Chef, t'as mal ?

Il se précipita pour panser Hippolyte avec une serpillière pleine de sciure.

– Mais qu'est-ce que tu fous avec ça ! C'est dégueulasse, démarra Hippolyte. Tu veux me fiche le tétanos ? Fous-moi la paix ! C'est rien... Occupe-toi des marmites, c'est pas pendant le coup de feu que t'auras le temps de récupérer ça !.. Et toi là ! Paolo ! T'as jamais vu un doigt avec une petite coupure ? Surveille donc le magret ! Riquet, la bouillabaisse... Tu veux que le client il mange de la confiture ou quoi ? Mais alors où vous avez la tête !? Faut que je fasse tout ici ? Et que je vous serve de mère en plus !..

Hippolyte gueulait, gueulait fort.

En cuisine, il était le chef et on l'appelait chef.

Mohcène, le plongeur kabyle de quarante-cinq ans, Paolo et Riquet, les deux apprentis de seize ans, filaient doux quand le chef gueulait.

Si le chef disait que c'était une petite coupure, même s'il s'était amputé un bon demi-centimètre du doigt, il fallait considérer que la coupure était bénigne... et surveiller le magret et la bouillabaisse et récurer les marmites...

– Et fait chier avec ses copains ! J'ai du boulot moi... On ne leur a rien demandé après tout... Moi je voulais pas qu'ils organisent un truc comme ça...

Hippolyte quitta la cuisine en tenant son doigt enroulé dans son tablier blanc.

Il maugréait après cette idée de repas. Il maugréait haut et fort, comme toujours.

Et puis, tout bas, dans son cœur, quelque chose se serrait, qui le ramollissait, qui l'attendrissait.

Comme toujours.

Dehors la neige redoublait.

De l'autre côté de l'avenue, une R5 tentait de se garer.

Paul n'avait jamais été très fort pour réussir un créneau. Dans ce cas, la présence de témoins l'embarrassait.

– Baisse la tête, Tatave, ça gêne papa... demanda Anne-Françoise avec douceur.

– Oui, maman.

Mais Tatave n'en fit rien. Sa tête blonde continua de s'encadrer au beau milieu de la lunette arrière.

Tatave n'écoutait jamais sa mère.

Tatave n'écoutait jamais son père.

Tatave n'écoutait qu'une personne, Daniel.

Mais comme Daniel était homosexuel, Anne-Françoise et Paul préféraient que Tatave les écoute, eux. Bien sûr, ils adoraient Daniel. Ils étaient libres d'esprit, donnaient aux Restos du cœur et achetaient le bulletin de l'ARC, mais ils préféraient que Tatave ne prenne pas Daniel comme modèle. C'est tout.

Boum !

La R5 achetée par l'intermédiaire de la Centrale des particuliers venait de heurter violemment une 2-CV garée derrière elle. Paul repassa la première, accéléra. Rien. Il ne se passa désespérément rien. La R5 refusait de bouger. Paul sentit une furieuse envie de dormir l'envahir.

– Tatave, baisse la tête... s'il te plaît...

– Oui, maman.

Au même moment, une 403 rafistolée au fil de fer et à la gaze hydrophile vint crapahuter à leur hauteur. En les apercevant, la conductrice de la vieille Peugeot ralentit. Elle s'ébroua, toute joyeuse, et descendit la vitre.

– Salut, la petite famille, lança Bimtou, rieuse, hé, Paul ! T'as vu ? T'es accroché au pare-chocs du type derrière...

Le doux Paul chercha avec quel type de sourire il pouvait répliquer. Anne-Françoise vint à son aide en se composant un air enchanté :

– Salut, Bimtou. C'est sûrement à cause de la boule... à l'arrière...

– Bah, qu'est-ce que vous voulez, les petits bouts ? C'est la rançon quand on veut goûter aux joies du caravaning !

Paul décocha un regard inquiet en direction d'Anne-Françoise. De marbre.

Un sourire malicieux gloutonnait le visage de Bimtou, elle embraya :

– Remarque... Un jour, j'aurai peut-être une petite famille, ça changera sûrement ma façon de voir les choses... Qui peut le dire aujourd'hui ? Bon, allez !.. Moi aussi faut que je trouve une place... Salut, les petits bouts !

Elle balança trois coups de corne de brume et démarra, un œil amusé fixé à son rétro.

– Je peux pas la supporter, lâcha Anne-Françoise.

Paul baissa la tête en retenant un sourire.

– Pourquoi tu dis ça de Bimtou, maman ? Hein ? C'est parce qu'elle est noire ?

– Tais-toi, Tatave, intervint Paul.

– Oui, Paul, répondit l'enfant.

Tatave appelait sa mère maman et son père Paul. Il en avait toujours été ainsi. Il n'y avait pas d'antécédents dans la famille.

– Ça n'a rien à voir avec la couleur de sa peau, finit par préciser Anne-Françoise, pour plus de sécurité.

– Oui, maman.

Paul reprit sa manœuvre. La marche arrière gémit, puis la première, puis de nouveau la marche arrière et même la seconde.

Il y eut un grand frémissement de tôle suivi d'un craquement. La R5 bondit et vint heurter le camion garé devant. Elle ne bougea plus. Ce fut le silence, troublé par un balancement métallique dont le rythme s'accélérait de plus en plus. La boule avait arraché le pare-chocs de la 2-CV qui gisait à présent dans le caniveau. Paul demanda juste :

– Tu as un papier et un crayon ?

Il neigeait de plus en plus.

Paul aperçut sur le trottoir la Renault blanche immatriculée en WW de Barnabé et Maria. La buée opacifiait les vitres. Il ne vit pas qu'ils étaient encore à l'intérieur. Il était 8 h 10 et cela Paul le vit à sa montre.

– On va être en retard...

Ce dîner, c'était son idée. Il n'avait pu résister. Il avait pris son téléphone et les avait appelés tous. Il était sentimental. Il le savait. Quand il y pensait, ça lui faisait venir les larmes aux yeux.

Il leva la tête.

A l'instant précis où, six étages plus haut, Agamemnon quittait sa chambre de bonne.

Paul vit la lumière s'éteindre derrière la petite fenêtre et le sourire lui revint. Rapidement il griffonna un mot en s'excusant auprès du propriétaire de la 2-CV, lui expliquant qu'ils étaient responsables pour le pare-chocs et de les contacter, qu'ils feraient le nécessaire...

C'était un mot assez long. Il le glissa derrière l'essuie-glace de la 2-CV.

A quelques mètres de là, un triangle de lumière nimbait dans la nuit neigeuse la frêle silhouette d'Anne-Françoise. Avec ses cheveux roux, ses grands yeux pétillants et ses joues de lait tavelées de rousseurs, noyées dans le col en fourrure d'une canadienne, elle avait l'air d'un écureuil un peu craintif. Paul, avec son large front dégarni, ressemblait plutôt à une noisette.

Il la rejoignit et l'enlaça, puis ils se dirigèrent en direction du restaurant de M. et Mme Iroulégui.

Leur petit garçon lâcha la boule de neige qu'il avait mis si longtemps à farcir de pierres et déboucha en courant d'une voiture derrière laquelle il s'était caché. Il força le passage entre ses parents, se coula entre eux, usant de ses deux mains pour leur en attraper chacun une.

Tous trois passèrent devant le banc où un clochard était venu s'étendre, en se couvrant de journaux.

Puis ils pénétrèrent dans le restaurant.

A l'instant précis où, six étages plus haut, la lumière se rallumait dans la petite chambre de bonne d'Agamemnon.

Il avait oublié d'emporter le bouquet qu'il avait acheté à Mme Iroulégui.

– Encore heureux que je m'en sois aperçu au quatrième et pas au rez-de-chaussée...

Tandis que sur l'avenue la neige effaçait, flocon après flocon, le message laissé par Paul sur le pare-brise de la 2CV.

La 403 s'était trouvée une place à sa dimension. Sur les clous.

Bimtou finit d'enfiler sa paire de chaussures à talons et cacha les vieilles sandales de conduite sous son siège. La portière ne fermait pas à clef.

Elle vérifia une dernière fois la date sur son agenda. On était bien le 26. Elle aurait dû avoir ses règles depuis une semaine. Ce n'était pas normal. Elle était aussi fiable qu'un mécanisme suisse.

Jamais un écart de plus d'une demi-journée. L'an dernier, dès le mois de mai, elle avait pu refuser un week-end de ski organisé par l'ANPE, pour les dates du 15,16,17 décembre. Elle savait qu'elle serait en pleines ragnagnas. Pas la peine de gâcher un forfait de ski qui pouvait profiter à un autre chômeur.

– C'est la solidarité, c'est normal, non ?

L'employé de l'ANPE avait ouvert des yeux grands comme des soucoupes.

Bimtou se sentait féminine, gorgée d'assurance et d'œstrogènes. Sa mère, avant elle, avait enfanté six enfants, toutes des filles, et sa grand-mère mit bas huit garçons et trois filles. Pas une de ses sœurs qui déjà n'allaitât ou ne maternât. Bimtou était féconde, mais n'en avait jamais eu la preuve.

Si elle était enceinte, aucun doute ne pouvait exister sur l'identité du père. Elle n'avait pas eu d'autres rapports ce mois-ci. Pourtant il avait utilisé un préservatif. Et ils ne l'avaient fait qu'une fois, comme un jeu.

Bimtou ne put réprimer un sourire en pensant qu'elle, la fille d'Afrique, l'enfant des terres arides du Soudan, était fécondable au travers du latex, fertile comme le plus gras des champs de la Beauce.

Mais quel grabuge si c'était vrai !

Il fallait absolument qu'elle prévienne le père. Elle parviendrait bien à le coincer un moment dans un coin peinard du resto, un endroit discret où personne ne pourrait les surprendre.

De nouveau Bimtou sourit. Elle imagina l'enfant

qui grandissait en elle, un petit métis avec la tache de naissance de son papa au milieu du front. Ce serait signé. Oh oui ! ça en ferait du grabuge...

Alors elle tomba en arrêt sur la pendule du tableau de bord, les aiguilles tournaient à l'envers, elles indiquaient 6 heures de l'après-midi. Décidément le monde avait le poil rebroussé en ce moment.

Elle claqua la portière et partit dans la neige en glissant sur ses talons.

Arrivée près du restaurant, elle croisa Agamemnon qui sortait du porche de l'immeuble, un énorme bouquet dans les bras.

– Oh ! Il est beau, Agamemnon, il est magnifique ce bouquet !

Elle se serra contre lui. Elle aimait bien l'embrasser dans le creux du cou et s'y attarder, parce que ça le gênait. Mais cette fois elle se recula vivement.

– Il y a quelque chose qui ne va pas ? s'inquiéta Agamemnon.

Puis, devant la confusion de Bimtou, il ajouta :

– Il vient de se passer quelque chose qui te dérange...

– Ben oui... c'est l'odeur de tes fleurs...

– Ah ! Décris-la s'il te plaît.

Bimtou hésitait, elle ne voulait pas le vexer.

– Je ne sais pas... ce n'est pas facile à définir... c'est un peu fade, mais c'est assez...

– Entêtant ?

– Oui...

– Plus dans la partie droite du bouquet que dans la partie gauche ?

– Oui...

– C'est le cadavre humain qu'elles sentent, annonça-t-il, très naturellement.

Bimtou le dévisagea. Elle n'était pas d'un naturel curieux. Si cela ne perturbait pas Agamemnon de trimballer des fleurs qui puent la mort elle ne voyait pas de raison de se troubler davantage.

– Ah !... conclua-t-elle.

– Oui.

– Bon.

Agamemnon lui offrit son bras gauche. Sereine, elle s'en empara. Ils franchirent ainsi les derniers mètres qui les séparaient de la terrasse du restaurant. Sur le point d'entrer elle ajouta tout de même :

– Dis... t'as pas fait de conneries, toi ?

– Mais non.

La porte s'ouvrit brusquement devant eux, les arrêtant net. Il y eut une bouffée de chaleur, quelques échos d'une clientèle encore rare à cette heure et l'aboiement caverneux d'un gros chien.

Livrant bataille à la fermeture à glissière de sa doudoune, Thomas se catapultait au-dehors. Agamemnon l'esquiva de justesse et sentit son odeur virile.

Il pensa : « C'est un esprit follet... lutin d'une grâce légère et vive... une sorte de lapin d'Alice à l'after-shave un peu classique... »

C'était peut-être le secret du succès de Thomas

auprès des filles. Remuer de l'air. Thomas froissa un paquet de cigarettes, vide.

– Salut ! Panne sèche ! Je vais au tabac, vous voulez que je vous en ramène ? Malbouesrouges... PiteurPan... Goldocrade ? Dix de chaque ?

Sans attendre leur réponse, il désigna le bouquet d'Agamemnon :

– Des capucines, c'est rare en cette saison !

Déjà, il traversait l'avenue en bondissant. Sa voix se perdit dans la nuit :

– De toute façon je ramène une cartouche !

Bimtou, songeuse, suivit du regard la silhouette à ressorts qui se mêlait à l'obscurité.

– Les filles sont des gourdes, soupira-t-elle en levant les yeux vers le ciel noir.

Puis Agamemnon lui redonna son bras et cette fois ils entrèrent dans le restaurant.

Dans la voiture il commençait à faire froid.

Maria se serrait fort contre Barnabé. Ils ne se parlaient plus depuis un moment. Barnabé avait le regard rivé sur l'emplacement du tableau de bord prévu pour l'allume-cigares. La voiture leur avait été livrée sans options. Autant dire que Barnabé avait le regard rivé sur le vide.

Maria n'avait pas envie de voir tous ces gens. Elle les aimait bien, mais un par un, pas tous ensemble. Elle l'avait souvent expliqué à Barnabé au début.

– Quand on est plus de trois ou quatre, il y a toujours une équipe qui lutte contre une autre pour impressionner les spectateurs.

– Dis donc, ça rend pas les choses faciles pour les repas de famille...

– Justement, j'ai pas connu ça, alors c'est quand même pas toi qui vas m'y obliger.

Maria, pourtant, allait les voir tous.

Maria s'ennuyait.

Maria avait des fourmis dans les cuisses et qui commençaient à envahir ses jambes.

Maria se gelait.

Tout cela était inhabituel pour qui connaissait Maria.

Et qui connaissait mieux Maria que Barnabé ?

Personne.

Pour cette raison, il appréciait beaucoup à cet instant qu'elle respecte son désir de rester encore un peu protégé à l'intérieur de la voiture.

Il ne se sentait pas tout à fait prêt.

Bull était le nom du dogue allemand des Iroulégui.

C'était l'année des « B », ils l'avaient appelé ainsi à cause de cette habitude qu'il avait de se replier sur lui-même pour dormir. A cette époque il ne pesait pas encore quatre-vingt-dix kilos pour un mètre au garrot.

– Fais la bulle, Bull ! Vas-y, fais la bulle ! Allez...

Plus tard ils avaient réalisé que leur chien portait le nom d'une des plus célèbres marques d'ordinateur. Bull était adorable, certes, mais ne se distinguait pas par sa vivacité d'esprit.

Etalé sur le carrelage de la salle du restaurant, il soumettait justement ses facultés de décision à rude épreuve. Pour la sixième fois consécutive on venait de troubler son sommeil. Bull émit un gros soupir, daigna ouvrir l'un de ses yeux pitoyables, puis le second, pour mieux évaluer la situation. C'était bien ce crétin de Tout-Petit qui récidivait, essayant encore de lui grimper sur le dos.

Bull se déplia, lentement, pour ne pas blesser le Tout-Petit qui devait peser trois ou quatre fois moins que lui. Il se redressa sur ses pattes avant puis avec difficulté souleva son postérieur. En vieillissant il éprouvait de plus en plus de gêne à réaliser ce mouvement.

« Tout le monde vieillit... IL, ELLE et L'AUTRE aussi », songea-t-il à sa façon.

Au milieu de la société des humains qu'il désignait selon leur taille : Grands, Petits ou Tout-Petits, il avait su en isoler trois dont les fonctions lui semblaient essentielles : IL, ELLE et L'AUTRE.

IL, c'était Hippolyte, qui lui préparait sa pâtée.

ELLE, c'était Joséphine, qui lui accordait ou non le droit de flemmarder dans la salle du restaurant.

L'AUTRE, c'était Mohcène qui le promenait parfois.

Au fil de la douzaine d'années qu'il avait passées en leur compagnie, Bull avait fini par répertorier les comportements de son trio d'amis humains.

IL et ELLE partageaient la même couche, faisant parfois l'amour.

IL ne s'adressait à L'AUTRE qu'en lui gueulant après.

L'AUTRE semblait très respectueux d'ELLE.

Bull en avait donc déduit qu'Hippolyte et Joséphine étaient mari et femme, ce qui était vrai, mais que Mohcène était leur fils, ce qui était faux.

Bull promena son regard mou et triste sur la salle du restaurant où était dressée une grande table en forme de fer à cheval.

Il y reconnut quelques Grandes et Grands, familiers, dont notamment celui qui venait d'arriver avec son odeur bizarre d'étal de boucherie.

Bull réalisa brusquement combien sa situation était exceptionnelle. D'habitude, ELLE le faisait monter dans l'appartement avant le début du service. Que se tramait-il d'extraordinaire qui justifiât ainsi qu'on lui accorde une permission ? Il y avait droit, une fois par an, la veille du jour où IL et ELLE fermaient le restaurant, puis abandonnaient L'AUTRE pendant près d'un mois, pour traverser la France dans tous les sens avec leur voiture automobile break.

Une invisible nuance de l'atmosphère lui fit pourtant penser que ce n'était pas du tout la saison des vacances.

Bull, dans l'expectative, décida de profiter le plus longtemps possible du carrelage chaud de la salle de restaurant, au milieu de l'animation et des bouchées que les clients auraient l'amabilité de lui lancer.

Princier, il ignora le Tout-Petit qui le poursuivait et alla se rallonger deux mètres plus loin, reposant sa grosse tête et ses grosses babines sur son gros coude.

– Tatave, fous-lui la paix...

– Oui, maman...

Bull remua la queue pour montrer qu'il avait bien compris qu'on s'adressait à lui.

Le restaurant avait été construit au début du siècle sur le rez-de-chaussée et le premier étage de l'immeuble.

En bas, la plus grande salle s'ouvrait sur la terrasse extérieure, et la plus petite, à l'arrière, communiquait avec les cuisines. Pour cette raison elle résonnait souvent des éclats de voix d'Hippolyte.

– Ça fait soixante ans que je gueule ! gueulait-il. Alors c'est pas maintenant que ça va changer ou alors c'est que...

Et il faisait signe qu'on lui coupait la gorge.

Au premier étage, il y avait une grande salle réservée aux repas de communion et de mariage.

Au fond de cette salle, une porte : la porte de l'appartement d'Hippolyte et Joséphine.

Un escalier de bois massif reliait le rez-de-chaussée à l'étage.

C'était cet escalier qu'Hippolyte était en train de descendre, ventre en avant. Un volumineux pansement de gaze blanche ceignait son doigt blessé.

A mi-chemin il s'arrêta pour survoler du regard le restaurant. L'œuvre de sa vie. Son usure, sa haine aussi. Il pensa à Joséphine qu'il venait de laisser dans l'appartement, les larmes aux yeux. Elle tenait moins bien le coup que lui.

Les premiers clients venaient d'arriver. Hippolyte aperçut un couple d'Anglais assis à la table à Piat. M. Piat avait été une figure du restaurant, il faisait partie de son histoire.

De cette histoire.

Des milliers de fois M. Piat était venu déjeuner et dîner à cette même table. Cela avait commencé tôt le jour de l'ouverture. Hippolyte avait trente ans.

Ce midi-là, un petit homme courbé, la tête couverte d'un feutre gris clair, était entré. Il marchait en s'aidant d'une canne et s'était dirigé directement vers sa table.

Le petit homme avait tendu sa main tachée par la vieillesse. Deux de ses doigts étaient recroquevillés, comme scellés dans sa paume. Il avait vigoureusement serré la main d'Hippolyte en se présentant.

– Piat. Mon nom est Piat... Déjà, je m'asseyais à cette table avant que vous n'achetiez le restaurant. Cela fait vingt-cinq ans que je prends chaque repas ici... et les anciens propriétaires me la réservaient toujours... pour moi et pour personne d'autre...

Il ne fut rien changé aux habitudes du vieux M. Piat qui continua de venir s'asseoir ici chaque jour pendant vingt-cinq années supplémentaires.

Il mangeait peu, de la sole le plus souvent, et ses yeux vifs observaient, captaient les moindres mouvements du restaurant. Après le service il lui arrivait de rester quelques minutes encore pour parler de peinture avec Joséphine. Il analysait les toiles qu'elle avait peintes et qui décoraient les murs. Il se disait riche collectionneur d'art mais jamais de son vivant Joséphine et Hippolyte n'en eurent la preuve. Assurément il devait être fortuné pour venir prendre tous ses repas au restaurant. C'est tout ce qu'ils pouvaient se dire car M. Piat n'était pas un monsieur que l'on a envie de questionner. Il inspirait la discrétion.

C'est ainsi qu'il vécut.

C'est ainsi qu'il mourut.

Quand il eut atteint quatre-vingt quinze ans, sa santé déclina. Il lui fallait boire un plein verre d'huile de table avant de pouvoir avaler la moindre bouchée de nourriture. Les tout derniers temps il ne pouvait plus s'alimenter mais continuait de venir. C'est même à cette période qu'il resta le plus longtemps après la fin du service. Il ne parlait plus, se contentant de bouger la tête, lentement, de droite à gauche, décrivant la salle du restaurant de son regard où s'éteignait peu à peu la lumière.

Et puis un midi, puis un soir, il ne vint pas, pour la première fois en un demi-siècle.

Puis un second midi et un second soir.

Joséphine et Hippolyte comprirent qu'il s'était éclipsé.

Deux semaines plus tard un notaire se présenta. Il

leur apportait un tableau, un fusain par Poulbot. C'était le cadeau d'adieu légué par M. Piat.

Ils l'accrochèrent au-dessus de la petite table que leur ami avait fréquentée pendant des années et qui restera pour toujours la table à Piat.

En passant, Hippolyte prit la commande des deux Anglais.

– Deux... two... timbales de saint-jacques normandes... and... deux salmis with a bottle of madiran...

Pas mal pour des étrangers.

Il traversa la salle du fond.

La grande table en forme de fer à cheval était dressée pour une douzaine de couverts. Bimtou s'asseyait à côté d'Agamemnon. En voyant passer M. Iroulégui, elle lui décocha un grand clin d'œil complice. Depuis longtemps elle avait deviné qu'il n'était pas insensible à son charme. Mais bon, faut pas tout mélanger.

Hippolyte, amusé, lui répondit par un hochement de la tête. Il salua également Anne-Françoise et pensa : « Ces filles... toutes aussi belles, surtout la petite négresse... »

Paul lui serra la main, ému.

– Bonsoir, monsieur Iroulégui..., dit-il d'une voix mal assurée.

– Salut ! clama Hippolyte... Vous n'êtes pas tous là encore ?

– Non... mais les autres ne vont plus tarder...

– Bon... Parce qu'on va pas se coucher à 4 heures du matin ! Hein, moi je vous préviens...

Hippolyte tendit son doigt en direction d'Agamemnon.

– Tiens, toi, j'ai reçu la note d'électricité pour décembre-janvier... T'as pas lésiné sur le chauffage, dis donc. Il fait si froid là-haut ?

– Je viendrai vous régler demain, promit Agamemnon.

– Oui parce que l'autre soir en rentrant la terrasse, j'ai regardé, tu laisses la fenêtre ouverte... Alors ça sert à rien si tu chauffes l'air du temps... Faut que vous appreniez à faire des économies.

Il se tut brusquement, fourragea d'un geste vif les cheveux de Tatave, puis réintégra sa cuisine. Déjà, sa voix puissante s'élevait derrière la porte à double battant :

– Et alors ! Suffit que je m'absente pour que ce soit la foire ? Riquet, éteins-moi cette radio ! Paolo, tu m'envoies deux saint-jacques à suivre deux salmis ! Et que ça saute ! Mohcène, sors-moi deux bouteilles de champagne pour les jeunes ! C'est moi qui leur offre l'apéro ! C'est pas que c'est bon pour leur santé mais ça fait toujours plaisir !

Un étage plus haut, dans la salle de bains, piteusement assise sur le rebord de la baignoire, ses pieds rentrés en dedans comme une petite fille, Joséphine pleurait. Elle se trouvait ridicule, alors elle pleurait et souriait en même temps.

Ces dernières semaines s'étaient écoulées rapidement.

Ce soir, la réalité reprenait sa place, sans ménagement. A cinquante-cinq ans, elle était belle encore. Elle pensait à sa vie ici, entre ses murs, à sa liberté chèrement acquise.

Dans son esprit tout se mélangeait.

Tout à l'heure elle avait enfin réussi à se calmer quand Hippolyte avait fait irruption dans l'appartement avec son doigt ensanglanté. Ce n'était pas la première fois qu'il se coupait et Joséphine s'était toujours alarmée de la gravité de ces blessures. Mais là, rien. L'indifférence. Elle l'avait pansé sans s'émouvoir.

Il avait chaussé ses lunettes pour déchiffrer la date de péremption du désinfectant, puis était redescendu aussitôt soigné.

De nouveau seule dans l'appartement Joséphine s'était remise à pleurer.

Pourtant elle vivait bien, ici.

Une fois par semaine, elle quittait le service du déjeuner un peu plus tôt pour retrouver sa copine Jo sur les Champs-Élysées et elles allaient voir un film. En sortant, elles prenaient le thé en parlant de leurs fils respectifs.

Le mercredi et le vendredi elle se levait à 6 heures du matin pour aller à la gym avec son amie Mme Misard.

Les premiers temps Hippolyte lui faisait des scènes insupportables :

– Mais on a fini à 2 heures du matin ! Tu vas quand même pas te lever à 6 heures ! C'est une lubie, ça quand même !

– C'est la rançon à payer pour conserver les cuisses fermes et les seins hauts ! répondait Joséphine sans fléchir.

– Tu trouves que je suis trop vieux, hein ? Tu vas retrouver quelqu'un ! Un gigolo musclé ! Dis-le-moi !

– Tu es trop vieux et trop con... Dors..., souriait-elle malicieusement.

Puis elle l'embrassait en ajoutant :

– Mon ours... mon vieil ours...

Comme à l'évidence Joséphine était flattée qu'il soit encore jaloux, après tant d'années, Hippolyte avait choisi de se taire et de s'habituer aux horaires matinaux de son épouse.

Cela correspondit d'ailleurs avec son retour de vacances.

Comme il était fatigué, Hippolyte était parti se reposer quinze jours à Chamonix. C'était la première fois en trente années de vie commune qu'ils se quittaient aussi longtemps et Hippolyte, après ce séjour, reposé, bronzé, minci, devait se révéler un amant fougueux et attentif. Pendant plusieurs semaines ils firent l'amour longtemps et rirent en pensant qu'à eux deux ils totalisaient plus d'un siècle.

C'était ainsi, Joséphine avait peu de temps à consacrer à ses loisirs mais elle le faisait bien.

Quand elle avait terminé les comptes, elle peignait. Tous les jours un petit peu, pour ne pas perdre la main. Huile ou aquarelle selon l'inspiration. Il y avait deux portraits d'Hippolyte aux murs du restaurant. Peints à vingt ans d'intervalle. Il s'était empâté.

Elle aimait voir des expositions avec sa sœur et ne regardait jamais la télé sauf quand passait un film dont son fils avait écrit le scénario. C'est-à-dire pas très souvent. Mais dans ce cas, elle prévenait Jo et Mme Misard plusieurs semaines auparavant. Penser à son fils la fit sourire plus fort et pleurer moins.

Il fallait qu'elle se raisonne maintenant. Les clients devaient commencer à arriver. C'était un soir de semaine comme les autres. Il suffisait qu'elle s'en persuade.

Il était largement temps de descendre en salle.

Où justement, la voix de Mohcène faisait écho à celle d'Hippolyte :

– Chef ! Qu'est-ce que je leur donne comme champagne aux jeunes ?

– Le meilleur ou le premier qui vient ! Mais fais vite ! A cet âge-là ils ont tout le temps soif !

Agamemnon remua la tête en souriant. Souvent dans sa chambre de bonne il s'endormait, bercé par les éclats de voix d'Hippolyte qui franchissaient sans mal les six étages de la cour intérieure de l'immeuble.

En poussant son bouquet de fleurs sur le côté, il remarqua le regard étrange que Bimtou laissait courir sur ses bras nus.

– Oui... c'est parce que je me suis fait embaucher

à la morgue, se crut-il obligé d'expliquer. Si l'odeur te gêne vraiment... je peux changer de place...

– Non, répondit Bimtou. Non, le temps que je m'habitue... Ça va aller.

– J'ai entrepris une étude... sur la notion d'identité, reprit-il. Tu sais qu'on renouvelle toutes les cellules de son organisme régulièrement ? En quatre mois à peu près... Ça veut dire que quatre mois après il n'y a quasiment plus rien de celui qui était toi, quatre mois auparavant... Tu comprends ? Et pourtant on peut dire que c'est toujours toi... Que c'est toujours la même personne...

Bimtou plissa les yeux, espiègle.

– Ça doit être pour ça que j'ai jamais réussi à rester avec le même mec pendant plus de deux mois, finit-elle par lâcher.

– Te moque pas, c'est sérieux...

– Mais non, c'est pas sérieux... C'est des conneries, Gaga, des conneries... Tu files un mauvais coton... et puis...

...Et puis Bimtou laissa mourir sa phrase. Un picotement parcourut son crâne. Ses yeux se rivèrent sur la porte d'entrée du restaurant, que main dans la main Oscar et Lydie venaient de franchir.

Déjà, Lydie se précipitait sur Paul et Anne-Françoise, réjouie, les yeux brillants, prête à les croquer. Elle tortillait son petit derrière comme la flamme d'une allumette prise dans un courant d'air.

– Salut ! Ouh... ouh ! Que je suis heureuse...

Bimtou comprit qu'il serait difficile de s'isoler un moment avec Oscar. Difficile de le prévenir de l'existence du vermicelle qui grouillait au fond d'elle-même. Difficile d'éviter le grabuge.

Oscar se débarrassait lentement de son manteau, laissant son regard incisif s'attarder sur le visage inquiet de Bimtou.

Ils n'avaient pas eu l'occasion de se revoir depuis le jour de l'exposition Cézanne...

Le corps musclé et brillant qu'elle lui avait découvert cet après-midi-là valait bien les toiles du musée d'Orsay qu'ils avaient manquées. Oscar se demandait encore ce qui avait pu leur traverser l'esprit. Ils se connaissaient depuis des années et partageaient les mêmes goûts pour les balades, les visites de musées, le plaisir de ne rien faire d'efficace de sa journée. Une certaine forme d'oisiveté.

Autant de choses que Lydie n'aimait pas et qu'il faisait donc avec Bimtou, régulièrement deux ou trois fois par semaine. En camarades. Mais là, pour une fois, ce qu'il avait fait avec Bimtou, c'était ce que Lydie et lui faisaient depuis onze ans qu'ils étaient mariés ensemble.

Une même bouffée de désir avait emporté Bimtou et Oscar pendant quelques heures, puis ils s'étaient mis d'accord.

Cela avait été la première fois, ce serait également la dernière. Cela ne devrait jamais se reproduire.

– Faut pas tout mélanger ! avait ajouté Bimtou, en agrafant son bustier.

Puis, d'un geste gracieux et précis, elle avait emprisonné sa poitrine dans les fins balconnets de soie. Deux globes lourds et noirs sur lesquels avaient semblé flotter un instant des volutes de dentelle blanche.

Lydie, elle, avait une toute petite poitrine.

Rêveur, Oscar détourna les yeux. Paul s'avançait vers lui.

– Ça va ? lui demanda-t-il en le serrant dans ses bras. Puis d'un bref coup d'œil, il fit le tour de la salle. Barnabé n'est pas là encore ?

– Ben non..., répondit Paul. Pourtant j'ai vu sa voiture dehors... Ils se sont acheté une bagnole neuve, une R 19.

– C'est plutôt joli comme nom, fit Oscar qui mentait et trouvait « Silver Shadow » plus raffiné.

– Ça doit coûter cher, intervint Lydie en embrassant Paul à son tour.

Paul se sentit obligé de défendre Barnabé et Maria.

– Ils ont pris un crédit...

Lydie hocha la tête avec lenteur. Elle n'aimait pas les crédits. Quand on travaille on gagne de l'argent. Il n'y a pas de raison de dépenser plus qu'on possède.

« Avec l'argent qu'on met de côté pour la maison, on n'est pas prêt de s'acheter une R 19 », se dit-elle. « Et puis Barnabé est comme ça, il vit sans penser au futur. Nous par exemple, si on veut avoir un bébé un jour, il faudrait qu'Oscar se mette à travailler et à gagner de l'argent. Au Blanc-Mesnil ils embauchent à la société d'ambulances des conducteurs. Ce serait bien pour Oscar. Connaître sa région c'est important, le 93 c'est grand. Et le contact avec la maladie aussi, pour ne pas être pris au dépourvu au cas où. Moi je veux que mon enfant ne manque de rien. De toute façon chacun doit vivre à sa manière... La R 19, c'est la toute dernière ? Celle avec un gros derrière ? »

En pensant tout ça, elle avait eu le temps d'ôter son duffle-coat, de sortir de la poche un petit livre illustré et de venir s'accroupir face à Tatave.

– Bonjour mon chéri, fit-elle de la voix qu'on prend pour s'adresser aux enfants. Regarde, je t'ai apporté un livre avec des dessins.

Tatave jeta un regard dédaigneux sur la couverture qui représentait un petit escargot tout nu, en train de courir après sa coquille.

– C'est pas l'histoire du cauchemar dans le placard ? fit-il, déçu.

– Euh... Non... mais tu l'as déjà l'histoire du cauchemar...

– Ouais, mais c'est celle que je préfère...

– Non, celui-ci c'est autre chose, reprit Lydie à qui il en fallait plus pour être démontée. Celui-ci, c'est l'histoire d'un petit limaçon qui voulait...

Elle s'arrêta net.

A l'autre bout de la table, Oscar enlaçait Bimtou pour lui dire bonjour. C'était naturel. Pourtant, l'espace d'un instant, Lydie eut l'impression d'une intimité inhabituelle entre eux. Peut-être à cause de cette façon qu'avait la main d'Oscar de s'attarder sur l'épaule de Bimtou.

Elle aurait eu de réelles raisons de s'inquiéter si elle avait pu entendre ce que Bimtou glissait à l'oreille d'Oscar :

– Faut que je te cause... Je suis en cloque...

Oscar se sentit aspiré vers ses doigts de pieds. Peut-être le préservatif était-il de mauvaise qualité ? Ses jambes le trahissaient. Il s'assit, blême.

– Ça ne va pas ? s'inquiéta Agamemnon qui n'avait rien remarqué de l'échange avec Bimtou.

– Je viens d'apprendre qu'on m'avait abonné à *l'Humanité*, répondit Oscar d'une voix blanche.

Bimtou intercepta alors le regard intrigué de Lydie. Sans se démonter, elle lui fit un petit « coucou ».

Lydie lui répondit par un signe du bout des doigts, puis elle dut à nouveau s'intéresser à Tatave avant qu'il ne déchire complètement la manche de son chemisier.

– Alors ! Tu m'as pas dit ce qu'il voulait le limaçon ? rouspétait le gamin.

Lydie le contempla, émerveillée. Il était mignon ce gosse, et vif. Paul et Anne-Françoise avaient de la chance. Ils avaient les moyens aussi. Avec leur situation.

Elle contempla Tatave longtemps. Cela parut long en tout cas. Surtout pour l'enfant qui ne comprenait pas pourquoi elle le fixait avec des yeux aussi transparents. Un regard absent. Car il était à peu près certain qu'elle ne le voyait pas.

– Alors Lydie, pourquoi tu me le dis pas !? Hein ?... Qu'est-ce qu'il voulait ce limaçon ?

Lydie cligna des yeux. Elle aimait bien l'idée de ce repas. Se retrouver tous ensemble ce soir. Elle aimait bien les adieux. Cela rapproche les gens. Elle se dit que c'était la raison pour laquelle, un instant Oscar et Bimtou lui avaient semblé si proches.

– Lydie ! s'énerva Tatave. Qu'est-ce qu'il voulait ce sacré limaçon ?

Alors, après un dernier moment d'hésitation, Lydie lui répondit :

– Accéder à la propriété, mon chéri... Comme nous tous ici...

Puis elle se leva et alla rejoindre Paul et Anne-Françoise en laissant Tatave perplexe, son petit bouquin entre les mains.

Au même instant, à l'extérieur, deux silhouettes serrées l'une à l'autre se séparaient en douceur.

On eût dit une image et son reflet accolés par les lèvres. Daniel venait d'embrasser Danièle.

– Peut-être je ferais mieux de ne pas venir, lui dit-elle en baissant les yeux, comme pour s'excuser.

– Mais si, insista Daniel... Il faut que tu les connaisses tous. Ils sont... ils sont bien... tu verras...

Daniel avait peur qu'elle recule au dernier moment. Il était impatient de présenter à ses amis celle qui avait bouleversé sa vie.

Menu, de longs cheveux noirs lisses et raides, des yeux sombres légèrement effilés, une peau mate et imberbe, legs d'une grand-mère chinoise, Daniel essayait de masquer sa nervosité. Il ne voulait pas la communiquer à Danièle ou tout serait foutu.

Agamemnon se moquait toujours de l'état de dépendance dans lequel il se trouvait par rapport à eux tous. Daniel ne prenait jamais une décision sans leur en avoir parlé auparavant.

– Tu as besoin du conseil des sages pour choisir la couleur de ton slip ? persiflait-il à la moindre occasion.

– Non, c'est pas ça... Mais ça loupe jamais... Dès qu'il y a un blaireau quelque part, il est pour moi... Vous, vous êtes ma famille... mes références... Moi, j'arrive jamais à me faire un avis tout seul... Je suis vulnérable.

Et si ses amis ne lui pardonnaient pas d'avoir disparu pendant deux mois ? S'ils n'acceptaient pas les conditions de sa réapparition ? Bien sûr, il n'avait pas de compte à leur rendre, mais leur jugement... non leur avis plutôt... leur avis était si important. Et s'ils trouvaient Danièle trop simple ? Pas de leur monde ?

Au fur et à mesure que s'élaboraient ses pensées, il sentait venir la crise de nerfs.

Son regard eut le temps de parcourir pour la millième fois le visage de Danièle. Alors il se rassura. Elle leur plairait, il suffisait qu'il parvienne à la convaincre d'entrer. Maintenant c'était elle qui le guidait. A la fois maîtresse et tutrice. Paul ou

Barnabé allaient dire : « C'est donc normal qu'on se rencontre. »

Daniel retint un soupir de nervosité. Après tout, n'avait-elle pas accepté de venir jusqu'ici ? Ce n'était pas le moment de faire machine arrière.

– Allez ! viens, entrons, ils vont avoir commencé à manger, fit-il, en essayant d'avoir l'air candide.

– Non finalement... je crois que ça ne me regarde pas... Ce sont tes amis... Je me sens étrangère... Une autre fois... Tu me les présenteras une autre fois. Laisse-moi le temps de m'habituer...

Elle n'avait pas réclamé de délai le soir du réveillon de Noël. Un clin d'œil du hasard les avait mis en présence. Ils portaient le même prénom. Ils se ressemblaient comme deux jumeaux. La fascination avait été réciproque et immédiate. Cinq jours plus tard, pour le réveillon du jour de l'an, Daniel aima une fille pour la première fois.

En 1974, il avait quinze ans et vendait des gaufres à la gare de Rennes. Un soir de dérive, il avait rencontré à la sortie du cinéma où passait le film de Fassbinder un député breton en pleine campagne présidentielle. L'homme s'offrit d'être son mentor.

Quelques semaines plus tard, Daniel venait s'installer à Paris dans son studio de l'île Saint-Louis. Chaque matin il se levait vers 11 heures et déjeunait d'un thé au lait avec une brioche et de la marmelade d'oranges. Chaque après-midi il se rendait dans les cinémas du quartier Latin et voyait un film de

Bergman ou d'Antonioni. Chaque soir, le député lui enseignait pêle-mêle la politique, les finesses du jeu de go et la géographie de la Palestine. Puis venait la nuit et d'autres partenaires les rejoignaient.

– Et tu peux me croire, c'était du beau linge...

Le jour des élections, le camp du député fut battu. Les premières taches violettes apparurent sur ses jambes. La lutte ne s'arrêtait pas pour autant. Pendant sept ans Daniel fréquenta ainsi les milieux intellectuels et littéraires de la capitale. Il fut le corps adolescent dans lequel s'incarnèrent beaucoup de rêves de liberté.

La victoire serait idéologique ou ne serait pas.

Elle fut, en 81.

Entre-temps les taches violettes avaient progressé. Le député mourut d'un sarcome de Kaposi le 1er mai 1981, neuf jours avant le premier tour. A cette date on ignorait encore le mot sida.

Daniel voulut faire un geste. En souvenir. Il adhéra au parti socialiste. La deuxième année il ne paya pas sa cotisation.

Rapidement, il devait abandonner les papillonnages raffinés des appartements douillets pour les coups secs et rapides des jardins publics de la Ville de Paris. Avec une attirance particulière pour le square des Batignolles, dont un côté surplombe la voie ferrée de la gare Saint-Lazarre.

Là, le corps pressé contre les grilles, le visage glissé entre deux barreaux, il regardait les lignes métalliques qui fuyaient vers les lumières de la ville. Chaque soir il défiait la peste.

C'est à cet endroit, en septembre 83, qu'il rencontra Agamemnon. Un nouveau phare se présentait à lui qui devait éclairer sa route pendant les cinq années suivantes. Précisément jusqu'à ce dernier réveillon de Noël.

– Et on est séronégatifs, tous les deux... J'te le jure.

Danièle avait écouté cette histoire le premier soir, ébahie d'entendre Daniel énumérer la liste de tous les hommes de lettres, philosophes, hommes politiques et cinéastes dont il avait partagé les jeux.

– Ce que je préférais c'était quand on jouait à colin-maillard... Par contre le jeu de la vérité, c'était pas mon truc, je me sentais tellement con...

Danièle était catholique et secrétaire de direction chez Michelin. Au matin, elle lui demanda de l'épouser. Il ne réfléchit pas plus d'une minute. Il craignait de vieillir rapidement. Ils se marièrent en secret. Personne ne le sut. Ni les parents de Danièle. Ni les amis de Daniel.

Danièle recula d'un mouvement brusque, elle se trouva ridicule, mais ne parvenait plus à maîtriser son appréhension. Elle avait peur d'être regardée comme une aberration. Par eux tous, et par Agamemnon. Résolue, elle ôta son alliance en or, la mit dans son sac, puis s'empara de la main de Daniel pour commencer à faire glisser la sienne.

– Mais... qu'est-ce que tu fais ? demanda Daniel en retirant sa main.

– Si j'entre, on ne leur dit pas qu'on est mariés.

– Tu as honte ? Moi, j'ai pas honte.

– C'est de ta faute... Tu m'as tellement parlé d'eux...

Daniel hésita. Il cherchait la meilleure méthode. Tout est question de stratégie. Il plongea sa main dans le sac de Danièle, en retira l'alliance et la lui présenta.

– D'accord, si tu veux, on n'y va pas. C'est pas très grave, je te les présenterai une autre fois. On fera ça plus en douceur, je leur expliquerai d'abord par téléphone. Après tout je vais pas passer ma vie à attendre leur bénédiction... Il faut savoir rompre avec le passé... Tant pis, dit-il avec émotion.

Déroutée, elle finit par remettre d'elle-même l'anneau à son doigt et se blottit dans les bras de Daniel.

– Non je veux pas que tu sois triste à cause de moi, murmura-t-elle en fermant les yeux... Mais j'ai peur de ne pas être à la hauteur...

Daniel distingua sur le sol blanchi par la neige un petit objet sombre. Un quart de bouchon de liège. Comme Danièle avait toujours les yeux fermés, elle ne vit pas la lueur de joie qui traversa le regard de son mari.

Elle ne vit pas non plus le petit bonhomme qui venait de surgir de la nuit, une cartouche de Marlboro à la main, et les fixait, stupéfait.

– A ben... ça... pour une surprise..., articula Thomas.

Daniel avec une fille. Et quelle fille ! Une vraiment jolie fille. Thomas pensa : « Il faut que je dise quelque chose de brillant... vite... » Et il dit :

– Vous allez attraper froid..

– Thomas ! C'est Thomas ! fit Daniel.

Danièle sursauta, Thomas lui tendait déjà la main.

– Salut ! Je suis un ami de Daniel... Il fait rudement frisquet ce soir... hein ? Climat continental type...

En voyant le sourire épanoui inscrit sur le visage de Daniel, Danièle comprit qu'elle n'avait plus qu'une phrase à prononcer :

– Nous... allions rentrer de toute façon... dans le restaurant...

Et tandis que Daniel achève de présenter Danièle à Thomas, l'opportunité se présente de glisser quelques mots au sujet de Mohcène.

Arrivé en France vingt ans plus tôt, cela faisait vingt ans qu'il était plongeur chez les Iroulégui.

Au début, chaque année, il retournait en Algérie pendant les vacances. Neuf mois plus tard, il se retrouvait papa.

Cela dura comme ça les six premières années. Joséphine se dit qu'elle devait l'aider. Elle lui expliqua donc ce qu'était une pilule contraceptive, le principe actif, la philosophie sous-jacente, ainsi que le mode d'emploi, puis lui en offrit une plaquette pour sa femme.

Mohcène écouta sagement l'explication de la

patronne, mais dès son arrivée il jeta la plaquette de pilules dans une poubelle de l'aéroport international d'Alger. Il possédait une chèvre, un terrain rocailleux et pentu sur lequel il avait bâti sa maison, et craignait par dessus tout que sa femme goûte aux délices de l'indépendance.

Donc cette année-là il eut un septième enfant.

Quand il retournait dans son pays il emmenait toujours avec lui quelques bouteilles de Ricard qu'il enterrait au fond de son jardin. Le soir il disait à sa femme :

– Je vais faire ma promenade, humer l'air du soir et m'imprégner de tout ce que je perds en vivant si loin de mes terres.

Elle répondait :

– Oui.

Mais pensait : « C'est ça mon salaud, tu vas encore boire une demi-bouteille de Ricard en douce, à ton retour ton haleine empestera l'anis, tu voudras me posséder et le mois prochain je serai enceinte ! C'est tes enfants que tu ne vois pas grandir qui te feront honte un jour ! Et je sais qu'à Paris tu manges du porc ! »

Toute l'année, la femme de Mohcène épargnait. Chaque sou de son mandat trimestriel était utilisé, elle n'aimait pas le mot « dépensé », avec un sens âpre de l'économie. Elle se doutait que bientôt Mohcène cesserait d'envoyer de l'argent et ne reviendrait plus. Il lui faudrait alors être en mesure de faire entrer son fils aîné à l'université.

Cela ne tarda pas. La huitième année il ne vint

pas. Il fit écrire par Ahmed Yefshah qui tenait le café du Delta pour prévenir que cette année M. et Mme Iroulégui... pour cause de conjoncture économique... et parce que le frère de M. Iroulégui était malade... ne pouvaient pas prendre de vacances... et que le restaurant restait ouvert... et qu'il était donc lui obligé de rester à Paris... et qu'il ne pourrait venir que l'année prochaine... La lettre finissait par cette formule désormais rituelle : « Aime nos filles, élève nos fils. »

La femme de Mohcène reposa la lettre. Elle arracha son téton de la bouche goulue de la fille de l'année dernière, referma sa tunique et jura :

– Reste là-bas et crève avec ton goitre, faignant ! Oublieux !

L'enfant se mit à pleurer. Dehors la chèvre bêla.

Cette année là, M. et Mme Iroulégui avaient pris leurs vacances avec Bull, de façon absolument normale. Ils avaient fermé le restaurant tout le mois d'août, comme de coutume, persuadés que Mohcène était retourné voir sa famille. N'avait-il pas accepté cette petite rallonge que les Iroulégui lui proposaient afin de l'aider à payer son billet d'avion ?

Le mensonge de Mohcène était parfaitement symétrique.

Simplement cette année-là il avait préféré dépenser la petite rallonge au bar du Delta chez Ahmed Yefshah.

C'était l'époque où Hippolyte découvrait de plus en plus souvent des bouteilles de bière, vidées, cachées derrière les caisses de vin entreposées à la cave. Année après année Mohcène devenait poivrot.

Il était chez les Iroulégui depuis si longtemps. Aidant quand il fallait redonner un coup de peinture aux murs de l'appartement. Aidant à laver la voiture. Aidant à faire Rungis. Aidant. Aidant tout le temps. Disputant à Bull le poste de chien fidèle et dévoué.

Il arrivait d'ailleurs fréquemment qu'Hippolyte, en engueulant Mohcène, l'appelle « Bull », et réciproquement donne du « Mohcène » à Bull quand il avait une remontrance à lui faire. Et puis aussi, Hippolyte appelait régulièrement Mohcène « Barnabé ».

Mohcène, qui maintenant sortait de la cuisine, en brandissant les deux bouteilles de champagne promises par le chef.

– Merci, Mohcène, fit Anne-Françoise, un peu surprise, quand il les déposa avec autorité devant elle.

Mohcène pensait que c'était aux femmes d'ouvrir les bouteilles et aux hommes de les boire.

– Tu vas boire un coup avec nous, hein ? demanda Paul.

– Non... ça va être le coup de feu... Le chef est pas d'accord, répondit Mohcène de sa voix caressante toujours perdue dans un sourire.

– Et... Mme Iroulégui ? lui demanda Agamemnon. On ne l'a pas vue encore...

Mohcène prit l'air grave de ceux qui sont dans le secret des dieux pour répondre :

– La patronne, elle doit être encore à l'appartement... Elle a pleuré tout l'après-midi...

Mohcène regarda le bouquet de fleurs posé à côté d'Agamemnon.

– C'est pour elle ? demanda-t-il.

– Oui, répondit Agamemnon.

– Tu es gentil... Elle aime les fleurs... Ça va lui faire du bien...

Puis Mohcène retourna dans la cuisine en opinant du chef, gravement. De façon ostensible. Il fallait qu'on sache qu'il avait un avis sur la question.

Agamemnon se dit que tout était bien moche, injuste même. Mais cela ne dura pas.

Soudain son cœur cogna très fort dans sa poitrine. Car Daniel venait d'entrer dans le restaurant. Daniel, en compagnie d'une fille.

Une question leur traversa l'esprit.

Qui avait averti Daniel de cette soirée ? Depuis deux mois il avait quitté son boulot aux vitrines des galeries et ne donnait plus trace de vie.

Quand il avança droit vers eux, un sourire finaud aux lèvres, ils ne réalisèrent pas immédiatement que la fille à ses côtés était vraiment à ses côtés.

Agamemnon, seul, l'avait compris au premier coup d'œil. Il connaissait chez son ancien amant cet air de succès.

Danièle décrivit rapidement la table du regard.

Elle les reconnut tous sans peine, tant les récits de Daniel avaient été nombreux et précis.

L'élégant maigre, qui lui tendait la main en se présentant :

– Oscar de Poussin...

C'était Oscar de Poussin, le type au nom insensé. Intelligent et drôle, donc faignant. Un rien aristo. Signe particulier : une tache de naissance en forme de poussin sur le front.

La petite au sourire épanoui, aux pommettes allumées et aux yeux qui clignotent, c'était sa femme Lydie, la gentille institutrice aux rêves de banlieusards - 93 - , avait précisé Daniel, pas - 92.

A côté d'elle, la Black qui sent bon le parfum de marque, c'était Bimtou, fine et futée. Mannequin ou standardiste selon les jours.

Près d'elle, le grand gars qui la scrutait sans ciller, son bouquet de fleurs dans les bras, ça ne pouvait être qu'Agamemnon. L'ex. Danièle pensa qu'il avait l'air malheureux. Elle s'en voulut. A son sujet, Daniel n'avait pas dit grand-chose. Si, qu'il écrivait.

L'enfant qui se précipitait en riant dans les bras de Daniel devait être Tatave. Ces deux-là s'adoraient. La rouquine au visage semé de miel, qui lui tendait une main sèche et rapide, la mère de Tatave... Anne-Sophie ou Anne-Françoise... toubib... spécialiste en médecine tropicale ou quelque chose comme ça.

Le presque chauve au regard de cocker, c'était Paul, le timide Paul, le dessinateur de BD.

« Quoi ? Tu ne le connais pas ?... Tu n'as pas lu *Le Secret des Ardennes* ? C'est son meilleur album, il a eu le prix à Angoulême y a deux ans... »

Dès le lendemain Danièle s'était précipitée dans une librairie et avait acheté tous les albums de Paul. Le père de Tatave. Qui hésitait maintenant entre lui tendre la main ou l'embrasser. Il se décida finalement et, du bout des lèvres, effleura ses joues, en desserrant un presque inaudible :

– Bonjour...

Il se recula rapidement. Les bisous de Paul semblaient toujours coupables. Paul embrassait pour ne pas laisser d'empreintes.

De son côté Agamemnon finissait d'examiner Danièle.

Ce qu'elle ressemblait à Daniel.

Il la trouva séduisante. Il versa du champagne dans deux verres qu'il offrit.

Un à Daniel.

Un à Danièle.

Et cela tonna !

Deux mots qui retentirent dans la salle :

– Chaud devant !

D'un coup de fesses, Hippolyte avait repoussé le double battant. Il jaillissait à reculons de la cuisine. Une odeur de crème et de cognac balaya la salle. Il fit volte-face, un plateau couvert de toasts tartinés de foie gras flottait entre ses mains.

– Tenez ! Cadeau de la maison... Et n'y revenez plus...

Le plateau fusa sur la table, un toast bascula, Hippolyte le rattrapa et le croqua dans la foulée. L'envie alluma une expression rieuse sur le visage de Thomas.

La porte du restaurant s'ouvrit, un groupe de six personnes entra, Hippolyte bondit à leur rencontre.

Danièle avait très, très chaud. C'était pire qu'elle l'avait imaginé. Elle n'avait jamais mangé de foie gras.

Depuis le premier étage, on entendit claquer la porte de l'appartement. Agamemnon leva les yeux et empoigna son bouquet.

D'un pas rapide et leste, Joséphine descendait les marches de cet escalier qu'avec le temps ses jambes avaient fini par apprendre par cœur. A mi-chemin elle s'arrêta un instant et vit qu'ils étaient presque tous présents. Le sourire effaça sur ses lèvres un reste de tristesse.

Hippolyte plaçait les nouveaux clients dans la salle, devant, près du radiateur.

Paul s'était emparé de la deuxième bouteille de champagne. Il tripotait avec maladresse le fil de fer autour du bouchon, pressentant confusément que la situation allait lui échapper.

Une seconde plus tard, le bouchon de champagne traversait comme un projectile toute la longueur de la salle, effleurait au passage la coupole en opaline du lustre avant de rebondir contre le plafond et de finir sa course, là-bas, derrière le bar, au milieu du saladier de mayonnaise.

– Une bouteille de champagne que l'on débouche avec talent... Il y a des bruits... comme ça... dont on ne se lassera jamais, fit Bimtou, rêveuse.

– Ce n'est pas comme les hurlements d'un gamin, ponctua Oscar.

Paul vida son verre, d'un trait, en fermant les yeux.

Sa main lissa méticuleusement sa joue droite fraîchement rasée. Il s'arrêta sur un poil rescapé, coinça le rebelle entre ses ongles et l'arracha d'un coup sec. Ensuite, il se servit un second verre, qu'il but tout aussi rapidement que le premier.

A l'autre bout de la table, Danièle se débattait pour ôter son loden. Daniel vint à son secours. Il prit le manteau. Il alla pour le suspendre. Mais l'écharpe de Danièle glissa. Elle la rattrapa d'un geste vif. Un court moment leurs deux mains se rejoignirent sur le portemanteau en cuivre. Dans la lumière chaude du lustre, à leurs doigts, les anneaux dorés scintillèrent.

Oscar le remarqua, mais se tut. Son alliance brillait moins. Tatave, après avoir goûté un toast de foie gras, l'offrit au chien.

Dans la salle, la chaleur montait.

Dehors il avait cessé de neiger.

Il était 8 heures et demie.

Ils étaient maintenant presque tous au complet.

Les deux qui manquaient encore étaient bloqués dans un embouteillage place de l'Opéra.

– J'aurais mieux fait d'y aller en métro ! rouspétait Julien.

– C'est vrai, tu serais déjà arrivé..., lâcha négligemment sa sœur en levant les yeux au ciel.

Elle pensa : « A Paris on ne voit jamais d'étoiles sauf l'hiver. »

– Et j'ai froid, reprit Julien.

– On est en plein mois de février, c'est normal.

– Mylène, tu m'emmerdes.

– Tu vieillis, tu deviens comme papa...

Julien faillit répondre, puis il se ravisa. Elle avait diablement raison. Cela avait commencé par le physique, ce visage qu'il avait vu s'arrondir au fur et à mesure des années, ces plis qui s'étaient creusés sur son front, jusqu'à ce grain de beauté qui était apparu sous son œil droit. Il ne l'avait pas auparavant, il s'en était rendu compte en regardant les diapos des vacances en Grèce. Peu à peu son père se glissait en lui, comme un lent champignon parasite. Julien s'était même mis à aimer les huîtres. Il ne lui restait plus qu'à devenir arrogant, collectionneur de grands crus et amateur de putes. Après il ferait deux enfants, un garçon et une fille à dix ans d'intervalle, et la boucle serait bouclée.

Devant eux, un taxi se rapprocha du trottoir, pour décharger un client.

– Eh là ! Ça débloque... vas-y, aboya Julien, en désignant le mince passage qui s'offrait à eux.

– Je passe pas là, Juju, lui répondit Mylène.

– Ma parole, c'est pas la peine d'acheter une

bécane pareille si tu peux même pas te faufiler entre les bagnoles !

Julien se tut, mais c'était plus fort que lui. Il avait encore quelque chose à ajouter. Juste une petite phrase bien sentie. Il lâcha, d'un bloc :

– Quand on veut faire oublier qu'on est une fille, faut en avoir les moyens !

La phrase de trop.

– Connard...

Mylène rabattit la visière de son casque d'un geste brusque. Elle tourna à fond la poignée des gaz.

La lourde moto s'arracha au sol mouillé dans un rugissement qui couvrit le cri de frayeur de Julien. Il se rattrapa en catastrophe au blouson de sa sœur. Le rétroviseur extérieur du taxi gicla sur la chaussée. La longue plainte lugubre d'un klaxon mugit. Julien ferma les yeux.

Mylène se mit à crier aussi, mais de joie, en passant la seconde.

Là-bas, un autobus s'engageait. Le carrefour se refermait devant eux, comme une bouche étroite. Mylène accéléra encore. A l'intérieur de l'autobus qui pilait brutalement, le visage d'un homme jeune s'écrasa contre la vitre.

Mylène tira de toutes ses forces sur la fourche et braqua violemment à droite. Elle redressa son bolide, contourna l'obstacle par le côté. Les vitres éclairées du bus défilèrent comme des petites vignettes où s'agglutinaient des nez, des bouches, des yeux étonnés.

De nouveau en équilibre, la moto s'élançait maintenant dans le couloir réservé aux véhicules de la régie. Elle s'engouffra dans la première ruelle transversale. Le rugissement puissant du moteur déclina rapidement dans la nuit.

Quelques minutes plus tard, la moto débouchait sur le boulevard des Capucines, plus fluide.

Ils filaient en silence, visières relevées pour mieux sentir le vent.

Julien avait serré ses bras autour de la taille de Mylène. Un sourire calme détendait son visage. Au travers du blouson de cuir, il pouvait sentir les formes pleines de la poitrine de sa sœur.

Mylène releva la tête. Elle crut apercevoir un point qui brillait dans le ciel.

Derrière le bar, Joséphine taillait les tiges des fleurs que venait de lui offrir Agamemnon.

Elle aimait bien ce garçon avec sa sensibilité étrange et son physique de fantôme amaigri. Quand elle avait su qu'il avait des problèmes de cœur, elle avait tout de suite accepté de lui louer la chambre du sixième.

Il passait souvent, en début de matinée, avec dans un sachet de papier sulfurisé deux croissants au beurre pour elle et un pain au chocolat pour Hippolyte. Puis il buvait un café noir, sans sucre, assis en face de la caisse, tandis qu'elle préparait le menu du midi.

Un jour il lui avait demandé si elle accepterait d'illustrer le livre qu'il préparait.

– Cela s'appellera *Les Autopsiques*...

– Je peux te parler franchement, Agamemnon ?

– Bien sûr, madame Iroulégui...
– C'est un peu morbide, non ?
– Si..., fit Agamemnon, déçu.

A l'âge d'Agamemnon, elle avait eu une proposition de la galerie de la rue Bonaparte. Ils lui commandaient trois toiles. Et puis Hippolyte l'avait épousée et elle avait cessé de peindre pour le suivre ici. Elle pensa : « On n'a pas le droit de se mêler de ce qui est fragile... »

– Excuse-moi, se reprit-elle, c'est un beau titre... c'est un mot que tu as inventé ?
– Oui.
– C'est un beau titre...

Quand le gynécologue avait appris à Joséphine qu'après cet accouchement elle ne pourrait plus avoir d'autre enfant, elle avait décidé avec Hippolyte que leur fils unique ne souffrirait jamais de la solitude. Elle avait toujours accueilli ses amis avec autant d'affection que s'ils avaient été ses propres gosses. Bien sûr, parmi eux, elle avait ses chouchous. Pour des raisons différentes.

Thomas par exemple. Malgré ses petits défauts. Parce qu'il n'était pas comme ça au fond.

Deux étés de suite ils l'avaient embauché pour donner un coup de main en salle. Il avait besoin d'argent et cela leur rendait service car l'été le restaurant est toujours plein. C'est à cause de la terrasse qui est ouverte et si agréable sur cette avenue calme bordée de platanes.

– N'est-ce pas Thomas ?

– C'est vrai, madame Iroulégui, mais il faudrait peut-être traîter ces arbres. Le platane meurt en Europe... Peut-être alerter la mairie...

– Nous nous inquiéterons, Thomas... C'est promis... En attendant tu commences demain, d'accord ?

– A 10 heures précises !... Hé ! dites, madame Iroulégui... Il faudra me traiter comme un employé, hein ? Pas comme un ami de votre fils ? Pas de régime de faveur... Y a pas de raison...

– Mais nous traitons nos employés comme des amis...

– Ah !... Bien... Alors c'est parfait.

En moins d'une semaine, Thomas était devenu incollable sur les vins et leurs différents cépages. Pour le confit, il recommandait l'oie du Béarn plutôt que celle du Pays basque, trop grasse et nourrie au maïs battu par les vents. Le choux de Nancy faisait la choucroute moins aigre à cause du sous-sol riche en phosphates, et l'on ne pêchait pas meilleur tourteau qu'au large de Quiberon.

Ce que Joséphine résumait par : « Thomas est un gentil garçon. »

La vieille pendule à balancier sonna un coup.

Il était 8 heures et demie. Joséphine jeta un œil vers la porte d'entrée. Son cœur se serra à l'idée que leur fils, peut-être, ne viendrait pas.

Elle remplit le grand vase en cristal pour y mettre les

capucines d'Agamemnon. Puis alla le poser sur la caisse, bien en vue. Une petite main vint se blottir dans la sienne. Tatave lui décochait un regard suppliant.

– Qu'est-ce que tu veux, mon chéri ?

– Raconte-moi l'histoire du cauchemar dans le placard...

Joséphine se baissa pour le prendre dans ses bras.

– Je ne vais pas avoir le temps maintenant.

– Si t'as le temps... si..., supplia-t-il.

– Il faut que je fasse le service... Sinon, tes parents qu'est-ce qu'ils vont manger ? lui demanda-t-elle en profitant qu'il était si près pour l'embrasser sur ses bonnes joues.

– Rien. C'est pas grave... Raconte-moi l'histoire du cauchemar dans le placard...

D'autres clients entrèrent dans le restaurant. Joséphine reposa Tatave à terre et répondit au sourire de Paul.

Paul.

Paul était son favori.

D'entre tous et sans équivoque.

Parfois elle y repensait avec frayeur.

Paul, vers qui elle renvoyait maintenant Tatave.

– Tiens... Occupe-toi de ton fils, il faut que j'aille voir les clients.

– Oui, viens là, toi...

Paul avait répondu d'une voix hésitante en reposant son troisième verre de champagne, vide. Ses joues le chauffaient. Il voyait dans les grands miroirs qui entouraient la salle se réfléchir des images rassurantes... Thomas, qui cherchait un terrain de discussion avec Oscar... Bimtou, qui taquinait Agamemnon... M. Iroulégui, qui faisait jaillir la mousse d'une nouvelle bouteille... Des silhouettes déjà enregistrées à des milliers d'exemplaires sur ces tains familiers. Mais des images qui ce soir lui paraissaient piquées, faussées. Comme si la mémoire elle-même avait vieilli.

Pfffffftchhhh..., fit le champagne en remplissant la flûte en cristal qu'il tenait fortement serrée entre ses doigts.

– Merci, ça va..., monsieur Iroulégui.

– Tu peux y aller, c'est du bon !

Deux yeux d'enfants, émerveillés comme il se doit, louchaient sur le liquide pétillant. Ceux de Tatave.

– Oh ! Paul, j'peux goûter ?...

– Non, Tatave, c'est trop fort pour toi.

– Oh !... S'te plaît...

– Laisse faire, fit Hippolyte, il peut y aller, c'est du bon j'te dis !

– Bon tiens... mais doucement...

Tatave, réjoui, porta la coupe à ses lèvres.

Sous la pendule, la glace rectangulaire reflétait les visages des deux hommes penchés sur celui de l'enfant.

Tatave releva la tête en grimaçant de dégoût.

Dehors la moto coulissait dans le silence de l'avenue enneigée.

Elle passa devant la vitrine de la boutique de jouets qui s'illuminait par intermittence. Le pneu avant s'écrasa tout doucement en montant sur le trottoir. L'ombre d'un tronc maigre ondula sur le rideau métallique de la librairie. Le puissant faisceau du phare noya un instant la forme allongée qui respirait paisiblement sur le banc.

Les deux pistons de la fourche s'enfoncèrent dans les boudins plastifiés des amortisseurs. Les mâchoires des freins relâchèrent le disque. Le ronronnement régulier du moteur s'étouffa. Enfin, la béquille ancra le monstre mécanique.

Là-bas. Juste devant la porte de la terrasse.

Alors, Maria lut dans le regard de Barnabé qu'il était temps d'y aller.

A la démarche hésitante des deux silhouettes en combinaison plastifiée jaune, Tatave pensa : « Voilà deux cosmonautes qui n'ont pas la conscience tranquille.. »

Il eut juste le temps de s'inquiéter de l'apparente insouciance avec laquelle Paul et sa mère regardaient s'approcher les intrus. Déjà le plus grand des ET lui brandissait sous le nez un long étui noir, comme un laser.

Tatave comprit que cette fois c'était du sérieux et qu'il ne fallait plus compter que sur lui pour sauver sa peau.

« Le saucisson, là-bas, peut-être... Si j'arrivais à l'attraper je pourrais les attaquer avec... Mais je suis trop petit pour le décrocher... Quand j'aurai sept ans je pourrai... Non, là c'est fichu... Je suis foutu... On est tous foutus... », se dit-il, en pensant avec mélancolie qu'il ne saurait jamais ce que foutait ce cauchemar caché dans un placard.

Le premier cosmonaute retira alors son casque.

Tatave reconnut Mylène. Elle lui montra que l'étui noir contenait une canne à pêche. Tatave comprit qu'il allait s'ennuyer toute la soirée. C'était pas drôle.

En plus Bull sentait le chien mouillé.

Même Daniel n'avait pas envie de jouer ce soir. Trop occupé avec la fille. La nouvelle. Remarque elle était belle, elle ressemblait à Daniel.

A l'école aussi il y avait une fille qui ressemblait à Tatave, et quand il le lui avait déclaré, elle avait ouvert toute grande sa bouche pour lui montrer :

– Il me manque pas toutes les dents de devant à moi !

– Mais ça va repousser, ma maman me l'a dit, avait protesté le gamin.

– Non ! Toi, t'auras toujours une bouche de vieux ! Tatave, t'es qu'une fleur de nave !!

Perfide, elle avait recommencé à sauter à la corde en ricanant. On aurait dit un grain de sel sur une poêle à frire. Tatave s'était juré de se venger. Un jour il l'emmènerait dans le Puy-de-Dôme et elle y mourrait.

– Maman, tu veux bien ouvrir la bouche ? avait-il demandé à Anne-Françoise dès la sortie de l'école.

Il avait inspecté longuement les dents et les gencives d'Anne-Françoise. Tout avait l'air normal. Les vieux ne perdent pas tous leurs dents.

– Maman, c'est quoi un nave ?

Anne-Françoise avait refermé sa bouche sur un sourire attendri. Puis elle lui avait pris la main et ils étaient rentrés à pied jusqu'à la maison.

Maintenant c'était au tour du deuxième cosmonaute de révéler son vrai visage. Ce n'était que Julien qui marmonnait en désignant sa sœur :

– Elle conduit comme une sale conne...

Ces deux-là, ils se disputent tout le temps.

C'était pour ça que Tatave ne voulait pas de sœur. Il pensait qu'il était inutile que Paul et Anne-Françoise se donnent du mal et les avait d'ailleurs prévenus. Non, vraiment. Si c'est pour s'engueuler tout le temps, ça vaut pas le coup. Tatave préférait rester seul.

– Et si c'est un petit frère ? avait demandé Paul.

– Alors ça fera répétition... Si je peux te donner un conseil, Paul... Maman ferait mieux de reprendre la pilule, tu vois ?

Puis Tatave s'était laissé couler dans l'eau du bain.

Le mardi, jour de se laver les cheveux, il avait le droit d'explorer la baignoire avec son masque et son tuba.

Profitant que M. Iroulégui s'était éclipsé une seconde en cuisine, Mylène finit de déballer la canne à pêche qu'ils s'étaient tous cotisés pour lui offrir.

En faisait apparaître la longue tige noire en fibre de carbone, elle pensait : « C'est dégueulasse, là-bas dans cette boutique, sur les quais, ces cages où croupissent lapins, poules et mygales. C'est dégueulasse de rien dire contre ça... » Elle se trouva futile mais cela ne dura pas.

L'avertissement tragique qui éclatait devant les fourneaux chauffés à blanc vint l'interrompre. Hippolyte martelait chaque mot :

– Je ne veux pas que vous chahutiez devant la friture ! Tu m'entends, Paolo ! Y a un apprenti avant toi qui s'est renversé la bassine dessus... Mohcène était là... Hein ? Dis-lui, Mohcène ! Raconte comment tu m'as aidé à décoller les morceaux de tissu qu'avaient fondu dans le bras du gamin !..

Un calme et un silence impressionnants s'étaient installés dans le restaurant. Par la seule force de sa voix, Hippolyte avait réussi à dénicher en chacune des personnes présentes une bonne raison de se sentir coupable.

Autour de la grande table personne ne songeait plus à regarder la canne de lancer. Mylène la remballa doucement.

Devant, le couple d'Anglais, pas très sûr d'avoir bien compris, n'osait pas commencer les coquilles Saint-Jacques.

Les six derniers clients arrivés trempaient le bout de leurs lèvres dans les Martini.

Et la voix vibra encore.

– Je ne veux plus jamais avoir à retourner à Cochin pour un môme de quinze ans ! C'est compris ?

– Oui, chef ! répondit Paolo.

– Plus jamais ! Me fais pas un coup pareil maintenant !

– Oui, chef !

Les deux battants de la porte de la cuisine giflèrent l'air de la salle. Les épaules se firent plus étroites. Les fronts plus bas. Hippolyte revenait, rouge, transpirant, râblé, les yeux brillant de fureur, ses mains larges serrées autour d'un torchon blanc.

Magnifique. Il était magnifique.

Il avait chaussé ses lunettes de presbyte, deux demi-lunes en écaille noire qui glissaient le long de son nez et qu'il rattrapa au dernier moment de son index de la main gauche.

La porte d'entrée grinça légèrement dans ce moment suspendu.

Barnabé entrait.

Dans ce restaurant où il avait été élevé.

Devant son père, sa mère et tous ses amis réunis là. Il crevait d'émotion et faisait tout pour le cacher.

A son côté il y avait Maria. Sur ses gardes, elle scrutait chacun.

Derrière eux le clochard du banc, un journal plié sous son bras, souriait, benoît.

Tous les regards convergèrent vers cet hôte inattendu.

– C'est moi qui l'ai invité. Il fait froid dehors..., dit Maria.

M. Perle, le clochard, toussota poliment.

Hippolyte et Joséphine se trouvèrent du regard.

Bull se hissa sur ses quatres pattes en poussant un grognement de satisfaction, puis il trottina vers Barnabé en remuant son gros derrière.

Maintenant ce repas pouvait vraiment commencer.

M. Paris, le clochard, toussota poliment. [illegible] et Joséphine se trouvèrent du regard. Bulle s'assit sur ses quatre pattes en poussant un grognement de satisfaction, puis il recula vers Barnabé en remuant son gros derrière.

Maintenant ce repas pouvait vraiment commencer.

APERITIFS

Barnabé avait enfin commencé son roman.

Il en avait clos la phrase inaugurale. Inscrivant le point comme on pose la première pierre d'un édifice, avec un délicat sentiment de fierté métissée d'inquiétude. Depuis plusieurs semaines ce projet le ballottait d'enthousiasmes en apathies.

Eh bien, quatre mots en existaient à présent : « Thomas n'était pas grand. »

Quatre mots. En quatre mois.

Lui d'habitude fécond.

L'an dernier il avait écrit un scénario de long métrage, en trois jours et trois nuits. Ce marathon avait eu lieu dans les salons d'un grand hôtel parisien, en public, et devant les caméras de la télévision. Quelques auteurs en bonne santé s'étaient réunis pour plancher durant soixante-douze heures sur un sujet révélé au dernier moment. Ils disposaient d'un capital de dix heures de sommeil utilisables à leur gré pendant l'épreuve.

Mais pas une de plus. Une assistance médicale était prévue.

A la première heure, Barnabé avait écrit le premier mot du texte. Ensuite il ne s'était plus arrêté jusqu'au point final apposé cent quatre-vingts pages plus loin.

A l'unanimité, son script avait remporté le premier prix qu'il avait touché en trois versements étalés sur six mois. Le scénario était bon. La presse en avait fait écho. Mais personne ne voulait prendre le risque de monter ce film.

– A cause de la morale...

– Ah ?

– Oui... Vous ne voudriez pas remplacer le personnage du petit garçon par une... une fille... mais plus âgée... une adolescente au moins... vous comprenez ?

– Non.

En général les scénarios qu'écrivait Barnabé ne se tournaient pas. Ces pannes successives ayant pour seul intérêt d'avoir à chaque fois des causes différentes. Ce qui lui faisait dire, à haute voix, quand il était sûr d'être seul :

– Finalement, le plus inattendu, c'est l'échec.

Oui, fécond. Parce qu'il avait aussi écrit deux manuscrits pour lesquels des éditeurs lui avaient fait miroiter une impression prochaine.

– Je t'encourage, mon petit Barnabé... J'ai déjà lu des romans qui comportaient bien moins de défauts que le tien... Mais qui ne possédaient pas ces passages lumineux... Oui vraiment je t'encourage à continuer... Les autres, je leur ai dit d'aller vendre des cacahuètes... En quelle année sommes-nous ?

– En 1991, madame.

– Appelle moi Mado... eh bien, mon petit Barnabé, l'année 1992 sera ton année.... Allez, j'attends la prochaine version...

Il avait reçu de l'argent de producteurs qui croyaient à une adaptation cinématographique de ses œuvres littéraires. Mais les romans ne virent jamais le jour, car il ne parvint pas à les décrotter des petits défauts qui ternissaient les lumières.

– Péché de jeunesse...

– Oui, Mado.

Toutefois, il garda l'argent des producteurs.

Fécond, car dans le même temps il avait écrit deux pièces de théâtre. La première, représentée en périphérie parisienne, fit un four noir. Le théâtre ressemblait à un bain-douche municipal et n'attira ni spectateurs ni critiques.

Le texte, seul, lui rapporta de l'argent. Une bourse du Centre National des Lettres. Avec une majuscule à centre, à national et à lettres.

– Pour que vous puissiez continuer votre œuvre...

– Merci, monsieur.

La seconde pièce était mieux partie. Elle avait reçu une subvention du ministère de tutelle. Il préférait ce mot à culture.

– Je fais dans la tutelle.

Il avait reçu 10% de la somme. Mais le directeur du théâtre, qui avait reçu le reste, au lieu de monter la pièce de Barnabé, en avait profité pour créer un inédit de Marguerite Duras et ravaler la façade de son établissement.

– Maintenant ça ne ressemble plus à un bain-douche municipal... mais à un supermarché, disait Barnabé en retenant un sourire un peu triste.

Fécond, et de bonne composition.

– Je fais partie des rares auteurs en France qui ont la chance de vivre de leur plume, mais je suis certainement le seul dont personne n'a jamais rien lu ou vu.

– Si, moi..., répondait Maria qui avait l'habitude de ces longues périodes pendant lesquelles le moral de Barnabé ressemblait à un fromage corse.

– Oui mais toi c'est pas pareil, Maria. Et puis tu n'aimes pas ce que j'écris.

– Mais je t'aime, toi...

– Tu vois bien ? Tu le reconnais.

Barnabé s'était fait une raison. Il avait beau prévenir les metteurs en scène qui voulaient travailler avec lui :

– Vous savez, il suffit que j'écrive un truc pour que ça ne se fasse pas.

Les autres imputaient sa réaction à son formidable humour, mais dans la semaine qui suivait l'avion qui emportait le producteur s'écrasait en mer, une révolution éclatait dans le pays coproducteur ou Marguerite Duras sortait un nouvel inédit.

Cela n'empêchait pas les contrats d'affluer.

– Le jour où l'un de mes textes finira par se monter, tout le monde connaîtra la vraie valeur des trucs que j'écris. Plus personne ne voudra bosser avec moi. Au moins, pour l'instant, je travaille grâce au bénéfice du doute.

Ou il disait :

– Je suis à la mode, en étant invisible.

Ou bien encore :

– Je mange mon pain blanc. Je m'en fous. Ils sont tous cons.

Mais uniquement les jours où il était très, très déprimé. C'est-à-dire quand il ne parvenait pas à écrire. Comme cela avait été le cas tout l'après-midi. Parce que le sujet de son roman le plongeait dans une inexplicable et douce mélancolie. Et puis aussi à cause du coup de fil de Paul.

Barnabé cherchait souvent une solution pour éviter l'inévitable.

– On devrait avoir le droit, trois fois par an, de sortir son joker, disait-il volontiers... Alors le temps n'existerait plus pour la personne qui sort son joker. Pas pour les autres, seulement pour celui qui aurait eu envie d'éviter les emmerdes ce jour-là.

– Et qu'est-ce qu'il deviendrait ton... exempté... pendant cette journée ? Il flotterait dans l'espace ?

C'était ce genre de conversation qu 'il avait avec Maria lorsqu'elle laissait la porte des cabinets ouverte. Il aimait la regarder faire pipi, cela déclenchait en lui d'infinies bouffées de tendresse.

– Maria tu es ma muse.

– Barnabé tu es saoul...

Quand le téléphone avait sonné, Barnabé avait secrètement regretté d'avoir déjà dépensé ses trois jokers de l'année. Ce n'était pas de l'intuition, c'était du fatalisme. Il savait que Paul appelait. Il savait pourquoi. Cela ne pouvait pas être autrement. Ce fut donc ainsi.

A l'autre bout du combiné Paul fut direct.

– Pourquoi c'est moi qui lance les invitations ? Qu'est-ce qui te prends ? Tu n'as pas envie qu'on y mange tous, une dernière fois.

– J'avais envie. Mais je ne sais pas. J'ai eu peur.

– Alors t'aurais rien fait si j'avais pas appelé ?

– Non, répondit Barnabé sans hésiter.

– Pourquoi ?

– Parce que si c'est nul, ce sera encore pire.

– Ce ne sera pas nul... De toute façon moi je préviens tout le monde... Tu fais comme tu penses.

– Mmmm.

– Alors vous viendrez ?

– Si ça dit à Maria.

– Je lui en ai déjà parlé, elle est d'accord.

– Ah bon !

– Barny...

– Mmmm ?

– Ça ne peut pas être nul.

Ensuite ils avaient raccroché. Et là, tout à l'heure, en entrant dans le restaurant, Barnabé avait aperçu le grand sourire sur le visage de Paul.

En le voyant embrasser sa mère puis serrer son père contre lui et ne pas s'apercevoir que son chien lui faisait fête, Maria se demanda pourquoi Barnabé avait mis tant d'années à se rendre compte qu'il aimait sa mère, son père, mais qu'il n'aimait pas son chien.

Il est normal qu'une orpheline réalise ce genre de choses plus rapidement qu'une autre.

Maria était née par le siège, le 1er janvier 1959 à 15 heures, dans la propriété familiale des Sébastian, nichée au cœur de la forêt vierge, au sud de Guantánamo, Cuba.

Au même moment, la jument de Cartarpillar poulinait un peu plus loin, dans la remise à grains. A cent trois ans, le vieil Haïtien aimait toujours autant les naissances. Il se précipita au travers de l'immense esplanade en béton du séchoir. Un jus blanchâtre et poisseux giclait à chacune de ses foulées sur le tapis de grains de café fraîchement récoltés. Un rire rauque secouait toute sa carcasse semblable à une feuille de tabac desséchée. En apercevant Diègo sortir de la maison en courant, il lui cria, de sa voix rabotée par le rhum et le cigare :

– Ça y est ! Il est né ! C'est un mâle ! Il a les antérieurs robustes comme des lames de sabre ! Il est tout noir ! Tout noir ! C'est un vrai nègre !

Diègo avait déjà franchi la véranda, il fonçait sur la terre battue à la rencontre de Cartarpillar. Dans son costume en lin blanc, il brillait comme une étoile. Un sourire émerveillé étirait sa fine moustache. De minces rides claires se dessinaient au coin de ses yeux bleus, sur sa peau bronzée.

En prenant pied sur le séchoir il leva ses bras, il ouvrit ses paumes et de toutes ses forces les tendit pour remercier le ciel.

– Elle est née ! C'est une fille ! Elle a une voix ! Ah ! Elle gueule haut et fort !

– Alors comme toi elle saura se faire entendre !

Cartarpillar serra Diègo contre lui. Ils tournèrent ensemble. Mêlant leurs rires pour la dernière fois.

Un coup de feu venait d'éclater.

Dans les bras de Diègo, Cartarpillar se fit plus lourd. Il n'émit pas un soupir.

Depuis quelques heures les troupes révolutionnaires menées par Fidel Castro avaient pénétré dans le Capitole, siège du pouvoir de Batista à La Havane. Le sang qui coulait partout sur l'île était rouge.

Une douzaine d'hommes armés, revêtus d'uniformes kaki, quittèrent l'abri de la forêt et s'avancèrent vers Diègo.

– Tu es Diègo Sébastian ? demanda leur chef.

– Oui.

Diègo relâcha son étreinte. Le corps de Cartarpillar glissa lentement puis s'affaissa à ses pieds.

Diègo regretta de ne pas avoir pu s'accorder avec Félicia sur le prénom de la petite, ferma les yeux et attendit la mort.

– Félicitations, camarade !

L'homme armé lui donnait l'accolade.

– Tu dois nous suivre à La Havane ! Tu es nommé ministre de la Justice !

Cartarpillar avait été abattu par erreur. Ils avaient cru qu'un contre-révolutionnaire attaquait le nouveau ministre. Une révolution doit compter ses sacrifices. Le camarade était papa. Voilà une bonne nouvelle ! Ils tirèrent plusieurs rafales en l'air. De nombreuses noix de coco se fracassèrent sur le toit de la maison.

Le même genre de scène se répéta simultanément dans douze endroits de l'île, et comme il ne pouvait y avoir qu'un seul ministre de la Justice onze d'entre eux durent être limogés.

– Camarades, ce sont les balbutiements d'une administration qui naît à la liberté, leur avait expliqué Fidel en les recevant les uns après les autres, un « Roméo Y Julietta » rougeoyant au coin des lèvres.

Diègo Sébastian était l'un des avocats les plus célèbres de La Havane. Maintes fois il avait tenu tête aux représentants du grand frère américain. Son incorruptibilité était légendaire, son attachement à défendre les communistes ignoré de personne.

– Général, avait-il répondu à Fidel, j'ai peur que ma conception de la justice... se heurte avec les méthodes de vos collaborateurs. Vos émissaires ont abattu mon régisseur comme un chien, sans raison... Les crocodiles des douves de Jaïva souffrent tous d'indigestion et pendant ce temps-là vous faites distribuer des images pieuses dans les foyers catholiques...

– Diègo, vous êtes un romantique, avait répondu Fidel en s'étirant paresseusement, si vous acceptez de devenir mon ministre de la Justice, il vous faudra adhérer aux principes de réalité...

– Alors je décline votre offre et j'exige de voir ma fille et ma femme dès aujourd'hui.

– Au revoir, camarade.

Deux jours plus tard, la propriété des Sébastian, nationalisée, était confiée à un gérant.

Diègo et Félicia baptisèrent finalement Maria par défi et tous trois furent relogés dans un appartement qu'ils partageraient dorénavant avec un couple d'agriculteurs, membres du comité révolutionnaire local.

Diègo n'avait plus le droit de travailler. Il n'était plus autorisé à publier. La frêle silhouette qui avait tenu tête au puissant barbu, le fragile avocat qui s'était perdu à cause d'une plaidoirie un peu trop sincère, commença à grossir.

– C'est du diabète, camarade... Il faut supprimer le sucre.

Félicia, qui enseignait le français au collège Hoover, perdit son emploi dans le même temps que l'établissement se voyait renommé Lénine. A la maison elle éduqua sa fille dans l'habitude du silence. Si bien qu'à six ans Maria était muette.

On se moqua de la fille des bourgeois, intellectuellement diminuée, on la força à travailler dans les champs de canne à sucre, le soir après l'école, le dimanche. Mais quand elle rentrait, genoux écorchés et mains ensanglantées, son regard brûlait d'orgueil.

A quatorze ans Maria ne parlait toujours pas un mot d'espagnol. Par contre, elle possédait parfaitement le français. Ce que tout le monde ignorait.

– Si tu ne parles pas l'espagnol, personne ne pourra jamais t'interroger et jamais tes paroles ne te trahiront, lui disait son père. Je préfère qu'ils pensent que tu es une petite débile... Et n'oublie jamais, Maria... Le français est la langue du pays des droits de l'homme...

– Mais, papa, là-bas aussi il a fallu une révolution pour y parvenir...

Son père ne répliqua pas, il dit juste :

– Tu dois connaître le monde libre.

Huit demandes de visa leur avaient successivement été refusées. La santé de Diègo se détériorait. Il souffrait de palpitations dont la fréquence ne cessait d'augmenter.

– Ici tout finira par crever à cause du sucre...

En octobre un attentat à la bombe projeta la Jeep de Fidel à plus de dix mètres de haut. Miraculeusement le dictateur en réchappa. Félicia reparut le lendemain midi, vêtements noircis, visage fermé. D'autres responsables de cet assassinat réactionnaire furent interpellés. Ils ne parlèrent pas, éduqués dans l'habitude du silence.

Quand ils découvrirent le micro posé sous leur lit, Félicia et Diègo comprirent qu'il était temps de partir.

Ils se rendirent à Mariana dans le nord de l'île, et là, une nuit, ils embarquèrent à bord d'un radeau pour traverser le golfe du Mexique jusqu'en Floride.

– Mon père et ma mère sont morts lors de la traversée. Félicia d'abord, dès les premières heures, tombée à l'eau, elle avait ses règles, bouffée par un requin... Diègo ensuite... Son cœur a lâché deux heures avant qu'on arrive en vue des côtes de Floride. Je ne valais guère mieux, j'étais brûlée par le soleil et le sel.

– Et quand vous êtes arrivée ?

– Je me suis dit que le sable du monde libre était jonché de canettes.

En ces termes, Maria avait tout raconté à Barnabé lors de leur première rencontre, à son arrivée en France, trois ans plus tard.

– Vous en parlez d'une façon tellement...

– Crue ?

– Oui.

– Je n'ai pas eu l'habitude de m'exprimer autrement.

– Mais vous n'avez jamais parlé espagnol ? En dix-huit ans, pas une fois ?

– Si, bien sûr, des milliers de fois, répondit simplement Maria, je savais parler espagnol comme tout le monde. On n'empêche pas une enfant de parler la langue de son pays... De toute façon, ce n'est pas ça qui m'aurait gêné pour communiquer. Je ne sais pas au juste ce que mes parents craignaient... Que je sois contaminée peut-être... C'est une idée d'intellectuels, croire autant à la force du langage. Mon père passait son temps à organiser des débats secrets. Mais devant eux et devant leurs amis j'ai toujours fait comme si je ne parlais que le français. Ça les rassurait, et moi ça m'amusait... J'avais l'impression de mener une double résistance...

Le texte de cette interview n'est jamais paru. Barnabé avait préféré en tirer une pièce de théâtre. La première.

Puis ils étaient rapidement devenus amants. Mais Maria restait secrète et farouche.

– Tu as un pied bot au cœur, lui dit Barnabé, un matin où son réveil fut particulièrement inspiré, ça te fait boiter des sentiments.

– Qu'est-ce que ça veut dire ? fit-elle, glaciale.

– Ça veut dire qu'il suffit pas d'être chaude au pieu...

Maria, bouche bée, regardait fixement Barnabé. Il ouvrit les volets, tout en poursuivant :

– Non, c'est vrai, on dirait que tu es tout le temps sur la défensive... Pour ce qu'il y a à voler dans ton cœur sec... Tu sais, tu peux t'essayer à la tendresse une ou deux fois par jour. Ça ne va pas te casser la jambe...

Il mit son slip et se rapprocha d'elle, encore allongée.

– Si tu n'es pas capable de baisser ta garde de temps en temps, poursuivit-il, tu resteras une petite gosse protégée toute ta vie... C'est sûr, t'encaisseras jamais de coups... mais t'apprendras jamais rien non plus... Voilà !

Maria lui répondit avec fureur. Elle délivra les mots d'un bloc, comme si elle se libérait soudain du poids de pensées trop longtemps retenues. Elle s'en prit à Barnabé, aux mecs, aux institutions, à ceux qui dictent des lois et aussi à ceux qui n'en dictent pas et qui laissent les gens comme elle, paumés, incrédules, à la dérive. Elle ajouta : dérisoires.

Puis elle s'en prit à elle-même. Elle s'accusa en espagnol et s'excusa en français. Enfin, elle l'attira contre lui et se réfugia entre ses bras. Elle lui tourna le dos, emboîtant son corps en fièvre contre le sien, empoignant son sexe et l'attirant entre ses fesses offertes.

Elle en fit un peu trop, mais la larme qui coula sur sa joue était sincère. Sur la carapace de mutisme édifiée pour protéger son enfance venait d'apparaître la première fissure. Une faille étroite, mais lumineuse et palpitante. En y glissant un œil attentif, Barnabé put découvrir un peu de fragilité. Il comprit qu'elle l'aimait.

Depuis ils avaient appris la complicité. Ils avaient rattrapé le temps perdu. Les querelles, aussi fréquentes qu'inattendues, leur restaient un excellent moyen de parvenir à la sincérité. Ce qui faisait dire à Maria : « On avance à coups de poignard... »

Comme tout à l'heure, dans la voiture. Barnabé pensait qu'elle n'avait pas envie de venir à ce repas. Il le lui avait reproché. Comme un tigre, elle avait bondi :

– Tu dis ça parce que toi tu as les pétoches d'y aller ! Mais est-ce que tu peux seulement avoir une idée du dixième de l'importance que j'accorde à cette soirée, hein ? Dès fois je me dis que t'es vraiment un veau ! Je suis amoureuse d'un veau !

Puis elle s'était tue et avait planté son regard hostile au-dehors, sur l'avenue déserte et silencieuse.

Jamais Maria ne pourrait oublier qu'un soir à Cuba, ses parents, eux aussi, avaient décidé qu'il était temps de partir. Et elle aimait les parents de Barnabé comme s'ils étaient ses propres parents.

Barnabé s'était mis à gueuler. Il la trouvait vraiment injuste. Il ne disait jamais : injuste. Il disait toujours : vraiment injuste. Il avait gueulé pendant cinq minutes, ce qui pour lui était plutôt une longue colère. Il avait gueulé comme son père gueulait. Et finalement, il avait passé ses nerfs sur la galerie de la voiture.

Maria, comme après chaque dispute, s'en était voulu d'avoir été aussi excessive. Elle ne disait jamais : excessive. Elle disait toujours : aussi excessive.

Mais maintenant ils étaient réconciliés. Ils venaient d'entrer dans le restaurant et tout était oublié. Barnabé s'échappait vers ses amis.

Rieur, il écarta les bras en réclamant une coupe de champagne. Il ôta son manteau qu'il suspendit d'une main, tandis que de l'autre il repoussait le dossier d'une chaise. Ses épaules se tournèrent, il glissa contre le miroir. L'image de son dos large se refléta en abîme dans la glace piquetée du bar. Ses pas s'éloignaient sur l'échiquier du carrelage. Déjà, il avait traversé la salle, par mouvements habitués.

Les menus recouverts de cuir brun circulaient entre les mains. Les noms des plats succulents résonnaient dans les bouches. Des bouteilles de vin firent une apparition miraculeuse au milieu de la table, saluées par des petits cris de joie. Comme si par sa seule présence Barnabé avait donné le signal de la fête.

Alors Maria tourna la tête. Un sourire franc illuminait son visage. Elle vit Joséphine qui s'avançait pour l'embrasser. Maria l'enlaça par la taille. Puis elle accueillit Hippolyte qu'elle embrassa à son tour. Ils étaient là tous les deux contre elle. Et elle les serrait fort dans ses bras. En fermant les yeux. Car elle savait que ce soir, à leur façon, les parents de Barnabé s'embarquaient à bord du radeau.

Rapidement, ils s'asseyèrent tous à leur place définitive.

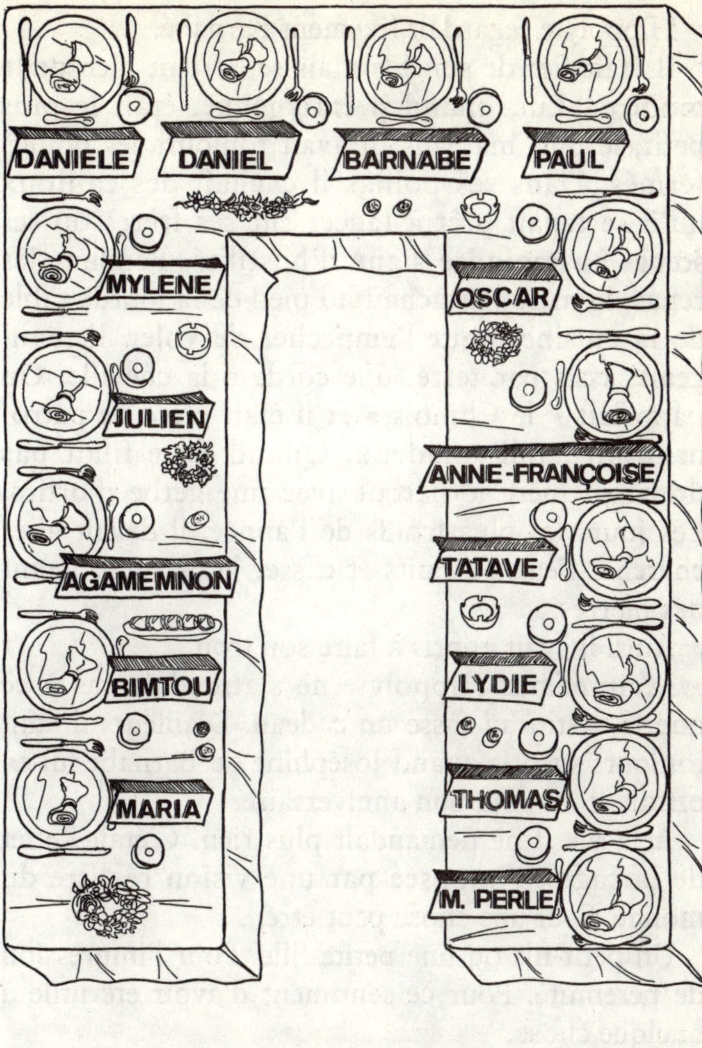

C'est M. Perle lui-même qui avait demandé à être placé à l'extrémité du fer à cheval, pour déranger le moins possible et parce qu'il ne pouvait pas rester longtemps.

Hippolyte regardait fixement Barnabé.

Il était fier de son fils mais se gardait bien de le montrer. Lui, quand il était jeune, était le plus petit, le plus mauvais. Il avait toujours les poings fermés. Dans ses poings il cachait des cailloux qu'il se tenait prêt à lancer sur ses frères ou ses sœurs au moindre signe d'hostilité. Pendant les repas, la mère l'attachait au pied de la lourde table de la cuisine, pour l'empêcher de voler. Il mangeait, assis par terre, une corde à la cheville. On l'appelait « le Chinois » et il était privé de patronage un jeudi sur deux. Quand il ne filait pas doux, sa mère le battait avec une gerbe d'orties. Les jours les plus froids de l'année, il devait aller chercher l'eau au puits et casser la glace en jetant des pierres.

Ainsi il avait appris à faire son trou.

Maintenant, Hippolyte ne s'attendait pas à ce que le destin lui fasse un cadeau. D'ailleurs il était toujours surpris quand Joséphine ou Barnabé lui en offraient un pour son anniversaire.

A la vie il ne demandait plus rien. C'était l'effet de la sagesse imposée par une vision réaliste du monde. Sauf une chose peut-être...

Un petit-fils ou une petite-fille. Pour l'impression de pérennité. Pour ce sentiment d'avoir été utile à quelque chose.

Un instant il eut devant les yeux l'image de sa mère. Elle était morte une semaine avant la naissance de Barnabé. Il avait toujours adoré sa mère. Malgré tout.

Ce restaurant l'avait épuisé. Lui aussi, il l'aimait malgré tout.

Hippolyte ne concevait pas la rancune. Pas ce soir.

M. Perle leva les yeux du menu. Il fixa le dos massif d'Hippolyte qui se dirigeait lentement vers la porte de la cuisine. Il se pencha vers Thomas et lui confia :

– Il est pas en forme ce soir...

– Pourquoi, s'étonna Thomas. Vous le connaissez ?..

M. Perle eut un sourire mystérieux, il tira sur le col crasseux de sa chemise usée et se lissa la barbe. Thomas crut voir une puce sauter sur le menu posé sur la table. Là, le point sur le « i » de thermidor, dans « Gratin de crabe et langouste thermidor », avait bougé. C'était peut-être un reflet sur le film plastique qui protégeait la carte.

Il pensa : « Ce sont les puces qui propagent la peste, après avoir mordu des rats contaminés. Ça a tué plus de trente-cinq mille personnes à Londres en 1625... », mais interrompit prématurément le cours de sa réflexion car M. Perle répondait à sa question :

– Tu sais, disait-il de sa voix égratignée, on nous appelle des SDF... Sans Domicile Fixe... mais c'est pas vrai, c'est une invention de propriétaire d'immeuble, ça... Nous autres, les cloches, on a des domiciles fixes, plusieurs mêmes... Moi, par exemple, c'est le banc qui est devant le restaurant... et même l'été, quand ils ouvrent leur terrasse, je dors dedans... je suis un habitué, ici... et le patron, je le connais bien... Et si je te dis qu'il est pas en forme, c'est qu'il est pas en forme... N'a pas le moral... Et ça date pas d'hier...

M. Perle se tut, fit claquer sa langue à deux reprises sur son palais. Thomas comprit qu'il avait soif. Il lui servit un grand verre de vin.

– Merci, mon gars... Moi je connais tout le monde ici... Toi aussi je te connais...

– Vous devez confondre, balbutia Thomas, tout en scrutant le visage de M. Perle, à la recherche d'un indice.

– Ben oui... T'es un ami du fils... et t'as bossé ici l'été y a deux ans...

Thomas écarquilla ses yeux délavés. Presque jaloux. L'homme qui observe est l'homme qui sait.

– Depuis votre banc... vous m'avez vu depuis votre banc ? demanda-t-il.

– Mais vous tous j'te dis... Tiens par exemple la rousse... là...

M. Perle désigna Anne-Françoise, discrètement, du bout du pouce.

– Eh ben, elle aussi c'est une copine du fils... et elle est toubib... et c'est une tricheuse...

– Une tricheuse ? répéta prudemment Thomas, qui se doutait de ce que M. Perle insinuait.

– Ils ont pas organisé une petite magouille tous les deux pour que le fils y fasse pas son armée ?.. Genre des fausses crises d'épilepsie...

M. Perle se tut. Il but une nouvelle gorgée. Le brouilly quand il est bien frais, ça vous remue des pieds à la tête. Il ferma les yeux de plaisir. Il savourait son effet.

Thomas restait bouche bée.

– Je suis la conscience du quartier..., glissa malicieusement M. Perle en rouvrant les yeux.

Puis il s'intéressa au menu et demanda, badin :

– Bloc de foie gras de canard aux raisins et aux pommes... Quèsaco ?... C'est pas trop lourd ?

– Non, ce sont de fines tranches de foie gras frais, étuvées dans un jus de truffe, servies avec des raisins et des pommes fruits, répliqua Thomas machinalement, en fait c'est très léger...

M. Perle sourit, découvrant quelques trous noirs au milieu d'une dentition généralement jaune. Il se gratta l'oreille.

– Moi, je l'aime bien ce restaurant... depuis le temps que je traîne dans le quartier, j'ai plein de souvenirs ici... Je vais te raconter... Je sens qu'on va se marrer... Tu bois pas un coup ?...

– Si, si.

Thomas se servit un verre, il remplit à nouveau le verre de M. Perle. A eux deux ils avaient déjà vidé une bouteille. Comme des potes.

Pendant ce temps, à l'autre bout de la table, Barnabé les regardait, amusé, sans se douter qu'ils venaient de parler de lui.

Si l'on pouvait glisser une main discrète et agile dans la poche intérieure du manteau de Barnabé, on en retirerait son portefeuille et l'on y trouverait la carte du service national qui fait état de son statut d'exempté.

Peut-être également, si l'on était un cambrioleur furtif et acrobate, pourrait-on s'introduire chez lui par le vasistas de la salle de bains et, en fouillant les tiroirs du bureau, y trouver une vieille ordonnance pour un traitement aux barbituriques ainsi qu'un certificat médical confirmant l'épilepsie de Barnabé. On ferait alors le lien entre les deux et on aurait raison. Puis on s'apitoierait sur son cas. L'épilepsie, c'est pas rigolo. Mais là, on aurait tort. Non pas que l'épilepsie fût drôle, mais parce que Barnabé ne souffrait pas de cette maladie. Il en avait juste simulé les symptômes.

Il y a huit ans. Huit ans déjà.

Barnabé venait de recevoir sa convocation pour les « trois jours ». Paul venait de faire la connaissance d'Anne-Françoise lors de la séance de dédicace de son premier album. Et Anne-Françoise venait d'entrer en stage de neurologie à Lariboisière. Il suffisait de créer un lien entre ces trois événements, pour fomenter un complot antinational. Ce qui fut fait à l'occasion d'un dîner réunissant nos trois comparses.

Tant il est vrai que dans ce récit tout est placé sous le signe de la bouffe.

Paul, éperdument amoureux depuis une semaine, avait insisté pour présenter sa jeune et brillante conquête à Barnabé.

Née à Magouric, commune de Locmaria par Le Palais, Belle-Ile-en-Mer, dans le Morbihan - 56 - , Anne-Françoise avait grandi parmi les poules, les vaches et les homards que son père élevait dans un vivier, sis au fond de l'étable. A onze ans, elle était tombée follement amoureuse du médecin de l'île dont elle partageait la passion pour les aventures de Tintin et Milou. Sa décision était prise : elle serait dessinatrice de BD et épouserait un médecin.

On peut sourire à l'étrange caprice du destin qui a inversé les rêves de la petite fille mais on soulignera néanmoins son exceptionnelle aptitude à poursuivre ses désirs jusqu'à leur bout possible.

Elle fit une entrée fracassante dans l'existence de Barnabé avec cette question posée le plus naturellement du monde :

– Te sens-tu capable de te faire pipi dessus, là, maintenant ?

Barnabé, qui depuis le début de ce repas affichait une mine de lotte empoisonnée, ouvrit lentement la gueule. Paul frôla sa joue d'une main hésitante et découvrant un poil solitaire le pinça et l'extirpa en douceur de son fourreau cutané. « Ainsi ces vieilles légendes bretonnes s'avéraient authentiques, pensèrent-ils ensemble », en dévisageant Anne-Françoise à la recherche des stigmates du combat qu'un elfe maléfique devait livrer à l'ange celte.

– Je peux te faire exempter, reprit-elle en clouant Barnabé du regard, si tu as du cran.

– Ecoute, Anne-Françoise, voulut intervenir Paul, je suis très... gêné...

Mais Barnabé le fit taire. Il était prêt à sacrifier beaucoup pour ne pas se couper une année entière de sa paisible vie d'écriture. Au moins il était prêt à écouter.

– Vas-y... raconte...

– Epilepsie, reprit Anne-Françoise... Moi je t'explique les symptômes, les deux ou trois trucs à connaître, les gaffes à ne pas commettre... Toi tu simules la crise et on t'hospitalise d'urgence... Quatre-vingt-dix fois sur cent il n'y a pas de cause décelable... Dans ce cas, aucun signe n'est détectable à l'électroencéphalogramme... Personne ne pourra affirmer que tu n'as pas fait une vraie crise d'épilepsie... Tu comprends ?

– J'en ai peur...

– C'est quand tes trois jours ? reprit Anne-Françoise d'une voix déterminée.

– La semaine prochaine...

– Alors il faut faire vite. Et si la première crise ne suffit pas pour les convaincre, tu en simuleras une deuxième, après tes trois jours. Puis tu demanderas à repasser devant les médecins militaires, pour événement médical exceptionnel à ajouter au dossier... Je te garantis qu'ils te réformeront. Ils auront bien trop peur que tu leur fasses une crise au volant d'un char, en plein milieu d'un village...

Barnabé, incrédule, laissa son regard dériver sur Paul qui s'était pris les tempes entre les mains et dodelinait de la tête en pensant à ces personnes capables de débarquer dans votre vie et d'en modifier le cours, pourtant soigneusement programmé depuis des années, en moins d'une minute. Il y avait une pointe d'envie là-dedans.

– Si c'est aussi infaillible, pourquoi tout le monde ne le fait pas ? s'inquiéta Barnabé.

– C'est vrai... c'est bizarre..., ajouta Paul qui n'était pas téméraire.

Anne-Françoise prit sa main et la serra très fort. Paul se sentit envahi par un flux d'une étrange douceur. A cet instant, il eût été incapable, si on lui avait placé un œuf de lump entre les molaires, de lui causer la moindre morsure. Elle lui répondit :

– Il y a plein de gens qui essaient, mais ils se font tous avoir par un truc... parce qu'il y a quand même un piège...

– Ça m'aurait étonné, dit Barnabé, qui se demandait déjà comment annoncer à sa mère et à son père que leur fils unique était épileptique.

– Le traitement, lâcha Anne-Françoise. Si tu ne prends pas les médicaments qu'ils vont te prescrire, ce sera pour eux la preuve que tu simules...

– Mais comment ils savent si je les prends ou pas ?

– Ils te font une prise de sang et ils y recherchent les traces du produit... Si c'est négatif ça veut dire que tu mens...

– Ben... c'est facile... Y a qu'à prendre les cachets un jour ou deux avant d'aller les voir, et puis c'est bon.

– Paul, tu viens de tomber dans le piège... tête baissée... comme la plupart des simulateurs...

Paul et Barnabé sentirent leurs bras se couvrir de petits picots, leurs pupilles se dilatèrent. Elle se décida à leur livrer l'explication :

– Les médicaments... ce sont des barbituriques... Ils mettent trois semaines à atteindre leur taux actif dans ton organisme... Ce qui signifie que si tu les prends la veille, ou même deux ou trois jours avant la prise de sang, ça ne suffit pas... Tu te fais avoir parce qu'ils n'ont pas encore atteint un taux de concentration suffisant dans ton sang pour être décelables... Il faut les prendre tout le temps, en permanence, dès le premier jour où on te les prescrit... C'est le seul moyen pour se préserver d'une pareille surprise... Prendre effectivement ton traitement... Et elle ajouta : Condition sine qua non...

– Mais c'est... dangereux, fit Barnabé d'une voix blanche, des barbituriques...

– Pas si tu en prends juste pendant quelques semaines, le temps de te faire exempter... Il n'y aura aucun effet secondaire... Tu risques seulement d'être un peu somnolent, surtout au début... et puis il ne faudra pas boire d'alcool...

Paul commençait à trouver l'histoire à son goût. Le souvenir qu'il gardait de son service militaire, effectué trois ans plus tôt, était si sombre, mis à part sa rencontre avec Oscar, qu'il ne pouvait qu'approuver une telle tentative. Quant à Barnabé, sa décision était prise.

– D'accord, fit-il. C'est quoi les trucs à savoir ?

Anne-Françoise se cala dans son siège. Elle appréciait que les événements suivent un cours idéal et prévu à l'avance. Elle commença à énumérer d'une voix grave et posée :

– Premièrement : tu urines sur toi... Deuxièmement : tu tombes et tu convulses, tu gigotes dans tous les sens pendant une vingtaine de secondes, en bavant, de préférence... Troisièmement : quand c'est fini tu te réveilles, comme si tu émergeais d'une longue sieste, et tu ne te souviens plus de rien... C'est le point le plus important, tu ne t'es rendu compte de rien, tu n'as pas vu arriver la crise, et même tu ne crois pas que ça te soit arrivé... C'est tout.

– C'est tout ? répéta Paul.

– Le reste, ce sont les autres qui vont le raconter... les témoins. Toi, précisa-t-elle à l'adresse de Barnabé, tu n'as surtout rien à dire... Amnésie totale...

– Parce qu'il faut des témoins ?

– Plus les gens seront affolés et surpris, plus les toubibs du SAMU vont y croire, tu ne seras pas arrivé à l'hosto que le diagnostic sera posé... C'est pour ça qu'on va faire ça ici... et maintenant... dès que tu te seras pissé dessus, tu tombes en arrière et c'est parti...

Alors Paul et Barnabé échangèrent un regard angoissé. Ce dîner de présentation, que Paul avait rêvé courtois et frivole, se déroulait dans le restaurant des parents de Barnabé qui, à cette heure, était comble.

C'était un samedi soir et déjà, à plusieurs reprises, Joséphine avait dû refuser des clients. A ce moment, Hippolyte fit son apparition, en portant un plateau en argent sur lequel étincelait un imposant lingot de neige et d'or. Il marchait d'un pas lent et précautionneux déclenchant sur son passage de nombreuses exclamations admiratives. Comme en apesanteur, la monumentale omelette norvégienne traversa tout le restaurant. Tandis que d'une table où s'étaient réunis des collègues de bureau s'élevaient les accents mélancoliques d'une chanson d'adieu.

– Bon sang ! Anne-Françoise, fit Paul, pas ici ! Tu n'imagines pas la tête des parents de Barnabé... et les clients...

– Mais si, c'est génial ici... au contraire, insista Anne-Françoise. On est dans le secteur Lariboisière... Ça veut dire qu'il va être hospitalisé dans mon service, en neuro... et moi, demain, je raconterai des bobards à mon patron... Je lui ferai peur, je lui dirai que Barnabé est un ami, que je crains une cause grave à son épilepsie... pour qu'il demande un scanner, une scintigraphie et tout le grand jeu... Barnabé aura un dossier en béton... Il sera réformé à coup sûr... Je vous assure... Il faut que ça se passe ici, c'est l'endroit idéal.

Elle se tourna vers Barnabé qui avait les lèvres pincées et les yeux fermés. Son visage était ridé par un effort invisible.

– Alors, lui demanda-t-elle, qu'est-ce que tu décides ?

Et c'est d'une toute petite voix que Barnabé répondit, d'une voix éteinte par le trac, qui laissa échapper pendant que le rouge lui montait aux joues :

– Ça y est... j'ai fait pipi...

Le rire de M. Perle explosa en une salve de toux asthmatique. Il reposa le menu.

– Le bordel ! T'aurais vu ce bordel ! réussit-il à articuler en essuyant une larme qui sillonnait entre les poils de sa pommette.

Thomas fit un clin d'œil rassurant sur sa droite à Lydie, qui se penchait, intriguée. Au Blanc-Mesnil ceux qui font la queue pour déposer un dossier pour le RMI ont l'air moins joyeux.

– Ça va, glissa-t-elle, discrètement, vous vous amusez ?

– C'est une leçon d'humilité cet homme-là..., lui répondit Thomas.

M. Perle avait repris son souffle. Il poursuivit son récit :

– En moins de cinq minutes tous les clients étaient debout autour du gosse, tombé par terre comme une masse et qui tremblait de tout son corps... On aurait dit les spectateurs autour d'un ring avec le champion du monde KO... Et l'omelette norvégienne, valdinguée elle aussi... et leur grand clebs en avait déjà bouffé la moitié... Là-dessus, le SAMU débarque... Même que l'interne j'le connaissais des urgences où il m'a recousu plusieurs fois... Il m'a fait coucou en passant... Et pas d'histoires, ils t'embarquent le petit, direction Lariboisière... Je te le dis... tout ça en moins de cinq minutes...

– Mais comment vous avez deviné que c'était un coup monté ?

M. Perle leva la tête vers le grand miroir où se reflétait la salle en son entier. Il vit Joséphine qui approchait de la table, son carnet de commandes à la main. Il se mit à chuchoter.

– T'aurais vu la claque que la patronne elle lui a mis au copain de la rouquine quand il lui a expliqué la vérité.

– Elle a giflé Paul ? Ça il nous l'avait jamais dit...

M. Perle conclut à l'oreille de Thomas.

– Elle était là en train de chialer tout ce qu'elle avait comme larmes sur le trottoir... Le camion du SAMU venait de repartir en emmenant son fils, les sirènes à fond la caisse... Y avait le patron qui essayait de la consoler... Et voilà le Paul, comme tu dis qu'il s'appelle... qui rapplique avec son air du printemps... sourire d'une oreille à l'autre, yeux réjouis... et il lui explique que sa nouvelle copine avait tout manigancé, que c'était du bidon, que le fils il était pas épileptique, que c'était une magouille pour pas partir à l'armée... Alors vlan !.. Ça a pas fait un pli... et devant tous les clients...

M. Perle se recula, en souriant. Il regardait Joséphine qui se penchait maintenant vers Barnabé.

– C'est des gens bien le patron et la patronne... et je m'y connais en qualité de la personne... ça tu peux me croire... je suis savant en ce domaine...

Thomas acquiesça, ce n'était pas lui qui allait dire le contraire. La compétence est signe de ralliement. Lorsque deux experts se croisent ils se reconnaissent aussitôt.

Joséphine prenait les premières commandes, les entrées d'abord, les plats ensuite, et répondait aux questions. Pourtant ils connaissaient la carte par cœur, n'étaient-ils pas tous venus dîner ou déjeuner des dizaines de fois ?

– Oui, Bimtou, pour le gratin de crabe et langouste il faut patienter une petite vingtaine de minutes... Non, le vert de fontaine n'est pas une nouvelle variété de couleur à l'eau mais un coulis de cresson... à croire qu'ils le font exprès, ou peut-être s'agit-il d'un rite qu'il faut ce soir, plus que tout autre, respecter... Non, Oscar il n'y a pas de pied de porc aujourd'hui... Si, Barnabé, on peut faire une côte de bœuf pour trois, mais les entrées d'abord s'il te plaît, sinon on ne va jamais s'en sortir... Comment, Daniel ? Bien sûr les harengs donnent soif et sont servis avec des pommes à l'huile, comme d'habitude... Et ton amie... vous avez choisi mademoiselle ?

– Pas encore madame, répondit Danièle d'une petite voix timide... C'est qu'il y a tellement de plats...

C'était l'appréhension.

Responsable de la rougeur qui se développait par plaques sur le cou et les joues de Danièle. L'appréhension et le champagne.

Mille fois ses yeux avaient parcouru le menu, mais ni les délices landais, ni les suprêmes de brochet à l'angevine, les escargots *maison* ou l'aumônière de crustacés au beurre de gingembre n'étaient parvenus à stopper la course éperdue de son regard, ce va-et-vient angoissé entre les lignes imprimées, comme un fauve encagé tourne et tourne dans sa prison jusqu'à s'étourdir.

Un vertige la saisit à l'idée de choisir, de se signaler au milieu des autres et par-dessus tout d'avoir l'air idiote en se faisant expliquer certains des termes mystérieux.

Elle ne pouvait même pas compter sur Daniel pour l'aider.

Il lui avait déjà répété à trois reprises qu'il prenait toujours la même chose :

– Des harengs en entrée, des ris de veau aux morilles en plat et un irish coffee en dessert... Les harengs, c'est Barnabé qui m'en a fait manger la première fois, les ris de veau, c'est le plat préféré d'Agamemnon, quant à l'irish coffee, c'est dans les albums de Paul... Alors pourquoi changer ?

Danièle éprouvait des difficultés à respirer, prise par l'angoisse, elle sentait les rougeurs s'étendre de plus en plus, descendre lentement sur ses épaules, puis le fourmillement agaça sa poitrine. Avec horreur elle s'aperçut que les tétons grossissaient, durcissaient et tendaient le tissu fin.

Elle redressa le menu, faisant mine de s'y intéresser davantage et le posa à la verticale sur la table, devant elle. Abritée, elle vérifia d'un discret coup d'œil que les boutons du chemisier étaient bien fermés, affolée par l'idée qu'il pourrait exploser sous la pression et découvrir sa poitrine rouge et luisante, gonflée par l'allergie, avec ses mamelons turgescents comme deux piments gorgés de soleil.

Evidemment elle avait oublié ses antihistaminiques, son médecin l'avait pourtant prévenue : « Une intense émotion peut également être responsable d'une libération massive d'histamine, analogue à ce que serait un mini-choc allergique... Je vous conseille de ne jamais vous séparer de vos comprimés... Vous êtes une personne émotive... Vous me devez 250 francs... merci... Enfin, rassurez-vous, quoi qu'il arrive ce ne peut jamais être grave... juste un peu incommodant... »

Humiliant, oui ! Voilà ce qu'elle pensait à cet instant. Elle allait se mettre à gonfler devant tout le monde, sujet de risée aux allures de mérou aviné. C'est banalement ce qui l'attendait, un supplice christique.

Elle eut envie de pleurer.

Or Danièle avait exagéré, son émotivité déformait sa perception de la réalité. Certes elle était rouge, mais un examen rapide des autres convives révélait une communauté de pigmentation entre toutes les joues assises autour de la table. Le vin apportait aux uns ce que l'émotion causait aux autres. Si un léger œdème infiltrait par endroits ses téguments, il n'avait aucune commune mesure avec les boursouflures imaginées. Loin de la transformer en monstre il lui procurait au contraire un air de santé.

Joséphine renouvela alors sa question :

– Et pour vous, mademoisell...euu ?...

En laissant traîner le « euu », en manière de question sur le prénom à coller à ce nouveau visage.

– Danièle... elle s'appelle Danièle... Comme moi.

Alors Danièle releva lentement son visage, la tête inclinée sur le côté, les yeux absents.

L'intervention de Daniel, depuis sa gauche, lui était parvenue déformée, par bribes, et un tourbillon emportait maintenant le visage de Joséphine en compagnie des autres visages et des rires et des éclats de voix, au travers du brouillard qui lentement, lentement, diffusait dans la salle, venait atténuer les lumières, puis aussi les sons.

Puis ce fut le silence. Et bientôt le trou noir.

Depuis quelques secondes, Mylène avait noté le trouble de Danièle.

Sa voisine de gauche, transie, gardait les yeux ouverts sans ciller, lèvres entrouvertes sur un sourire figé. Cette jeune femme étrangement semblable à son compagnon l'avait intriguée. Elle avait aussi noté l'indifférence de Daniel aux regards tourmentés que Danièle ne cessait de jeter autour d'elle. Le pioupiou était absorbé par la mise à jour de ses relations avec ses amis.

Mylène, peut-être parce qu'elle était la plus jeune de tous, se sentit accessible à la compassion.

Tatave pardonnera volontiers cette approximation. C'est évidemment lui le plus jeune. De toute façon pour l'instant il joue avec Lydie et n'écoute pas.

Alors Mylène posa sa main sur celle de Danièle qui sursauta.

– Ça va ? Tu te sens bien ?

Danièle battit des paupières, comme au sortir d'un songe. Elle pâlit tandis que son sourire mécanique en s'effaçant redonnait vie à son visage. Enfin, elle put parler.

– Oui, merci... ce n'est rien... je... j'ai eu une petite absence... Ce doit être la faim... oui la faim... je n'ai rien pris à midi...

Danièle inventait. Le restaurant d'entreprise servait toujours de copieux repas.

– Si tu veux je peux t'aider à choisir, proposa Mylène. Ce que je préfère, c'est la mousse chaude de truites au coulis d'écrevisses... C'est très bon...

– Mousse chaude de truites..., fit Danièle.

– Et puis tu pourrais prendre du magret après... c'est la spécialité du père de Barnabé.

Elle lui montra sur la carte :

– Nature, aux pommes sautées ou en sauce... Elle lui désigna un autre plat. Ça, tu vois ? Aiguillette de canards aux pêches à la gasconne... Moi je préfère nature. Je suis une puriste.

Danièle sourit sincèrement, pour la première fois depuis son arrivée.

– Mousse chaude de truites, répéta-t-elle encore.

– Oui vous devriez prendre ça, si vous aimez le poisson de rivière, intervint Joséphine... C'est un appareil fait à partir des filets, pelés, passés au mixer avec des blancs d'œufs, de la crème double... mis au four, au bain-marie, puis nappé d'un coulis d'écrevisses, et servi avec des queues d'écrevisse décortiquées... C'est très fin, délicieux...

– Tiens, moi je vais prendre ça ! fit Julien

– Moi, finalement, je prends douze escargots madame Iroulégui ! dit Bimtou.

– Et moi je peux changer le délice landais pour une terrine ?

– Y a plus de grenouilles ?

Les voix s'élevaient, le stylo rayait sur le carnet de Joséphine les noms des plats, en inscrivait d'autres. Elle comptait.

– Dix et une terrine... onze... Il m'en faut encore quatre.

– Il doit vous manquer ma commande, chère madame, fit M. Perle, et bien j'opte pour un foie gras chaud.

Joséphine nota en souriant.

Anne-Françoise dit :

– Tatave ne prend pas d'entrée. Il mangera une sole comme plat, ça lui suffira.

– Paul, j'veux des frites avec ma sole !

– Oui, Tatave.

– Bon... il me manque encore deux entrées.

– Eh bien, je vais prendre une mousse de truites, moi, madame, fit Danièle.

Elle se redressa en souriant à Mylène, elle sentait ses rougeurs disparaître.

– Alors moi aussi, conclut Mylène.

– Oh... c'est marrant on prend la même chose tous les trois, fit Julien à Danièle, en se penchant par-devant Mylène.

– Oui, c'est drôle, répondit timidement Danièle.

– Mort de rire, ajouta Mylène.

Ils devaient maintenant choisir les plats.
La bataille s'annonçait âpre.

Quand le monsieur du couple d'Anglais s'avança jusqu'à la caisse, Joséphine se retourna vers lui.
– Excusez-moi, mais ma femme et moi, notre train quitte prochainement la gare du Nord... Pourriez-vous nous faire l'addition ? Et moi vous régler ?
– Oui, bien sûr, monsieur, tout de suite, répondit Joséphine, embarrassée d'abandonner sa commande en cours.
Mylène bondit sur l'occasion.
– Oh ! madame Iroulégui, je peux le faire... Je peux rendre la monnaie ?.. S'il vous plaît...
Elle avait pris sa voix de petite fille. La voix qu'elle avait à l'époque où elle accompagnait Julien au restaurant de son copain Barnabé. Quand Joséphine la laissait jouer à la marchande, empiler les pièces de 1 ou 2 centimes, assembler par liasses les billets de 5 francs et parfois même utiliser la lourde machine à calculer électrique, pendant que les deux garçons dirigeaient des armées miniatures sur le linoléum de l'appartement du premier.

Mylène, fillette, assise derrière la caisse, sur les genoux de Joséphine, rendant sa monnaie à un client.
Celui-ci disait :

– Je ne savais pas que vous aviez une fille, madame Iroulégui...

Et Joséphine de répondre :

– C'est la petite sœur du meilleur ami de mon fils... C'est un peu ma fille, c'est vrai.

Alors Mylène, envahie de fierté, laissait courir son regard entre les montants en cuivre des étagères qui dominaient le vieux bar en chêne.

Là s'alignaient en ordre impeccable, par centaines limpides, les verres du restaurant.

Les ballons aux pieds élancés, rangés tête en bas aux côtés des verres à whisky, carrés, massifs et rutilant de mille facettes... Les longs verres à Ricard, simples et solides, dominant des épaules les rondouillards à porto aux parois si minces qu'elles paraissent pouvoir se briser dès la première gorgée... Les précieux ventrus enfin, pour les alcools, snobs et sans-gêne, laissant à peine un peu d'espace aux flûtes graciles aux formes fines.

Eblouie par leurs éclats, lui semblait-il répétés à l'infini, elle rêvait d'une maman comme celle-ci, qui la laisserait toute la journée taper sur la machine à calculer, au sein d'un univers de cristal.

Et elle avouait au client ému, qui en reprenant sa monnaie glissait une pièce de 20 centimes dans sa petite menotte : « Quand je serai grande, je serai madame des verres... »

A ce point des souvenirs, déjà, Mylène s'était levée. Joséphine lui ayant d'un clin d'œil accordé de s'occuper de l'addition du client anglais. Elle contourna le bar et vint s'asseoir derrière la caisse.

Les accessoires étaient restés identiques, le pique-fiches en fer-blanc pour embrocher les additions réglées, les soucoupes publicitaires dans lesquelles on rend la monnaie et le vieil éphéméride sur lequel on consigne les réservations.

Seule la machine à calculer avait changé, remplacée par une calculette électronique. L'antique engin avait dû expirer lors d'un calcul trop complexe.

Le frottement quotidien des additions, des factures, le passage des soucoupes pleines de monnaie, avaient patiné la plaque de marbre dont la caisse était couverte. L'usure, en son centre, dessinait une dépression, et ses bords, émoussés par le nettoyage rituel du vendredi matin, avaient perdu leurs arêtes rectilignes. Mais en un endroit l'écoulement du temps était plus notable encore. Juste devant Mylène, la roche, progressivement, diminuait d'épaisseur, jusqu'à venir mourir en pente douce sur le socle en bois qui servait de plafond au tiroir-caisse, là où valsent en permanence les mains, les billets et les pièces. Comme ces marches d'escalier creusées dans le calcaire qui s'affaissent à l'endroit où se reposent sans cesse les pieds des visiteurs.

Mylène s'empara de la note du client anglais. En se référant à un menu, elle commença à inscrire les prix.

Deux timbales normandes... 69 x 2 = 138.

Deux salmis de palombes... 68 x 2 = 136.

Une bouteille de Madiran... 72.

– Vous n'avez pas pris de desserts ?

– Oh no... nous n'avons plus le temps... Mais

c'est un regret... Tout est delicious... Nous venons chaque année pour le Salon du cuir... Jamais nous ne repartirions sans dîner au moins une fois dans votre restaurant de vos parents...

– Merci, c'est très gentil à vous, répondit Mylène en rougissant.

Elle tapa l'addition, le service de 15 % était compris. Elle se souvint du temps où il fallait le calculer et le rajouter ensuite.

– 15 % c'est le dixième, plus la moitié du dixième... C'est facile à faire de tête, lui avait appris Joséphine. Par exemple, si le client a mangé pour 445 francs... Tu prends le dixième...

– 44,50 ? Avait compté Mylène.

– Oui... Plus la moitié de quarante-quatre, tu peux arrondir.

– Vingt-deux... Ça fait 44,50 + 22...

– 66,50... Bravo, ma chérie.

Puis elle l'avait embrassée. Lors, elle avait treize ans, et dans l'appartement du premier Julien plumait Barnabé au poker.

– Voilà, monsieur, pour vous, ça fait 346 francs..., dit Mylène, en donnant sa note au client anglais.

Il sortit un billet de 500 francs qu'il lui tendit.

Mylène le prit et ouvrit le tiroir-caisse.

Elle figea son mouvement. Interdite.

Là, sur les pièces chenillées dans les travées du tiroir-caisse, était un petit panonceau. Des lettres y étaient peintes à la main. Mylène reconnut le trait de Joséphine.

D'un geste brusque, elle prit la monnaie et sans

refermer le tiroir-caisse, déposa les 154 francs dans une soucoupe.

– Merci, mademoiselle, fit le client anglais en ramassant sa monnaie.

Mylène essaya de composer un pauvre sourire.

– Au revoir, monsieur...

Et l'Anglais qui rejoignait sa femme en enfilant son manteau :

– Mais j'y compte bien ! Next year à la même époque... pour le prochain Salon...

Alors Mylène baissa les yeux en direction du tiroir-caisse. Et regarda à nouveau le petit panonceau. Sur lequel étaient peints deux mots :

FERMETURE DEFINITIVE

La porte du restaurant se referma sur le couple d'Anglais.

Quand Mylène releva ses yeux, ils brillaient d'un éclat mouillé.

Dans le grand miroir tacheté, le regard de Joséphine rencontra le sien. Joséphine avait insisté pour peindre elle-même le panonceau, les lettres calligraphiées à la main, quelques frises sur les côtés, un fond de couleur. Tout paraît désuet contre ce qui est définitif.

Dès demain ils l'accrocheraient à la porte d'entrée du restaurant.

Ce soir, les enfants leur rendaient hommage. Eux seuls savaient.

Joséphine pensa que ce départ ressemblait à une fuite. Comme s'il était entaché de honte.

La voix de Barnabé jaillit alors, en écho à d'autres voix qui s'inquiétaient de l'essentiel :

– Du sancerre rouge ! criait-il, c'est comme du rosé !

– Et le sancerre rosé est si pâle qu'on dirait du blanc ! ajouta Thomas.

– Et le blanc alors ?

– On dirait de la flotte !

– Et la flotte ?

– De l'air, de la vapeur, des nuages, mon pote ! Rien qu'un fragment éthéré soumis aux caprices de la nature, enfermé à jamais dans une bouteille...

– Moi je préférerais continuer au brouilly...

– Non, un bordeaux... un graves quelconque !

– Trop vieux !

– Alors bourgogne... Passe-tout-grain, grand ordinaire...

– Trop jeune !

– Et ta sœur !

Qui parlait ?

Qui répondait ?

On ne saurait dire.

L'important est de voir Joséphine retrouver son sourire.

Au moment où un couple de clients pénétrait dans le restaurant, hésitants devant l'agitation qui régnait dans la salle du fond.

– Vous êtes ouverts ? demanda le monsieur au chapeau à Joséphine qui s'avançait pour les accueillir.

– Oui... Ce sont mon fils et ses amis... Ils organisent un petite fête...

Elle leur désigna une table, mais le monsieur préféra en choisir une autre.

– Si cela ne vous dérange pas... à cause du radiateur... Il fait très froid dehors.

– Mais pas du tout, je vous en prie...

– J'ai déjà attrapé un rhume en mangeant chez vous, il y a deux ans, précisa sa femme.

– Oh ! excusez-nous...

« Voici un couple d'emmerdeurs » pensa Joséphine qui répétait souvent : « Dans ce métier on devient rapidement psychologue. »

Elle pouvait, après trente-cinq ans de métier, analyser précisément cette qualité de psychologie indispensable au serveur de restaurant.

Il faut être physionomiste pour associer dès le premier regard le visage d'un client à son nom, ses manies et souvent certains détails de sa vie privée.

Dans le cas particulier d'une branche de la clientèle à laquelle la plus grande considération doit être portée : *les habitués*, un déficit en physionomie peut entraîner des catastrophes retentissant conséquemment sur le chiffre d'affaires. En Joséphine sommeille une commerçante.

15 mars 1976, M. D., directeur du personnel d'IBM Ile-de-France, organise, comme chaque semestre, le prochain repas des cadres méritants.

Trente jeunes gens et jeunes femmes à l'appétit féroce, qui seront nourris de foie gras, brochet farci et omelette norvégienne, abreuvés de whisky, sauternes et haut-médoc, en récompense de leurs objectifs atteints, voire dépassés.

Mais ce jour-là, M. D. est triste. Il vient de perdre son épouse Nancy, noyée en mer du Nord, et épanche longuement son chagrin auprès de Joséphine.

– Elle a voulu à tout prix plonger du ponton, moins de deux heures après la fin du repas...

La philosophie d'entreprise console, et M. D. peaufine malgré sa douleur les ultimes détails du banquet qui se déroulera pour la première fois depuis douze années en l'absence de l'imprudente nageuse. La date du samedi en huit est arrêtée.

Deux jours plus tard, M. D., victime d'un retour du cafard, décide d'aller dîner seul au restaurant. Comme on va en pèlerinage. Il pousse la porte d'entrée à 20 h 30.

C'est la première fois qu'il vient un soir.

C'est la première fois qu'il porte un simple survêtement bleu ciel.

C'est la première fois qu'il fume une cigarette blonde et a les mains dans ses poches.

Et Joséphine ne le reconnaît pas...

Bien sûr, elle retrouve une figure connue, un client habitué, mais sans le remettre tout à fait.

Pour faire bonne figure et tenter de le faire parler, méthode classique qui permet en général de préciser l'identification après quelques échanges, badine, elle pose la question fatidique :

– Et comment va madame votre femme ? Elle paraissait un peu fatiguée la dernière fois...

Et la funeste réponse :

– Mais elle est morte, je vous l'ai dit avant-hier.

La méthode est infaillible, car aussitôt Joséphine réalise. Trop tard. M. D. a déjà tourné les talons. Et la porte claque.

Le lendemain, un coup de fil de la secrétaire annula le banquet, sine die.

– Faut dire, il avait l'air plus en forme en veuf qu'en mari comblé..., formula Joséphine pour sa défense.

Il faut également avoir une bonne mémoire.

Le recours à certaines astuces garantit le succès de la gestion d'un établissement de restauration où le destin individuel croise parfois le destin national.

Dans les années 80 la situation du restaurant, à cinq minutes en voiture de la mairie gaulliste du IXe arrondissement et à deux pas du siège du parti socialiste, le vouait à accueillir les repas des hommes politiques de la majorité, de la minorité, ou inversement. Seule l'appellation changeait avec les échéances électorales. Pas les hommes. Jamais les menus.

Le double caprice du hasard et de l'appétit opérait avec malice et il n'était pas rare de rencontrer des membres des deux états-majors adverses venus se restaurer de façon synchrone.

– Bonaparte et Nelson, sifflant une chopine dans la même taverne, juste avant d'aller se couler deux ou trois navires...

Mis à part les plus connues des têtes gouvernantes frétillaient une flopée d'anonymes soucieux de la nation, et tout le problème consistait pour Joséphine à identifier leurs camps respectifs.

Il n'était pas envisageable de proposer deux tables contiguës à deux ennemis irréductibles, ni même de risquer un voisinage qui pourrait laisser percevoir au camp opposé quelques unes des confidences discrètement échangées. On ne peut être frivole avec la France. Ces agapes étaient marquées du sceau du secret.

Oui, mais comment reconnaître un anonyme de droite d'un anonyme de gauche puisqu'ils s'habillent dans les mêmes boutiques ?

Joséphine n'avait d'autre opportunité pour les inscrire à jamais dans son esprit que la première présentation. Rite initiatique célébré par le cacique.

– Madame Iroulégui, permettez-moi de vous présenter Jacques S. récemment nommé membre de mon cabinet.

– Comme je suis enchantée, monsieur S., mes félicitations...

– Mme Iroulégui est une hôtesse charmante et la

cuisine de son mari est délicieuse, vous verrez, Jacques, bientôt vous ne pourrez plus vous passer de notre « cantine ».

– J'en suis déjà persuadé, acquiesçait de son plus beau sourire le dit Jacques dont la surcharge pondérale distendait la veste de flanelle et laissait deviner un semblant de poitrine.

« Toi, tu seras Jacques aux gros lolos, l'ami des socialos », décidait Joséphine en une fraction de seconde.

D'un député récemment élu et présenté par un ténor du bord contraire, elle pensait :

« Toi, tu es l'homme de la Loire-Atlantique, la Loire-Atlantique, c'est La Baule et La Baule c'est de la bande à de Gaulle », ou d'Untel : « T'es moche, t'es donc de gôche », et de tel autre : « T'as les mains moites, t'es donc de droite »...

Et pour chacun, une petite phrase, une petite musique, qui lui permettait d'éviter les méprises.

Mais pas seulement pour les politiques.

Joséphine attribuait des surnoms à la plupart de ses clients habitués afin de mieux se souvenir de leurs marottes alimentaires ou de leurs préférences topographiques.

Par exemple « M. et Mme Pendule dans le cul », la morne cinquantaine, le teint bilieux, ils se ressemblent tant qu'on les dirait décalqués d'après une vieille photo jaunie. Ils viennent dîner chaque mardi et chaque vendredi à 8 heures pile pour repartir exactement soixante minutes plus tard. Le mardi pour le vendredi et le vendredi pour le mardi suivant, en s'en allant, ils réservent toujours la même table, celle en face de la pendule. Oh ! il faut les voir dîner, les yeux effectuant sans cesse l'aller retour entre leur assiette et le cadran de la pendule qui égrène les secondes ! Le sablier s'écoule inexorablement. Paralysés d'effroi, ils attendent la fin. Jamais rien n'illumine leur visage.

– Esclaves du temps qui passe, avez-vous oublié qu'enfants vous souriiez ?

– Oh ! c'est beau ça, Barnabé...

– Merci, maman.

Et cette comptable qui vient déjeuner une ou deux fois l'an et répète invariablement :

– Pour commencer je prendrai comme la dernière fois, vous voyez ce que je veux dire ? Vous vous rappelez, n'est-ce pas ? Oh ! je les aime tant ! Si un jour vous n'en faisiez plus, je mourrais.

Vaniteuse ! Tu penses que la planète interromprait son tour éternel si l'un seul de ses habitants ignorait ta passion pour les moules farcies ! Le surnom de celle-ci est facile à deviner.

Et dans un registre plus tendre : les « castors », couple adorable de retraités du quartier.

Tous deux ont depuis longtemps fêté leurs noces d'or et mastiquent à petites dents en gonflant leurs joues. Entre chaque plat ils rongent des quignons de pain qu'ils maintiennent fermement de leurs doigts racornis, si bien qu'après leur départ, sur la banquette, sur le sol, s'amoncellent de petits tas de miettes. Comme des copeaux de bois.

– Ils construisent un barrage contre la mort.

– Oh ! tais-toi, Barnabé, c'est affreux...

– Oui, maman.

Et celui-ci, enfin, devenu président de la République, qui, lorsque son parti siégeait non loin, aimait venir manger des cèpes, sous condition expresse qu'ils fussent coupés en gros morceaux et les têtes uniquement. Avant que le peuple de France lui décerne de fameux surnoms Joséphine l'avait déjà baptisé à sa façon :

– Envoyez pour « Des têtes et des grosses » !

– Ça marche !

Ainsi, toute une galerie de personnages dont le nom familier est gravé à jamais, et qui reviendront longtemps, longtemps après que le restaurant aura fermé ses portes, gentils fantômes des années heureuses, hanter les rêves de Joséphine et dessiner au clair de lune de furtifs sourires sur son visage endormi.

On doit aussi être menteur.

Les exemples abondent, mais la démonstration avec les politiques est particulièrement caractéristique. Aux uns Joséphine affirme sa sympathie, tandis qu'aux autres elle jure son fervent soutien.

– Ne jamais mettre ses œufs dans le même panier. C'est le meilleur moyen d'éviter la casse, préconise Hippolyte, ennemi farouche de l'omelette, aliment sans noblesse... Quand on pense à tout ce qu'on peut faire avec des œufs. Mimosas, meurette et soufflés, oui. Mais des omelettes, ça, jamais !

Cocasses lendemains d'élection où les vainqueurs, mines réjouies et poignes franches, congratulent Joséphine :

– Bravo, madame Iroulégui, et merci ! Vous avez bien voté, une fois de plus !

– Oh ! non c'est vous qu'il faut féliciter, ma voix n'est qu'une infime goutte dans le torrent qui vous supporte...

– Une voix est une voix, madame Iroulégui. Tenez... servez-nous donc du champagne, pour fêter ça... Vous prendrez bien une petite coupe avec nous ?..

Et les vaincus, désappointés, offrant une paume moite mais affectueuse :

– Merci, madame Iroulégui, d'avoir si chaleureusement soutenu notre combat. Vous avez bien voté, une fois de plus, malheureusement...

– Si vous saviez comme je suis triste aujourd'hui. Ma voix est insignifiante. J'ai le sentiment d'être inutile.

– Allons ! Qu'est-ce que vous racontez ? Au contraire, ce sont des patriotes comme vous dont ce pays manque cruellement... Tenez, servez-nous donc du champagne pour nous remonter le moral... Vous prendrez bien une petite coupe avec nous ?...

Les bonnes causes ne sont pas seules motrices des mensonges de Joséphine.

Il y a également la rancune.

Par exemple, Mlle Mac.J qui vint un jour déjeuner avec deux petites filles dont elle avait la charge.

Les gamines étaient adorables, couraient entre les tables en bousculant les clients, manquaient de tremper leurs anglaises dans la saucière, poussaient des cris stridents de chats qu'on égorge et déplaçaient une chaise contre la porte d'entrée pour en gêner l'ouverture, sous le regard admiratif et permissif de leur préceptrice.

C'était un dimanche, Joséphine et Hippolyte souhaitaient terminer le service rapidement et partir avant la tombée de la nuit. Ils avaient planifié un week-end d'amoureux dans un moulin normand.

Le restaurant ferme le dimanche soir et le lundi toute la journée.

Il semblait que Mlle Mac.J ne l'entende pas de cette oreille. Non contente d'être arrivée une minute avant 14 h 30, heure limite après laquelle les Iroulégui cessent de recevoir les clients, elle prolongeait son séjour. Savourant une fine, elle fumait la pipe en parcourant un quotidien anglais.

Derrière la caisse, Joséphine et Hippolyte attendaient que la demoiselle daignât réclamer l'addition.

Seul le lent froissement des feuilles imprimées venait troubler le silence du restaurant maintenant désert.

Les derniers clients avaient fui la tornade en nattes blondes déclenchée consécutivement à l'absorption par les deux punaises d'énormes banana split.

– A croire que les bananes étaient truffées à la cocaïne...

– Oh ! ce sont des enfants, elles s'épanouissent... Elles raffolent de ce dessert, elles expriment simplement leur bonheur, avait dit la pédagogue.

Et le plat de résistance ? Etaient-elles fans de lapin au point de trouver justification à leurs bonds itératifs et catastrophiques ? Etait-il normal de piétiner la sacoche d'un spécialiste en sulfures du XIXe siècle après avoir absorbé deux râbles en fricassée ?

– Comprenez-les, il n'y a rien qu'elles aiment autant que la gibelotte... Leur père est chasseur...

On leur aurait souhaiter d'attraper la myxomatose.

Tard, bien tard dans l'après-midi, Mlle Mac.J termina enfin sa lecture. Elle battit le rappel des troupes et le trio quitta le restaurant dévasté. Sans laisser le moindre sou de pourboire.

Joséphine les accompagna jusqu'à la porte. Il flottait un parfum de génocide sur leur passage. Et déjà la nuit tombait.

Hippolyte et Joséphine décidèrent de remettre leur tête-à-tête au week-end prochain. Ils reportèrent leur réservation. Quand on est amoureux, une fin de semaine en vaut bien une autre.

On comprend aisément ce qui advint le dimanche suivant, lorsque Mlle Mac.J revint, flanquée des deux chipies.

Toutes trois arboraient un sourire candide. Ce type précis d'innocence est criminel.

Dès qu'elle les vit entrer, Joséphine tourna la tête en direction de la pendule. Elle explora chaque parcelle du cadran vieillot, les chiffres en fer forgé, le « deux » pointé par la petite aiguille, puis le « trois », le « quatre » et... la grande aiguille, bête balourde échouée entre le « cinq » et le « six ». A deux minutes près les fourneaux s'éteignaient en cuisine. Le visage de Joséphine se reflétait dans le cuivre brillant du pendule, le temps d'une oscillation, puis disparaissait. En elle, la rage grandissait par intermittence.

La demoiselle insistait pour lui gâcher ses week-ends. Joséphine sentit des poils lui pousser hors des oreilles. Son museau s'allonger. Ses yeux se recouvrir d'une seconde paupière et s'injecter de sang. Elle sentit au bas de son dos la chair craquer sous la pression de vertèbres supplémentaires, des griffes transpercer l'extrémité de chacun de ses doigts. Une formidable puissance animale envahissait ses muscles et dans quelques secondes, transformée en prédateur inhumain, elle allait sauter à la gorge de Mlle Mac.J...

Non, pire. La punir.

Alors douce Joséphine ton visage illuminé par un sourire radieux tu tournas vers elles.

– Bonjour, mademoiselle, bonjour les petites...

– On veut du lapin ! On veut du lapin !

– Elles veulent du lapin et moi aussi.

– Bien sûr, mademoiselle... Trois lapins.

Quelques minutes plus tard, les petites avaient déjà renversé un verre et brisé une carafe. Joséphine ressortit de la cuisine, l'air catastrophé.

– Mademoiselle... je suis navrée... nous n'avons

plus de lapin... Le dernier a été vendu tout à l'heure et mon mari ne m'avait pas prévenue.

Têtes des deux gamines. Si l'on ravissait le jour à la nuit, le drame causerait moins d'effets :

– On veut du lapin ! Maman elle dit que le dimanche on doit manger du lapin ! C'est de ta faute ! Tu nous emmènes là où c'est pas bien ! On va le dire à maman, ce sera retenu sur tes gages !

– Donnez leur du foie de veau à la place, s'il vous plaît, répliqua Mlle Mac.J, sourde aux menaces.

– Non ! C'est plein d'hormones..., fit l'une.

– Comme toi, grosse vache blonde ! ajouta l'autre.

Paf !

Une gifle pour l'une.

Pif !

Une gifle pour l'autre.

Tout le monde se mit à pleurnicher et Joséphine s'éloigna doucement, sourire indéfinissable aux lèvres. Juste avant d'entrer en cuisine elle entendit Mlle Mac.J :

– Excusez-moi, les enfants... Excusez-moi... je ne sais pas... J'ai perdu mon sang-froid...

– Si tu veux qu'on te pardonne, il faudra qu'on ait des doubles banana split en dessert !

Et justement quand arriva le dessert...

– Nous n'avons plus de bananes... Je suis désolée... Vraiment ce n'est pas de chance... Les dernières sont parties en beignet tout à l'heure.

Tête de Mlle Mac.J. La plus grande des deux enfants afficha un air grave et demanda à Joséphine :

– Le téléphone, je vous prie, madame...

– Eloïse, ne fais pas ça ! supplia Mlle Mac.J.

Mais l'impitoyable enfant composait, composait...

– Allô ! papa ? Oui, on est au restaurant. Mlle Mac.J nous a forcées à manger du foie de veau et puis elle nous a giflées... oui toutes les deux... Puis à Mademoiselle, en lui tendant le combiné : Mon père désire vous parler.

Mlle Mac.J s'empara de l'appareil qu'elle colla à son oreille. Elle ânonna deux réponses serviles. Puis raccrocha, désespérée. Elle posa un billet de 500 francs sur la caisse, prit les deux petites filles par la main et, sans un mot, les entraîna dehors.

On ne les revit plus jamais.

La légende raconte que Mlle Mac.J est aujourd'hui bergère dans les Highlands du Nord, là où les nuits durent six mois.

Ce dimanche-là, Joséphine et Hippolyte finirent assez tôt pour partir en Normandie.

En buvant l'apéritif à l'ombre de pales immobiles dans l'air du soir, ils rirent en comptant combien de portions de lapins et de bananes ils pouvaient encore servir après le départ de Mlle Mac.J.

Enfin la patience, vertu cardinale de Joséphine.

Si souvent mise à l'épreuve, si rarement récompensée. Un jour elle le dira, l'écrira même. Dans ses mémoires peut-être. Maintenant elle aura le temps.

– Tu verras, moi aussi je peux écrire, y a pas que toi.

– Mais tout le monde peut écrire, maman, à condition d'être assez faignant...

Elle écrit souvent à Barnabé, des lettres tournées en poèmes ou en scénarios, pour le prévenir qu'elle a fini de raccommoder son pantalon, qu'il a oublié son écharpe l'autre soir, ou lui rappeler que Maria va avoir vingt-huit ans mardi prochain.

En attendant de la voir entamer le fameux ouvrage, livrons l'anecdote de l'avocat libanais.

Samir Kodelath avait deux passions dans la vie, le droit qu'il pratiquait en revêtant la noble robe et les motos qu'il chevauchait pour *Moto-Revue*.

Samir conduisait ses plaidoiries sur les chapeaux de roue, en négociant chaque méandre avec adresse, usant à bon escient de son charme et de son léger accent, comme d'un guidon pour contourner les obstacles. Repliant la robe dans les sacoches de sa moto, il bondissait d'un palais de justice à l'autre, apôtre de la veuve et de l'orphelin, revêtu de cuir noir. La couleur reste. La matière change.

Les bonnes causes et les grosses cylindrées, il les avait toutes testées.

Tous les mois son article paraissait, prenant la défense de tel nouveau système de freinage chez BMW ou critiquant vivement telles modifications apportées à la calandre de la Goldwin. Dans chaque cas, il avait longuement étudié le dossier et lui-même pratiqué tous les essais. Il exposait ainsi le fruit d'une longue enquête devant le jury compétent de ses lecteurs.

Mais en matière de vitesse il n'y a pas de justice.

Samir Kodelath était tombé à cent quatre-vingts kilomètres à l'heure en pilotant la dernière bombe japonaise de mille trois cents centimètres cubes sur le circuit de Montlhéry. Après une glissade d'une centaine de mètres aux côtés de l'énorme masse métallique tournoyante, il s'était échoué dans les bottes de paille qui protègent le circuit, tandis qu'à dix mètres de lui la moto s'écrasait et prenait feu contre les barrières de sécurité.

Miraculeusement indemne, il s'était aussitôt relevé, chancelant, avait ôté son casque et s'était épousseté les épaules en souriant. On l'avait transporté à l'hôpital.

Le bilan médical était laconique : RAS, mais par prudence on préférait le garder en observation vingt-quatre heures.

Samir, qui devait plaider le lendemain matin à Nevers, refusa. Il signa une décharge, quitta l'hôpital et glissa sur le perron. Il se brisa les deux bras en dévalant l'escalier.

Voici pourquoi il entra pour la première fois dans le restaurant ce midi de décembre 78 avec les deux bras plâtrés, soutenus par des écharpes de cachemire blanc.

En sa compagnie était la cliente dont il plaidait le divorce.

Joséphine reçut avec courtoisie ce nouveau venu qui devait être bien handicapé pour se nourrir.

– Il y a des peintres qui utilisent leurs pieds pour exercer leur art, lança Samir en s'asseyant.

– Mais comment ferez-vous pour ôter vos lacets ? fit remarquer Joséphine.

De fait, ce fut la cliente de Samir qui lui fit avaler la douzaine d'huîtres. Elle curait chaque coquillage en exposant à l'avocat les multiples sévices que lui faisait subir son mari, puis lui donnait la becquée en retenant difficilement ses pleurs. Une larme tomba sur la dixième huître. Le mollusque réagit en rétractant sa membrane périphérique.

Puis il y eut ce coup de fil. Du brutal époux. Qui savait qu'elle déjeunait là avec l'avocat. Il les avait vus entrer. La malheureuse avait choisi ce restaurant, justement situé vis-à-vis de l'immeuble marital.

Il la pardonnait. Il regrettait. Qu'elle revienne immédiatement et ils recommenceraient tout à zéro, en prenant garde de ne pas commettre les mêmes erreurs. C'était promis, plus jamais il ne lèverait la main sur elle et il lui donnerait de l'argent de poche.

Qui peut dire comment il répondrait à la promesse d'une vie nouvelle ?

Surtout si l'on est assuré d'être mieux payé.

Elle, en tout cas, déposa 2000 francs sur la table de Samir et s'excusa maladroitement. Elle avait changé d'avis, elle ne divorçait plus, il fallait qu'il comprenne, elle aimait encore cet homme. Tout allait s'arranger.

Puis elle fila.

Joséphine, qui avait tout entendu, s'approcha, gênée.

– C'est votre cliente qui vous lâche ? demanda-t-elle ?

-Oui, c'est embêtant madame, très embêtant, répondit Samir.

– Je comprends... oui... Ce n'est jamais agréable de perdre un client...

– Non, ce n'est pas pour ça, fit Samir avec un grand sourire. C'est pour les huîtres, il en restait deux...

Joséphine s'assit à sa table et lui fit manger les deux dernières. Des numéro trois.

– Si j'osais..., demanda Samir après la dernière bouchée.

– Je vous en prie.

– Une petite gorgée de chablis... Je meurs de soif.

Elle le servit et le fit boire.

Puis ce fut la caille aux raisins qu'elle lui décortiqua et lui présenta par fourchetées successives.

Lorsqu'elle dut s'absenter un moment, Hippolyte vint prendre le relais.

– La caille, c'est plein de petits os.

– Ah ! ça...

– Pour sûr.

A la fin du repas, Samir leur demanda de se payer sur les 2000 francs de sa cliente, puis, tandis que Joséphine lui versait la monnaie dans la poche, il lui demanda d'attraper sa carte de visite, dans son portefeuille.

– Si jamais un jour vous avez besoin des conseils

d'un avocat, ou pour n'importe quel problème, n'hésitez pas à m'appeler. Puis à Hippolyte : Mais pas pour votre divorce.

Le lendemain, Joséphine et Hippolyte reçurent une boîte de cinq cents grammes de caviar accompagnée d'une carte de Samir, les remerciant pour leur admirable hospitalité.

Dès qu'il fut guéri, il revint manger de ses propres mains, puis devint un ami, leur rendant au fil des ans de multiples services.

Lorsque Joséphine et Hippolyte durent se résoudre à vendre le restaurant, ils firent naturellement appel à Samir Kodelath.

Parfaitement introduit dans les milieux d'affaires, plus rapide qu'une agence immobilière et plus efficace que le syndicat des cafetiers, il fut le seul capable de leur trouver un acheteur dans ces conditions d'urgence.

Mais le repreneur dégoté n'était pas du métier. Loin de là. Il fallait s'y attendre. Néanmoins il proposait un bon prix.

L'activité de restauration maintenue depuis près d'un siècle par les propriétaires successifs du Petit Marguery allait s'interrompre.

Joséphine et Hippolyte n'avaient pas le choix. Le temps pressait. Ils firent fi des considérations sentimentales.

– Ils peuvent tout foutre en l'air et construire à la place ce qu'ils veulent, maintenant ça m'est bien égal ! disait Hippolyte. Puis il ajoutait : Au moins avec ceux-là, on est sûrs de toucher notre pognon...

Samir s'occupa des formalités. De la prise de décision à la signature de l'acte notarié, il ne s'écoula pas plus de deux semaines.

Il leur semblait à présent que chaque jour qui retardait leur départ les rapprochait davantage du danger.

ENTREES

Barnabé repoussa les battants qui marquaient la frontière entre le domaine d'Hippolyte et le monde des simples humains.

D'une poêle brûlante glissée en hâte sous le jet puissant du robinet jaillissait un geyser de vapeur. L'eau sublimée s'élevait en nuage et de minuscules gouttelettes condensaient contre les rebords en acier chromé des bahuts. Le fin brouillard se répandit entre les casseroles, les marmites, les cocottes, toute la batterie suspendue à de solides crochets de boucherie, impeccablement astiquée, flambant de mille reflets cuivrés.

Un instant auréolées par les faisceaux de lumière, de fantomatiques silhouettes évoluaient le long du fourneau de métal brillant.

Dans l'air rougeoyant, près du gril, un visage se recula tandis que les flammes s'emparaient d'un énorme morceau de viande. Les dents acérées d'une longue fourchette en Inox s'enfoncèrent dans la chair tendre et saignante, la retournèrent, l'offrant à la morsure des barreaux surchauffés.

Une main enveloppée d'un chiffon maculé plongeait dans l'obscurité étouffante d'un four et retirait une terrine en grès. Y bouillonnait un jus épais et safrané. Comme la proue d'une épave émergeant d'un océan en fusion, l'os d'une cuisse de confit affleurait à la surface du ragoût, voisinant le moignon croustillant d'une saucisse de Toulouse. De nombreuses bulles de chaleur gonflaient en profondeur puis montaient crever la couche appétissante avec un bruit pâteux. Leur corolle s'épanouissait en exhalant un opulent arôme, puis d'autres et d'autres encore éclataient. De puissants remous ballottaient sans cesse les lingots turgides. Leurs ventres nacrés tourbillonnaient un instant et sombraient à nouveau au rythme des éruptions parfumées.

La main parsema adroitement un fin hachis de couennes et de feuilles de persil, une poignée de chapelure, puis elle réenfourna le plat.

Mohcène fit un clin d'œil en apercevant Barnabé, il leva sa paume crevassée en guise de salut. Mohcène avait vieilli, il souriait, découvrant ses dents jaunies, et, se retournant brusquement, souleva le couvercle de l'automate à laver la vaisselle. Un jet rotatif qui projette l'eau à quatre-vingt-quinze degrés sur les assiettes. Les plats sont nettoyés en une minute trente. On peut envoyer une autre machine. Moderne, très moderne.

Pour les faitouts, les casseroles, Mohcène disposait des deux cuves de plonge et d'un attirail sophistiqué d'éponges, récurettes et mignonouilles à gratt-gratt.

Au sein du domaine d'Hippolyte était le royaume de Mohcène.

Sur le brûleur principal, la bassine à friture subissait les assauts d'un feu violent. Bientôt on pourrait y plonger les frites. Au contact des pommes de terre crues encore gorgées d'eau, l'huile en ébullition semblerait saisie d'effervescence. Elle contracterait un jaune tumultueux et crépitant. Les frites seraient cuites en quelques secondes, puis égouttées dans le plat rectangulaire encore blanchi du sel de la dernière fournée.

Paolo achevait de débiter une portion de champignons de Paris qu'il lança dans une poêle où fondait lentement une cuillerée de crème fraîche, il y versa une rasade de cognac. La crème, veloutée, brunissait.

Riquet remplissait d'escargots une douzaine de petits godets en terre cuite puis les bourrait d'un beurre aillé et persillé prélevé à la cuillère dans un vaste saladier à peine entamé. A la fin du service il serait probablement vide, les gens mangent plus d'escargots l'hiver.

Mais demain il n'y aurait pas de mise en place de beurre d'escargot.

Barnabé chercha son père du regard.

Du fond de la cuisine parvint le lourd grincement

de la porte de la chambre froide. Elle claqua avec un bruit de coffre et Hippolyte apparut, une langouste dans une main, un poireau dans l'autre.

– Alors cette commande, ça vient ?.. Des danseuses mettraient pas autant de temps à choisir leurs tutus ! Tiens, Paolo ! La langouste, tu en ajoutes une demi-queue au gratin !

– Oui, chef !

– Riquet, doucement sur le beurre, c'est pas de la soupe ! Ça va déborder dans le four, tu nettoieras, mon vieux !

– Oui, chef !

– Je lui ai dit cent fois, chef, répéta Mohcène, c'est pas de la soupe ! Après il nettoiera le four.

Barnabé lui tendit la feuille sur laquelle était inscrite la commande, Hippolyte la parcourut rapidement, puis la piqua sur un clou qui trônait à l'aplomb du billot, auprès des commandes des autres clients.

– Ça va tourner ce soir, fit-il, perdons pas de temps...

Il commença à effeuiller le poireau au moyen d'un petit couteau à la lame épaisse.

– Deux foies gras chauds ! Deux aumônières... Paolo, tu ranges pas la langouste, tu gardes l'autre demi-queue, ça va leur faire un bonus ! Trois mousses de truite ! Une saint-jacques normande ! égrena-t-il à toute vitesse.

– Ça marche, chef ! répondit Paolo en disparaissant dans la chambre froide.

– Une terrine plus une d'anguille, un hareng et

douze escargots ! continuait Hippolyte en relisant la commande.

– Et douze qui font vingt-quatre, répéta Riquet en piochant de bon cœur dans le beurre d'escargot.

– A suivre, quatre magrets ! Une aiguillette, une barbue, une sole, un ris de veau... Mohcène, le ris de veau, tu prends celui de Rungis de ce matin !

– Chef, il est au fond !

– Eh ben, tu le sors ! Et les morilles tu les relaves, j'en ai goûté une, elle était pleine de sable !

– Oui, chef !

Mohcène partit en courant vers la chambre froide, il bouscula au passage Paolo qui revenait avec une pleine poignée de coquilles Saint-Jacques.

– Pousse-toi, l'espingouin !

– Ta gueule, crouillat !

Ils glissaient sur le carrelage toujours un peu gras malgré les lessives régulières imposées par Hippolyte. Avec l'habitude, ils se déplaçaient dans la cuisine comme des patineurs, jonglant avec les plats bouillants et les couteaux de boucherie.

Barnabé avait remarqué un grand plateau sur lequel reposaient une trentaine de beurriers individuels, disposés par rangées de quatre, remplis à ras bord.

Le plateau était posé sur une desserte à mi-chemin des fourneaux et de la porte ouverte sur la cour de l'immeuble. Dans la rangée de ramequins la plus exposée à la chaleur, le beurre avait presque entièrement fondu, puis au fur et à mesure qu'on s'éloignait les beurriers exposaient un dégradé de consistances, de la matière onctueuse et jaune jusqu'aux blocs fermes et durs, presque blancs, des rangées proches de la porte.

Barnabé sourit en pensant aux hommes, soumis aux mêmes contraintes, dans cette cuisine où l'hiver les visages et les mains cuisent à la chaleur des plaques d'acier tandis que les épaules et les dos s'engourdissent au froid glacial qui provient des fenêtres.

Alors il ferma les yeux, appuyé contre la machine à éplucher les pommes de terre. Il écoutait, il humait, il enregistrait. Après un long moment, il dit juste :

– Papa ? Tout à l'heure, on pourra signer ta veste ? Mettre un mot ?

A table, Oscar s'empara d'un morceau de pain dans la corbeille. Il ouvrit le moutardier et se composa une tartine à déboucher un nez d'Eskimo. Il n'en fit qu'une bouchée sous l'œil amusé de Paul.

– J'ai pas eu le temps de manger à midi, alors en attendant..., dit-il en relançant sa main vers la corbeille.

Ses gestes, sensiblement identiques, aboutirent à l'engloutissement aussi radical d'une seconde tartine tout aussi relevée que la première. Oscar était mince, à la limite du maigre, et pourtant il mangeait énormément.

– Tu es tellement oisif que tu ne te donnes même pas la peine de profiter de ce que tu avales ! commentait Barnabé, jaloux.

Barnabé était plutôt enrobé, à la limite du grassouillet. Il s'en expliquait ainsi :

– Normal, quand on a été élevé dans un restaurant, on aime la bouffe...

– Tu sais, tous les fils de croque-morts ne meurent pas en bas âge.

– Tais-toi, Oscar, tu m'énerves.

Oscar, pendant les longues heures qu'il passait seul chez lui, quand Lydie était à l'école, grignotait en lisant. Ou lisait en grignotant. Pistaches, crème Mont-Blanc, crème fraîche mélangée à du cacao, restes de bœuf bourguignon, n'importe quoi pour apaiser une insatiable fringale.

– L'appétit intellectuel va de pair avec l'autre..., puis il ajoutait en se désignant le front : De toute façon, ce n'est pas moi qui mange, c'est le poussin.

Oscar n'avait pas tout lu puisque des livres n'avaient pas encore été écrits, mais ceux qui l'avaient été étaient passés entre ses mains. Depuis quinze ans il lisait toute la journée. Depuis son bac. « Aujourd'hui j'entre dans la vie active », avait-il décidé, après avoir reçu sa collante : recalé. Puis il était allé s'acheter le gros livre de cet auteur tchèque.

Parfois il ne lisait pas, il allait visiter des expositions avec Bimtou. Il avait particulièrement apprécié l'exposition sur l'invention de l'imprimerie, à la Cité des sciences de La Villette.

Bimtou...

Oscar s'apprêtait à plonger pour la troisième fois la petite spatule dans le moutardier. Il s'arrêta, songeur.

Un enfant. Un petit bébé. Il lui ferait lire tous les contes.

Il se tourna sur sa gauche, vers Lydie, séparée de lui par Anne-Françoise et Tatave. Sa femme lui découvrit les dents du bonheur. Ses yeux pétillèrent.

Rien n'est simple, Oscar répondit à son sourire.

Puis il s'efforça de ne plus penser à cet enfant de peur qu'elle ne surprenne ses pensées. Après dix années de mariage, qui sait ?

Il détourna son regard et se rappela une phrase que M. Iroulégui répétait fréquemment : « C'est à la tenue du moutardier qu'on mesure la qualité d'un restaurant. Le récipient doit toujours être plein et la moutarde changée chaque jour ! »

Oscar hocha la tête. Rien de pire qu'un moutardier à moitié vide, aux bords encombrés de croûtes ocre, avec une moutarde terreuse, fendillée comme la peau d'un furoncle.

– Oh !... Oh ! Oscar, tu rêves ? fit Paul qui avait remarqué l'absence de son voisin.

La spatule s'immergea dans la moutarde jusqu'à la garde.

– Non, non ça va, répondit Oscar, je pensais juste aux phénomènes paranormaux...

Il regarda Paul, ni maigre ni grassouillet, et baissa la voix :

– Un môme, ça change beaucoup la vie, non ? demanda-t-il en se tournant vers son ami, de façon à présenter le plus possible son dos à Lydie.

– Une fracture de la jambe aussi...

– Ça, je connais, j'ai déjà eu la jambe cassée, c'est

Lydie qui allait à Carrefour, comme ça je pouvais lire même le samedi après-midi...

Dit avec une lueur de regret dans l'œil droit. Tandis que l'œil gauche clignait malicieusement, faisant plisser son front. On eut l'impression que le poussin se mettait à picorer.

– Pourquoi, demanda Paul en empruntant à son tour un ton chuchoté, vous allez faire un môme ?

– Hé, n'en parle pas à Lydie, c'est juste une chose que je me demandais comme ça...

Anne-Françoise posa sa main sur le bras d'Oscar.

– Tu as de belles épaules, mais c'est un peu limité au niveau de la conversation...

Il se retourna vers elle.

– On se faisait des secrets de garçons, s'excusa-t-il en se levant.

– Où tu vas ?

– Pipi.

Anne-Françoise le regarda gagner le fond de la salle et pousser la porte des toilettes.

– Qu'est-ce qu'il te racontait d'aussi mystérieux ? demanda-t-elle à Paul.

– Il me demandait si je m'étais déjà cassé la jambe...

La tablée ne se troubla guère lorsqu'une troisième place se fit vacante.

Après Barnabé, toujours aux cuisines, et Oscar, réfugié dans les toilettes, c'était maintenant au tour de Bimtou de quitter sa place, suspendant la phrase d'Agamemnon en son milieu :

– La grande question c'est : est-ce que le premier homme savait qu'il allait mourir ? Mais... qu'est-ce tu fais ?..

– Pipi.

Elle lui fit comme un sourire d'excuse. Il haussa les épaules, croisa ses mains et se tourna vers Julien en soupirant.

– Euh... combien tu m'as dis que je te devais pour la canne à pêche ?

– 100 francs.

– Ça doit être du bon matériel.

– Fibre de carbone. Ça peut servir pour la pêche au marlin.

– Oh ! ben ça va être utile, c'est sûr...

Agamemnon déplia un billet de 100 francs qu'il lui tendit.

– T'as bien fait de prendre un truc solide.

– Oui, hein ? fit Julien en empochant l'argent.

Mylène les regarda faire, puis demanda à Julien :

– Dis donc, elle a pas coûté ce prix-là la canne ?

– Si tu sais pas compter, fais pas chier le monde, lui répondit son frère en se servant un verre de vin. Puis il ajouta : Merde, j'ai faim... Ça c'est le problème quand tu connais les gens dans un resto, tu es toujours servi après les autres...

Julien avait toujours rêvé de se faire embaucher dans la marine mais il était myope. A la visite médicale on lui avait signifié un refus catégorique. Il ne serait jamais officier de pont. S'il voulait naviguer, ne lui restaient que les transmissions. Il ne s'imaginait pas avec un casque sur les oreilles, à traduire du morse toute la journée, sans jamais voir un coin de mer autrement qu'au travers des hublots.

Il s'était fait poser des lentilles de contact, puis avait postulé au Crédit lyonnais.

Il aimait les parents de Barnabé, il regrettait ce qu'il venait de dire.

Maria recula son siège qu'elle avait avancer pour permettre à Bimtou de passer.

Médusée, elle la suivait des yeux. Ce que Bimtou venait de lui livrer au creux de l'oreille était incroyable. Proprement inouï. Et puis non finalement. Cela arrive naturellement à ceux qui font l'amour.

Maria se demanda ce que pourrait être la réaction de Lydie. Lydie l'avait toujours intriguée. Trop gentille. Trop prévenante. Toujours prête à vous téléphoner pour vous souhaiter de bonnes vacances. Ça cache forcément quelque chose.

Bimtou, à mi-chemin, se retourna vers sa copine avec un haussement d'épaules, fataliste.

De l'autre côté de la table, Paul but encore un verre.

Maintenant il ne les comptait plus. Il passa sa main sur sa joue, mais la sensation fut imparfaite. Ou bien sa joue avait été aspergée d'une sorte de gelée anesthésiante ou bien il était saoul.

Il se pencha vers le miroir pour s'en assurer, mais ne put que s'ébaucher un sourire un peu bête.

Sa vision troublée ne lui permit pas de capter le reflet du visage d'Anne-Françoise, cet infime mouvement de ses pupilles quand, sans pouvoir se l'expliquer, elle sentit qu'elle devait parler à Lydie. Attirer son attention. Lui dire n'importe quoi à cet instant où Bimtou, parvenue à la porte des toilettes, tournait la poignée. Question d'instinct.

– Ça se passe bien à l'école ?

– Oh oui ! répondit Lydie avec enthousiasme, en caressant les cheveux de Tatave. C'est la première année que j'ai les tout-petits, ils sont adorables.

– Woohhf ! lâcha Bull en écho quelque part dans le restaurant.

Une chaise plus loin, Thomas sursauta.

Cette fois-ci il en était sûr. Il avait vu une puce. Son regard se coula, discret, sur son voisin de gauche. M. Perle, un sourire béat aux lèvres, confortablement calé au fond de sa chaise, fixait le plafond.

Il pensait au temps où sa mère vivait encore. Quand il retournait la voir dans la maison familiale, à la campagne. Le matin, au réveil, il entendait les bruits monter depuis la cuisine. Sa mère préparait le petit déjeuner. C'étaient les mêmes bruits que lorsqu'il avait huit ans. Rien ne donnait l'impression d'avoir changé et il pensait à tout ce qu'il avait laissé à Paris, son métier, ses relations, c'était tout cela qui était artificiel. Il se disait, après l'enfance plus rien ne change. Peut-être une certaine façon de considérer ses désirs, mais pas le fond, le fond est invariable. Puis sa mère était morte, la maison avait été vendue et quelques années plus tard l'entreprise de M. Perle avait fait faillite. Comme quelque chose en lui refusait de vieillir davantage, il était devenu clochard.

Il devait être 9 heures, 9 heures et quart, d'autres clients venaient d'entrer. Devant, la salle était pleine.

Joséphine se hâtait d'une table à l'autre. Elle distribuait les menus, serrait des mains, tirait une table pour ouvrir une trouée en direction de la banquette. Là ôtait une chaise, ici en rajoutait une. Elle débarrassait, empilait six assiettes, les couverts et le poêlon à gratin sur son bras gauche, ramassant de son bras libre la corbeille de pain vide. Elle fonçait en direction de la cuisine, promettait au passage une carafe d'eau. Elle s'arrêtait au bar, se délestait de son fardeau le temps de parcourir une commande, piquait une fiche sur la caisse, enregistrait d'un coin de l'œil le signe d'un client, son pouce et son index réunis pour figurer une plume traçant sur la paume de son autre main une ligne imaginaire, un discret mouvement des lèvres, puis elle repartait, ses talons claquaient sur le carrelage. C'étaient les mêmes gestes, la même énergie, la même dépense. Un service comme les autres. Elle entra en cuisine.

– Un avocat, un délice ! A suivre deux marcassins !

– Ça marche !

– Une soupe, un bayonne, les tranches pas trop fines ! A suivre un magret, un ris de veau ! Pour le ris de veau elle demande si tu peux changer les morilles par des girolles !

– Avec supplément !

– Bon...

– Non mais tu lui dis, hein ? Changement de garniture égale supplément !

– Chef ?!

– Allô ?

– Y a plus de bayonne !

– Si, au fond !

– Mais qu'est-ce tu fous là-bas, toi ? Reviens surveiller ton four !

– J'arrive, chef ! C'est la lame elle est cassée !

– Profites-en pour ramener le bayonne !

– Ça marche !

– Attention ! Chaud devant ! Chaud !

– Naadinomok !

Mohcène recula en sautant pour éviter la braisière surchauffée balancée par Hippolyte dans la plonge. Ça bardait. Barnabé sourit à sa mère. Hippolyte attrapa un sac de farine dans un placard.

– Allez, Barnabé reste pas là ! lui dit-il en passant derrière la desserte. On n'a pas le temps de s'amuser...

Barnabé et Joséphine échangèrent un regard complice.

– Tu sais ce qu'il veut ? dit Hippolyte. Il veut que je leur donne ma veste à signer...

C'était en mai 1976.

Le soir de la fermeture du restaurant des Beaux-Arts.

Les parents de Joséphine étaient tous deux âgés de soixante-cinq ans. Ils se retiraient.

Une grande fête s'était spontanément organisée. Plus de cent cinquante personnes entassées, se bousculant joyeusement dans la minuscule entrée du restaurant.

Il y avait les peintres et les sculpteurs devenus célèbres se souvenant que, pendant leurs études, les parents de Joséphine leur avaient fréquemment fait cadeau d'un repas. Et Maurice Baquet avec son violoncelle. Et César avec un sein.

Il y avait les clients belges venus exprès de Bruxelles dès qu'ils avaient appris la nouvelle. Les Américains qui avaient envoyé un second télégramme, ils pensaient s'être trompés d'adresse sur le premier. Les critiques gastronomiques japonais, émus d'être présents par hasard, pleurant chaque larme de leur corps, ressourcés à coups de babys. Et tous les commerçants de Saint-Germain des Prés venus rendre hommage à leurs plus vieux voisins. Le tabac de l'arrêt du bus. M. Grubet, le vendeur de pinceaux du coin de la rue. Les poissonniers berrichons, la libraire veuve et le quincaillier sourd. Les jeunes du marchand de meubles et même le peu ragoûtant disquaire édenté.

Tous, bras chargés de cadeaux.

On ne s'en va pas comme des voleurs, après quarante ans de présence ininterrompue dans le quartier.

On ne s'éclipse pas tels ces épiciers qui vous rachètent un bail en janvier, rasent les anciens rayons en février, installent de nouvelles armoires réfrigérantes en mars, inaugurent avec pompes et fastes avant le printemps pour disparaître aussitôt les premiers bourgeons éclos, quand en juin ils réalisent qu'ils n'ont pas fait leur chiffre, qu'ils ne rembourseront jamais les emprunts et que de toute façon ils n'aimaient pas ce métier. Le bail est revendu à perte et de nouveau la pancarte « A louer » fleurit à la devanture de l'échoppe.

Ces gens-là disparaissent sans laisser plus de traces dans les mémoires que l'empreinte d'un pied mouillé sur les promenades des plages normandes au mois d'août.

Les parents de Joséphine étaient différents.

Ils avaient estampillé leur temps. Y a t-il seulement une personne qui ait compté entre le boulevard Saint-Germain et les quais de la Seine, entre le bar du Pont-Royal et les bistrots de la place Saint-Michel, qui ne fût débitrice à leur égard d'un souvenir heureux, d'un simple moment de plaisir lié à leur hospitalité et à leur cuisine ? Existe-t-il une personne qui aurait franchi le fleuve et mis pied sur la rive gauche, sans faire halte dans ce refuge douillet ? Velours du palais et des esprits. A cette époque personne n'était aussi inconscient.

Je vous parle d'une époque où la vie de ce quartier était au cœur de la vie.

Ce soir-là, la fanfare de l'école des Beaux-Arts ne fut pas en reste, honorant le départ de ceux qui si souvent avaient été des hôtes indulgents. Ils interprétèrent un pot pourri de standards New Orleans et balancèrent des œufs durs mayonnaise dans les tourbillons des ventilateurs plafonniers. Les hélices dispersèrent à verse. Personne ne fut épargné mais dans la musique et la cohue générale cela n'avait guère d'importance.

Enfin ils baissèrent leurs frocs. Au milieu d'une assemblée de bonnes joues aux sourires verticaux, les parents de Joséphine posèrent pour une ultime photo.

Barnabé, à l'aube de sa seizième année, crut deviner qu'on commence à s'amuser au jour de sa retraite. Il décida de boire et perdit conscience au sixième verre de vin rosé.

A 4 heures du matin une estafette de la police freina devant le restaurant. Quand la porte s'ouvrit sur le commissaire, la mine sévère, suivi de quatre officiers de police, un murmure parcourut la salle. L'euphorie cédait une petite place à l'inquiétude. D'amers voisins s'étaient-ils plaints du tapage ? Le commissaire laissait peser son regard sur chacun, puis brusquement il fit un pas de côté, dévoilant derrière lui une tondeuse à gazon rutilante, encadrée par ses hommes.

– Récupérée par les collègues de la volante, annonça-t-il en l'offrant au père de Joséphine.

Puis de sa poche il retira un petit paquet emballé dans du papier journal et, sans en préciser l'origine, le présenta à la mère de Joséphine qu'il étreignit affectueusement. Gros nounours de commissaire

Joubot. Elle l'ouvrit fébrilement. C'était un camée, monté en bague. La salle respirait à nouveau.

Les parents de Joséphine embrassèrent chaque policier, une fois, deux fois, trois fois. Leurs larmes étaient de bonheur. Le raout reprit jusqu'à l'aube. Quand on s'aperçut que les éclairages paraissaient anormalement tamisés, les officiers de police jurèrent qu'ils n'étaient pas responsables. Non ! Ils n'avaient pas dévissé les globes des lustres pour pisser dedans. On ne les crut pas. On les avait vus revisser en place les globes remplis d'urine. Par bonheur il n'y avait pas eu de court-jus. Malheureux hommes de l'ordre mis au banc des accusés. Même le commissaire Joubot ne pouvait les défendre. Fin saoul, bouche ouverte, il ronflait allongé sur une banquette.

Et puis il y eut la veste de cuisinier du père de Joséphine que dans la nuit tout le monde voulut dédicacer, les amis, les inconnus, les artistes fameux aussi.

Joséphine se souvenait de cette fête comme d'une grande victoire. La vie de ses parents était validée. Ils pouvaient crier qu'ils l'avaient réussie et la preuve en était gribouillée, écrite, dessinée, là, sur cette pièce de tissu blanc. Cette désormais illustre casaque que toujours son père refusa de céder et pour laquelle le propriétaire d'une galerie rue de Seine lui proposa 100.000 francs.

Dix-huit mois plus tard, les parents de Joséphine étaient morts tous les deux.

Elle conserverait à jamais cette image du bonheur qu'elle avait lue sur leur visage le soir de la fermeture et la veste de cuisinier, pliée, soigneusement emballée là-haut, dans une housse en plastique. Les mites sont ennemies du souvenir.

Dans les toilettes, Bimtou regardait fixement Oscar penché en avant sur le lavabo. Il frottait ses mains sous l'eau depuis de nombreuses minutes, les savonnait, les rinçait et recommençait.

Elle voyait en reflet dans le miroir qui surplombe les robinets chromés le poussin d'Oscar s'animer sur son front plissé. C'était toujours ainsi, quand Oscar réfléchissait le poussin dansait.

– Et si on le gardait ? fit-il en se redressant.

Il se retourna, attrapa la serviette et planta son regard dans celui de Bimtou. Il séchait ses mains vigoureusement.

– C'est une plaisanterie, j'espère ? lui demanda Bimtou.

– J'ai l'air de plaisanter ?

– Oui.

– Alors ça prouve qu'il ne faut pas se fier aux airs des gens...

Puis il lui prit les mains et serra très fort.

– T'as quel âge ?

– Vingt-six, répondit-elle.

– Il aura vingt ans et tu n'en auras même pas cinquante, il aura trente ans tu n'en auras même pas soixante... c'est formidable ! Il ou elle, je m'en fous... et toi ? Tu préfères un garçon ou une fille ?

– Une fille, dit Bimtou sans hésiter... J'ai pas envie que mon môme souffre à cause des femmes...

– Pourquoi tu dis ça ?

– Ben regarde-toi, mon pauvre Oscar... T'es complètement malade... On a juste baisé comme ça une fois, c'est tout... C'est pas une raison pour vouloir pouponner et fonder une famille et tout le tintouin... Hé ! Où on irait à ce rythme ? On se retrouverait patriarche à trente balais... Non mais ça tourne quand même pas rond dans ta tête !

Oscar avait fermé les yeux. Perméable à la suavité naturelle de Bimtou il était conquis de souvenirs extasiés. Le lent mouvement de son ventre empalé au sien, une touffe sombre et épaisse entrevue chaque fois dans la lumière de la fenêtre, le balancement hypnotique de sa tête et ce murmure, doux, enfantin, quand elle jouit. Images paresseuses d'un plaisir retenu le plus longtemps possible, car en elle tout incitait à la langueur.

Peut-on chambouler sa vie pour un simple orgasme ? Oscar décida que oui. Il était normal qu'un enfant fût né cet après-midi là.

– Hé ! Mais réponds ! reprit Bimtou en le secouant de toutes ses forces, tu vas quand même pas tout foutre en l'air avec Lydie... Vous... vous allez vachement bien ensemble...

– C'est vrai, admit-il, nous sommes un couple parfait... Lydie aime le blanc de poulet et moi je préfère la cuisse...

Bimtou se tourna vers la porte en verre cathédrale derrière laquelle s'animaient les ombres floues de leurs amis. Depuis la salle fusaient des rires, elle entendit Barnabé quitter la cuisine et reprendre place à la table en annonçant l'arrivée imminente des entrées. Elle craignait que l'un d'entre eux fût pris d'une envie pressante et les débusque avec leurs airs de pintades conspirantes. En plus elle commençait à avoir faim.

– Ecoute, Oscar, je ne sais pas ce qui te prend... si tu as déjà trop bu ou si tu me fais marcher... mais franchement, c'est pas drôle ! Pour l'instant les emmerdes, le gros bide, c'est pour moi...

– Mais je te propose de partager...

– T'es converti catholique ou quoi ? Si t'étais contre l'avortement, fallait suivre la ligne jusqu'au bout et pas commettre l'adultère ! Merde ! Tu ne te demandes même pas s'il est de toi ce môme ! T'es prêt à gober, comme ça, comme un innocent !

– Pourquoi... il est pas de moi ? fit Oscar avec un frisson dans la voix.

Bimtou, frappée de stupeur, resta muette. Ses bras ballaient contre son corps, elle s'adossa contre la porte du cabinet « femmes », la tête rejetée en arrière.

Et la porte céda.

Bimtou bascula avec un petit cri de frayeur. Oscar se précipita pour la rattraper. Mais elle s'écroula sans mal sur la cuvette avant qu'il l'atteigne.

Maintenant ils se faisaient face. Bimtou, assise sur la lunette, son menton posé sur ses paumes et Oscar, debout devant elle, hésitant à lui passer la main dans les cheveux.

– J'ai eu peur, murmura-t-il, embarrassé.

– T'as raison, dans mon état..., elle répondit, maussade.

– Alors ? Il est de moi ?

– Mais oui... Puis pour elle : Je vis une sorte de rêve abominable duquel je vais émerger dans dix secondes...

Elle ferma les yeux très fort. Mais quand elle les rouvrit, il était toujours là.

– Tu sais, reprit Oscar, je m'en occuperai... Je suis un homme de maison idéal...

– Il t'empêchera de bouquiner.

– Non, au contraire, je lui communiquerai ça dès qu'il aura deux mois, je lui ferai la lecture... les auteurs américains et Shakespeare...

– Le pauvre il va se faire chier.

– Pourquoi tu n'aimes pas la littérature anglo-saxonne ?

Bimtou hocha la tête et se releva, elle sortit de l'étroit cabinet. Oscar s'effaça pour la laisser passer.

– Et si je veux me tirer, qui est-ce qui garde le gosse, demanda Bimtou ?

– Comment ça ? Te tirer ?

– Ben oui, on restera pas toute notre vie ensemble, on n'est pas des canaris... Alors ma question n'est pas compliquée... Le jour où je veux me tirer, qui s'occupe du gosse ?

– Mais... Si on décide de faire un enfant ensemble, c'est pas pour se séparer...

– Note quand même que l'enfant il est déjà fait et que là on discute pour savoir si on le fout en l'air avec l'eau du bain, pas d'autre chose...

– Si j'avais l'intention de te quitter un jour, je ne te ferais pas cette proposition, affirma Oscar.

– C'est ça... C'est ce que t'as dû dire à Lydie y a une dizaine d'années... On voit le résultat !

Oscar baissa les yeux, il se rappela sa demande en mariage. Lydie avait tourné de l'œil en plein cours de maths. Il avait fallu la transporter à l'infirmerie et, quand elle avait rouvert les yeux, elle avait dit « oui, cent fois oui » à l'infirmière de la Croix-Rouge.

– Tu sais ce que tu es, Oscar ?

– Oui mais je ne le dirai pas devant mon gosse...

– Moi je vais pas me gêner... Tu es un romantique à la mords-moi-le-nœud... Et d'ailleurs je ne sais même pas pourquoi on a prolongé cette discussion, ma décision était prise avant de te voir, je voulais juste t'avertir, par fair-play...

– C'est ça, l'interrompit Oscar, comme le joueur de tennis qui s'excuse parce que sa balle a touché le haut du filet et a rebondi dans le camp de son adversaire.

Sur ce il tourna les talons et quitta les toilettes.

La porte se referma lourdement. Bimtou vit au travers de la vitre la silhouette d'Oscar qui hésitait, immobile, un éclair de temps, pendant lequel elle pensa : « Faut jamais coucher avec eux. Si tu couches tu les perds. »

Puis Oscar fit un pas en avant tandis qu'une voix saluait son retour. Et la forme s'évanouit, ainsi qu'un remords se dissipe, en laissant un sillage d'amertume.

Barnabé partageait le centre de la table en U avec Daniel assis à sa droite. En tant qu'utilisateur de lettres, il décryptait dans cette situation une série de signes.

U est le symbole chimique de l'uranium et il pensa : « Pour une soirée consacrée à l'éclatement du noyau, c'est plutôt bien vu... »

U, si l'on s'abandonne à la phonétique, est une forme du verbe avoir.

« La vie les a bien U », se dit-il à propos de ses parents. « Ils se sont crevés depuis le début pour qu'il leur arrive une saloperie pareille, c'est dégueulasse. On aurait envie de croire pour savoir à qui adresser les lettres d'injures. »

U est la cinquième des voyelles, juste avant le Y, presque déjà une étrangère. Une lettre qui sent le départ, qui pue la fin de règne. « Si les dinosaures utilisaient un alphabet, je suis sûr qu'il commencerait par U ! »

Un optimiste aurait plutôt considéré la forme en fer à cheval de la table et spéculé autour des notions de chance et de bonheur, mais ce n'était pas ce soir-là l'humeur de Barnabé. Aussi sa place au centre du U lui semblait-elle totalement justifiée. Méritée, même.

Paul était assis immédiatement à la gauche de Barnabé et sa table formait l'angle, amorçant l'un des deux jambages du U.

Les effets primes du vin rouge étaient dépassés et sa paralysie générale se muait en euphorie cotonneuse. Encore quelques verres et le timide céderait le pas à l'expansif. Il ne partageait pas le désespoir mou emblématique de Barnabé.

De fait, à cet instant de la soirée, peu avant qu'on apporte les entrées, le contraste entre les pensées des deux amis eût frappé quiconque eût été suffisamment minuscule et vif pour se glisser à l'intérieur de leurs neurones. Un omniscient rikiki. Une sorte d'amibe cultivée et sensible.

Si Paul pensait : « M. et Mme Iroulégui sont des gens bien, ils ont de la chance d'être aimés et salués ce soir. C'est ça qui compte. Quant à Barnabé, il a de la chance d'avoir des parents pareils, il a toujours eu de la chance, Barnabé, dans son travail, dans ses amitiés, moi par exemple, dans ses amours, Maria est une fille exceptionnelle, j'en suis heureux pour lui. »

Barnabé, lui, se disait : « J'ai toujours été persuadé d'avoir eu trop de chance. Tellement de chance que cela devait bien arriver un jour. Comme s'il avait enfin fallu passer à la caisse, compenser, rendre à la vie ce qu'elle m'avait toujours apporté avec une constante insolence. C'est juste mais ça blesse. Paul, c'est différent, il a toujours su gérer son petit bonhomme de chemin avec modération. Pas d'excès mais pas de gamelles. Il fait ses BD, il joue au foot le samedi matin au parc de Sceaux, il élève son môme, choie sa femme. Au bout du compte, pas de problèmes. »

Mais leurs réflexions furent brusquement frappées d'éclipse. Oscar, la mine déconfite, reprenait sa place, à la gauche de Paul, sur la première table appartenant intégralement au jambage du U, si bien qu'à eux trois ils déterminaient les trois sommets d'un triangle isocèle dont une ligne imaginaire reliant Barnabé à Oscar constituait la base et dont les deux côtés égaux unissaient respectivement Barnabé à Paul et Paul à Oscar. On pouvait ajouter que la somme des carrés des distances séparant Paul de Barnabé et Oscar de Paul n'était pas égale au carré de la distance entre Oscar et Barnabé. Elle était inférieure.

Oscar se servit un plein verre de vin et l'avala d'un trait, reprenant ainsi quelques couleurs. Barnabé chercha le visage de Lydie, espérant y découvrir l'amorce d'une explication. En pleine discussion avec Thomas, elle ne semblait pas avoir remarqué le retour d'Oscar, qui restait, absent, à contempler les parois bombées de son verre vide.

Paul, solidaire, se versa un verre avant d'emplir à nouveau celui d'Oscar, mais le spectacle du fluide emprisonnant la lumière dans ses remous couleur de framboise ne combla pas le vide de son regard.

Lydie se retourna, et faisant patienter Thomas d'un petit signe de la tête, elle interpella Oscar :

– Os..., dis... quand le plan d'épargne logement il sera arrivé à échéance... on pourra emprunter combien en fait... Hein ?

Oscar ne répondit pas. Impassible il jouait lentement avec deux miettes de pain qu'il poussait du bout des doigts en direction de sa fourchette.

– Os ? reprit Lydie... C'est Thomas qui veut savoir...

Anne-Françoise et Tatave s'étaient instinctivement reculés en arrière pour ne pas gêner la propagation des ondes sonores entre Lydie et Oscar. Le restaurant était plein et, les bruits des clients se mêlant à ceux des amis de Barnabé, une joyeuse bouillie sonore trempait toute la salle. Lydie écarta ses mains en signe d'impuissance.

– Ça n'a aucune importance, lui dit Thomas... Laisse tomber...

– Oui mais c'est bizarre qu'il ne réponde pas... Puis elle reprit : Oscar, tu m'entends ?

– Oui je ne suis pas sourd, répondit-il enfin.

Paul échangea avec Anne-Françoise un regard embarrassé par-derrière les épaules d'Oscar. Le ton employé par ce dernier avait été sec, sans équivoque. Et il continuait.

– C'est de la connerie cette histoire de maison... On n'aura jamais le fric... et puis moi les livres, non seulement je les lis, mais en plus je les relis... Alors comment on fera si on déménage ? C'est pas une bibliothèque qu'il me faut, c'est carrément une pièce, tu le sais bien ! Alors dis-moi comment on fera pour trouver mieux que là où on est... Moi j'en ai rien à foutre d'être propriétaire... Ce que je veux c'est qu'on m'emmerde pas...

Il avait parlé à voix basse, mais sur le même ton cassant. Dans toute la table on l'avait entendu. Il y eut un silence. Au milieu duquel Lydie se sentit terriblement mal à l'aise.

– C'est pas grave, lui glissa Thomas à l'oreille, laisse tomber.

De nouveau, Oscar s'était figé dans sa bouderie et le rallye des miettes de pain reprenait de plus belle. Paul ne put se défendre d'intervenir.

– Hé ! T'as des vers ou quoi ? Qu'est-ce qui te prend ? C'est en allant pisser, t'as vu ta nouille et ça t'as collé la déprime ?

Anne-Françoise eut envie de rire. Ce n'était pas dans les habitudes de Paul de parler ainsi. Il était complètement saoul.

Oscar regarda Paul. Longtemps.

Leur amitié avait débuté à la caserne de Satory, dix ans plus tôt. Par un pluvieux matin d'automne, le deuxième classe Oscar de Poussin était venu saluer son supérieur hiérarchique, le sous-lieutenant Paul Plitsk, et lui demander :

– Pardonnez-moi, mon sous-lieutenant... Je me posais une question... Vous portez le même nom que le représentant du parti communiste d'Estonie au Soviet suprême. Anatol Plitsk. C'est quelqu'un de votre famille ?

– Non... pas du tout..., avait répondu Paul, déconcerté.

Assis derrière son bureau, il avait longuement dévisagé ce grand type maigre qui venait lui poser une question aussi incongrue. Dans le même temps il explorait à toute vitesse ses souvenirs de classe de géographie. Où se situait donc l'Estonie ?

Oscar ne lui laissa pas le temps de trouver. Il s'empara de sa main et la serra franchement en disant :

– Ah ! Bien... Pour une surprise... Mais puisque je vous tiens... Je peux peut-être vous demander un service alors ?

– Pourquoi pas...

– Figurez-vous que je suis de garde samedi soir... et que c'est le... le jour anniversaire de mon mariage... Oui, ça fait un an tout juste... Alors voilà. Je cherche quelqu'un qui accepterait de faire cette garde à ma place... De me remplacer... Je sais que c'est un peu osé... mais ça ferait plaisir à ma femme...

Ensuite le grand type maigre s'était tu. Le silence s'était fait insistant. Il restait à Paul six mois de service militaire à effectuer. Le minuscule bureau d'où il était censé surveiller les allées et venues autour de l'arsenal lui évoquait une prison. Alors, sans vraiment savoir pourquoi, il avait finalement lâché un timide :

– Si ça peut vous dépanner...

Ou plutôt si, il savait pourquoi. C'était à cause de cette tache claire qui se détachait sur le front d'Oscar de Poussin. Cette drôle de petite tache dépigmentée qui avait la forme d'un poussin l'avait attendri. Et parce qu'il admirait chez les autres le culot qu'il n'avait pas. Il avait accepté, donc.

Il avait plu toute la nuit du samedi au dimanche. C'était une de ces nuits comme il ne peut en exister que dans les casernes, quand le treillis lui-même paraît plus roide et plus gelé que ces murs de brique qu'il faut garder.

Le lendemain Paul s'était renseigné. Tous les mois Oscar de Poussin trouvait un pigeon pour faire la garde à sa place. Son anniversaire de mariage était une date à géométrie variable et dans la caserne on ne comptait plus les homonymes de représentants du parti communiste des républiques baltes, ou de membres de la Chambre des lords, ou bien encore de mormons célèbres...

Le seul point sur lequel Oscar n'avait pas menti, c'était qu'il était marié. Avec Lydie.

Oscar se dit que si une guerre éclatait, il serait sous les ordres de Paul. Un sourire consentit à poindre sur son visage.

– Excuse-moi, Lydie... j'ai dû boire un peu trop de champagne..

– Moi, c'est pas compliqué, rétorqua-t-elle, je ne bois pas d'alcool, ça m'évite d'être de mauvaise humeur !

– Mais pas du tout, intervint M. Perle, l'alcool est un euphorisant... Croyez-en un authentique pochard... Au contraire même... Le vin chasse la mauvaise humeur, comme les vents chassent les nuages... Hop ! Un petit coup de rouge et le soleil resplendit à nouveau... Tenez...

Et il servit un verre à Lydie. Elle hésitait à le prendre.

– Non... je vous assure... Je n'en bois jamais... Je ne supporte pas...

– Allez ! intima M. Perle.

Il lui tendit le verre avec autorité. Les autres reprirent en chœur les ordres du vieux clochard et l'animation joviale se déploya rapidement autour de la table.

– Lydie, le verre ! Lydie, le verre !

Ils le scandaient tous et même Oscar ne put résister.

Il fut le premier, quand elle porta enfin le verre à ses lèvres, à entonner :

– Cul sec ! Cul sec ! Cul sec !... Ah !...

Lydie reposa le verre d'un geste brusque. Il était vide. Ses yeux brillaient. Elle eut un rire de petite souris et s'essuya la bouche du revers de sa manche.

– C'était la première fois, laissa-t-elle échapper d'une voix troublée. Ça fait tout drôle...

La porte de la cuisine s'ouvrit alors en grand.

Joséphine fit irruption dans la salle en tendant ses bras, protégés par des serviettes rouges, sur lesquels s'empilaient de chaque côté trois assiettes pleines et fumantes.

Il existe sur la côte basque, entre Saint-Jean-de-Luz et Biarritz, une falaise composée de strates circulaires baptisée la pile d'assiettes. Au fur et à mesure que le rocher s'élève, les couches accusent un léger décalage vers l'arrière. On les dirait posées sur l'avant-bras d'un géant dont la main fouille le fond de l'océan et dont l'épaule se perd dans le ciel. Refuge de nombreux oiseaux marins, vaisselle graniteuse sans cesse maculée de guano et sans cesse lavée par l'écume, c'est sans doute la cuisinière de Dieu qui a oublié de la ranger au lendemain d'un céleste festin.

Hippolyte suivait de près. Il enserrait la queue d'une cassolette en cuivre dans la main droite.

– Pour qui les trois mousses de truites ? demanda-t-il en brandissant de la main gauche trois assiettes semblables aux folioles d'un trèfle orangé.

Mylène leva la main et fit un cercle dans l'air qui englobait ses deux voisins latéraux.

Hippolyte se libéra du triplet d'assiettes. Elles glissèrent sur la nappe, saisissant simultanément Danièle, Mylène et Julien de la fragrance subtilement épicée du coulis de homard.

Julien saliva en fermant les yeux. Danièle au contraire voulut savourer le mélange des couleurs, la bisque carminée frappée de quatre feuilles de persil vert cru, la blancheur crémeuse de la mousse de truites piquetée de têtes d'épingles noires. Mylène sauça d'un coup de pain clandestin. C'était chaud et délicieux.

A deux tables de là, Joséphine déposait devant Bimtou une assiette de douze godets en grès dans lesquels un beurre persillé bouillonnait encore.

Dans les récipients turbulents l'échine d'un escargot pointait de temps à autre au rythme de petites bulles qui crépitaient en dégageant leurs odeurs alliacées.

– Merci, madame Ioulégui, fit Bimtou en s'efforçant d'oublier sa discussion avec Oscar.

Elle piqua sa fine fourchette dans le premier gastéropode dont la forme lui évoqua cruellement le tortillon caoutchouteux qui habitait son propre corps.

Une sorte de rage revancharde lui traversa l'esprit. Elle porta l'animal à sa bouche et le croqua sans hésitation. Un jus salé envahit son palais. Elle se détendit.

Pendant ce temps, Joséphine continuait son service et recommandait à Maria de ne pas toucher l'assiette de l'aumônière qui était très chaude.

– Pourquoi ça s'appelle comme ça ? demanda Maria qui craignait toujours d'avoir des lacunes en français.

– A cause de la forme, répondit Joséphine. C'était une bourse à coulant qu'on portait autrefois à la ceinture...

Maria opina du chef en constatant l'aspect particulier du feuilleté qui recelait mille trésors de la mer. Elle fendit le sac doré d'où s'échappèrent une pince de tourteau décortiquée, les tronçons ivoirins d'une queue de langouste et plusieurs coraux de coquilles Saint-Jacques. Un beurre de gingembre décoré de fines arborescences d'aneth accueillait le succulent butin.

C'était au tour d'Agamemnon de se voir servir la deuxième aumônière. Empressé de soulager Joséphine, il en attrapa le rebord.

– Non, laisse !

Il était trop tard, Agamemnon lâcha le plat brûlant qui tomba sur la table avec un grand fracas. Il n'y eut pas de casse, mais le beurre avait éclaboussé le tee-shirt blanc d'Agamemnon. Bimtou lui prit la main.

– Ça va ?..

– Ça chauffe..., fit-il en observant la cloque qui se formait déjà sur la pulpe de son pouce.

– J'avais prévenu, les assiettes sont bouillantes, dit Joséphine, désolée... Et ton tee-shirt... il est tout sale... Je finis de servir et je te mets du K2R...

– Non, ça va... tant pis...

– Mais tais-toi donc, il faut détacher tout de suite...

En face, Hippolyte soulevait le couvercle de la cassolette et présentait les foies gras chauds. La vapeur se dissipa et l'on put apercevoir le fond du récipient. Thomas surveillait du coin de l'œil la réaction de M. Perle. Six tranches de foie gras frais, roses et tendres, baignaient dans une sauce ambrée où embaumaient de nombreuses lamelles de truffe.

Des raisins blancs débarrassés de leur peau, gonflés de jus délicat, voisinaient de croustillants croissants de pommes.

M. Perle releva la tête. Un éclair de gourmandise brillait au fond de ses yeux.

– Ben ! mon pote, dit-il à Thomas. Le patron il s'est pas moqué de nous... Je crois qu'on va s'en fiche plein la lampe...

– Profitez-en ! Aujourd'hui on rase gratis ! fit Hippolyte en pinçant délicatement une tranche de foie gras entre les extrémités d'une fourchette et d'une cuillère.

Il entreprit de les servir et racla le fond du plat jusqu'à ce que la moindre goutte de sauce fût transportée dans leurs assiettes. M. Perle versa une bonne rasade de brouilly dans son verre à eau, certain de ne pas en avoir usage, puis l'offrit à Hippolyte.

– Vous n'étiez pas là tout à l'heure... mais je disais au petit que vous étiez un chic type... Alors tchin-tchin !

– Tchin-tchin ! répondit Hippolyte en s'emparant du verre.

– Tchin-tchin ! fit Thomas.

Et ils trinquèrent tous les trois.

Au centre du U, Joséphine se hâtait maintenant de déposer les deux assiettes qu'il lui restait en main.

Elle venait de donner son hareng à Daniel et celui-ci gardait les yeux rivés sur l'empreinte de l'épine dorsale lovée au cœur de la chair rosée presque transparente qui laissait deviner les autres ramifications du squelette du poisson. Avec son couteau, il retourna le filet à plusieurs reprises en y découvrant avec délectation l'image de l'amitié qui les unissait tous.

Comme ce hareng leur amitié était sans arêtes.

Comme ce hareng elle se conservait.

Comme ce hareng elle donnait soif.

Comme ce hareng on pouvait en prendre tous les jours sans risque de lassitude.

Comme ce hareng était garni de petites pommes de terre cuites à l'eau et décoré de petites rondelles de carottes, leur amitié s'enjolivait d'un certain nombre de petits à-côtés pas désagréables.

Avisant que Danièle ne faisait pas attention à lui, il leva les yeux sur Agamemnon. Il vit son ami qui suçait son doigt brûlé, puis détourna pudiquement son regard en direction de l'assiette de Barnabé. Il sourit.

– Qu'est-ce qu'il y a de drôle, demanda Barnabé ?

– On dirait des couilles dans leur jus, répondit Daniel en désignant les noix de coquilles Saint-Jacques présentées avec un émincé de champignons de Paris, nappées d'une crème onctueuse réduite au dernier moment à la cuisson et enrichie d'une giclée de calvados.

Barnabé leva les yeux au ciel.

– Mais t'es con, toi...

Au plafond il y avait une mouche. Elle s'envola lourdement. Et vint se poser sur la margelle du ramequin hors duquel, sous l'effet conjugué de l'inclinaison et du poids des morceaux de crabes et de langoustes englués dans un réseau de fils de gruyère fondus, basculait le gratin d'Oscar.

Joséphine acheva de vider le plat, puis estourbit la mouche d'une chiquenaude. Là où s'arrimaient à l'instant précédent six petites pattes velues n'était plus que la surface brillante de l'Inox.

Barnabé et Oscar échangèrent un regard fataliste. Cela tint lieu de seul requiem à l'insecte rendu mou par l'hiver.

En cuisine, Hippolyte se chargeait des dernières assiettes.

– Riquet ! La terrine... là... tu m'en coupes une autre tranche... Celle-ci on dirait une gaze pour grand brûlé !

– Oui, chef !

Bang ! fait la porte de la chambre froide qui se referme.

Paf ! La terrine atterrit sur le billot.

Psssui..., psssui..., fait la lame qui tranche au cœur du pâté.

Et Riquet file en courant ajouter la tranche sur l'assiette tendue par Hippolyte.

– Avec toi au moins je suis sûr qu'on va pas gaspiller le stock... Mais les portions, c'est les portions... tu comprends ?

– Oui, chef...

Riquet regarda le dos du chef, tache blanche qui

s'éloignait et disparaissait derrière la porte à double battant. Il se dit : « Parfois j'aime le chef... parfois je le déteste... » Il se dit aussi : « Ça doit pas être facile d'être chef... » Et Mohcène fit écho :

– Riquet, y a ta friture, elle fume ! Allez..., ramène-toi au lieu de rêver aux gonzesses !

Imaginez ce chevalier en armure engagé dans un tournoi. Il est courbé sur le cou de son cheval lancé au galop dans le champ clos. Son heaume étincelle, son panache virginal flotte au vent. Sous le soleil de midi, le caparaçon darde mille feux alentour.

Le tableau serait parfait s'il ne manquait sa lance à Bayard.

Imaginez maintenant Joséphine sans K2R. C'est la même chose. Car dans un restaurant on mange. Quand on mange on se tache. Et quand on se tache on se détache.

– Ça va faire un peu froid, fit Joséphine en vaporisant le produit aux endroits maculés du tee-shirt d'Agamemnon.

Du revers de la main, elle protégea l'assiette menacée par les retombées de poussières blanches. Sur le tissu la substance active sécha presque instantanément. Quatre larges auréoles crayeuses et fissurées s'étaient formées.

– On dirait du moisi, apprécia Agamemnon. Ça y est, je pourris sur place...

– Arrête, lui dit Bimtou, tu ressasses...

– Tu attends cinq minutes... Il faut que la tache se

dissolve... Je reviendrai te brosser..., se hâta de conclure Joséphine car il fallait maintenant qu'elle prenne la commande des deux emmerdeurs.

Se glissant hors du cénacle elle laissa reposer sa main sur l'épaule d'Hippolyte.

Il se redressa et lui sourit.

– Tu as vu si elles sont belles les grenouilles, fit-il avec dans la voix une nuance d'émerveillement enfantin, on dirait des cuisses de poulet... Les Tchèques sont les plus forts...

Paul prit son verre de sancerre rosé, il considéra la poignée de muscles nacrés entassés dans son assiette et se surprit à imaginer le monstrueux animal.

Le grenoulet ou poulouille des marais est un batrallinacé de un kilo, un kilo et demi. Le corps couvert de plumes il bondit de nénuphar en nénuphar en caquetant. Il y picore des grains de maïs quand il en trouve, sinon des libellules. Dit « pattes noires », il se couche tôt et pond un œuf chaque jour qui, s'il n'est pas mangé avec de la mayonnaise, donne naissance au têtard à crête dentelée. Ses pattes postérieures sont très développées, on y distingue la partie supérieure ou pilon et la partie inférieure ou palme qui sert à nager plus vite. Il peut rester plus d'une minute sous l'eau sans respirer et moins de dix secondes en vol sans se casser la figure.

Paul reposa son verre de sancerre sans y avoir touché.

De sa poche il sortit un feutre et en quelques secondes il avait croqué l'animal étrange. Il arracha la feuille du carnet et la fit passer à Tatave.

– C'est quoi, Paul ?

– Ce que je mange...

– C'est rigolo... Je peux goûter ?...

– Tu aimes l'ail ? C'est plein d'ail...

Tatave fit un clin d'œil à sa mère.

– On dit aulx quand y a plusieurs ail..., chevaux quand y a plusieurs cheval...

Anne-Françoise essaya de se rappeler du nom de sa maîtresse de dixième à Auray. Mlle Leforestier, peut-être...

– Et moi, tu me fais goûter ? lui demanda Paul.

Elle étala une tranche épaisse de terrine. Les morceaux entiers de lièvre, les pistaches fraîches et les bardes parfumées formaient une couche grumeleuse sur la mie de pain. C'était une bonne grosse chose paysanne, pas un euphémisme de tartine, un de ces toasts mousseux de la ville.

Et Paul croqua là-dedans en fermant les yeux.

– Mmmmmmmmmmmm...

Maintenant Hippolyte les regardait manger, tous de bon cœur, il lui semblait.

C'était peu, mais le mieux qu'il puisse leur offrir.

Il se pencha sur Barnabé pour lui confier comme il était satisfait.

Il amorça son mouvement et sentit...

Le sentit alors...

Cela recommençait...

Pas ce soir.

Ce soir, il refusait.

On fait marner les vieilles bourriques jusqu'à ce qu'elles ne puissent plus arquer. Et quand elles sont flapies, qu'elle s'écroulent sur le chemin pierreux, leur ventre décharné pareil à une outre vide, alors on les achève d'un coup de bâton derrière les oreilles.

Barnabé se sentit soudain aspiré en lui-même tandis qu'un froid intense le cinglait.

Un vide subit avait ratatiné son cœur à la vue de cette petite goutte de sang rouge étalée sur la nappe.

Par réflexe il posa un morceau de pain sur la tache puis releva les yeux pour voir son père qui se détournait en appliquant un mouchoir blanc sur son nez. Il gravissait maintenant quatre à quatre les marches de l'escalier.

Personne n'avait rien vu.

Barnabé allongea son bras, heurta le verre de vin.

Le liquide se renversa sur le tissu. Il frotta avec sa serviette. En quelques secondes il ne restait plus de traces.

Joséphine, là-bas, devant, n'avait pu se rendre compte.

C'était mieux ainsi.

Barnabé baissa la tête et se remit à manger avec application. Il lui sembla qu'un regard insistant de Maria se posait sur lui. Elle savait. Elle comprenait qu'il préfère agir comme si rien ne s'était passé.

Il pensa au signal du sang. A cette seule image de la vie qui s'enfuit.

Il se rappela une autre goutte de sang. Il y a presque vingt ans. A jamais gravée dans sa mémoire.

Elle perlait au bout de son nez et s'était détachée quand son père l'avait giflé.

Il n'oublierait jamais comme elle était tombée, pile entre ses patins à roulettes, éclaboussure rouge vif sur le lino gris.

Hippolyte l'avait prévenu à plusieurs reprises.

– Ne t'arrête pas contre la vitre ! Arrête-toi avant, un jour ça va mal finir !

Mais ce jour-là c'était sérieux. La finale de course de patins à roulettes sur l'avenue. Départ à l'arbre de la marchande de livres. Arrivée au restaurant. Le premier qui touche la vitre de la terrasse a gagné 30 francs.

Et Julien qui le talonnait, qui patinait si vite que Barnabé ne pouvait prendre le risque de freiner avant l'arrivée.

– Barnabé ! Je t'ai dit de ne pas foncer les mains en avant sur cette vitre !

Il pouvait ralentir et laisser la victoire à Julien. Mais ce serait la première fois. Le diable avait fait des progrès en vacances. Son style était moins heurté, un bras replié dans le dos et l'autre rythmant chaque foulée comme un balancier, il filait sur le bitume en soufflant très fort par sa bouche ouverte. On aurait dit une machine à vapeur un peu folle. Il avait dû passer son temps à regarder les JO à la télé.

– Barnabé !! Fais attention !

Alors Barnabé avait eu peur. Au dernier moment il avait freiné en virant mais il allait trop vite et, déséquilibré, avait fracassé la vitre avec la tête, était passé au travers.

Hippolyte l'avait ramassé, sonné, à l'intérieur de la terrasse. Sans un mot il l'avait relevé par le col, lui avait fait traverser le restaurant, monter les escaliers quatre à quatre, puis survoler tout l'appartement jusqu'à la salle de bains où Joséphine finissait de se maquiller.

Hippolyte était livide, il tenait Barnabé, encore à moitié assommé, à bout de bras. Les patins à roulettes de l'enfant ne touchaient pas le sol.

En voyant son fils saigner par une multitude de petites coupures à la face et au cuir chevelu, Joséphine avait manqué tourner de l'œil.

– Voilà ! avait crié Hippolyte. Voilà ce qu'il a fait ce couillon ! Je lui ai répété des milliers de fois de ne plus se lancer dans la vitre !! Mais ça ne sert à rien ! Il n'écoute pas ! Il n'écoute jamais rien ! Il est complètement bouché ce môme !!! Alors quand ce ne sont pas les étudiants qui me descendent la vitrine c'est mon propre fils !!!

Et il avait giflé Barnabé.

L'enfant n'avait même pas senti la claque, impressionné par cette goutte de son sang tombée par terre entre ses patins.

Aussi brusquement, Hippolyte lui avait fait parcourir le trajet inverse et l'avait emmené en courant chez le docteur Michel.

Barnabé s'en était sorti avec quelques points de suture et le médecin l'avait recousu sans prendre le temps de lui ôter ses patins. Puis lui avait tendu un verre rempli d'un liquide doré.

– Tiens, Barnabé, tu as été courageux... Bois ça... d'un coup...

Barnabé s'était exécuté en faisant la grimace.

– C'est... Qu'est-ce que c'est, docteur ? avait demandé Hippolyte, ravagé d'inquiétude et qui n'avait cessé d'arpenter le cabinet en tripotant son chiffon de cuisinier.

– Ricard pur, répondit laconiquement le docteur.

– C'est pas mauvais, fit Barnabé d'une petite voix.

Et Hippolyte l'étreignit contre lui, le serra si fort en lui demandant pardon, pardon et mille fois pardon.

La tête penchée sur la faïence blanche, Hippolyte regardait les gouttes tomber une à une. Comme un compte à rebours dont il assistait, impassible, au déroulement. Même s'il arrêtait celui-là il savait qu'un autre plus insidieux et plus implacable était en route.

Il savait que son sang pouvait cesser de se diluer,

perle après perle, dans l'eau qui s'écoulerait bientôt par le siphon, cela ne changerait rien. Il y avait ailleurs une plomberie supérieure dans laquelle son corps lui même finirait par disparaître. Et cela produirait une sorte de borborygme caverneux.

Le bruit des pas rapides de Joséphine gravissant précipitamment les marches de l'escalier lui fit redresser la tête. Il referma la porte de la salle de bains, prit un morceau de coton qu'il appliqua sur sa narine et ouvrit la bonde tandis que la porte de l'appartement se refermait, là-bas, sur sa femme qui venait d'entrer.

Comment avait-elle deviné ? Hippolyte savait qu'en bas personne ne s'était rendu compte de ce qui s'était passé, et Barnabé n'avait pas trahi.

Etait-ce cette vieille tendresse instinctive qui finit, après de nombreuses années partagées, par prendre valeur d'axiome ? Impérative comme la loi des vases communicants.

– Il perd son sang, je le sens... c'est comme si je perdais le mien...

Ce sentiment avait propulsé Joséphine dans l'escalier, pour voir ce qui se passait, comprendre pourquoi il s'était éclipsé si rapidement, comme un voleur.

Et maintenant, elle le surprenait, depuis le pas de la salle de bains, debout, le dos courbé, à suivre la disparition d'un tourbillon d'eau rougie. L'évier émit un rot.

D'abord, ils ne se dirent rien, se contentant d'échanger un peu de leurs regards, comme un peu de leur sang.

Puis Hippolyte regretta de l'avoir trompée une fois. Pas tellement de l'avoir trompée, mais de le lui avoir tu. Il eut envie, cinq ans plus tard, de le lui dire.

– Tu sais... c'est pas tellement le moment... et y a du monde en bas... mais je voulais te dire... que quand j'étais allé à Chamonix... eh bien... j'avais eu une aventure... une sorte de liaison avec une femme... Elle était jeune et je l'ai rencontrée un soir... dans une discothèque... Une Suisse... ou une Suissesse... je sais pas comment on dit... voilà...

Il se tut. Joséphine se mit à lui sourire et ouvrit un tiroir dans lequel elle prit du coalgan.

– Tiens, dit-elle en déchirant le sachet, mets-toi de ça...

– A force de lui faire bouffer de ce truc-là, ça pourrait bien l'étouffer, non ? demanda-t-il en se bourrant consciencieusement la narine droite... Ça rendrait service à tout le monde... Tiens... Le bon Dieu aurait dû me faire un nez avec juste une narine gauche et j'aurais eu la paix... Tu as déjà vu comment c'est fait la narine d'un ornithorynque ?..

– Non.

– Moi non plus.

Hippolyte s'assit sur le rebord de la baignoire. Joséphine le rejoignit.

– Alors, tu vas leur faire signer ta veste, demanda-t-elle ?

– Ça me ferait drôlement plaisir.

Elle regarda son nez, l'hémorragie semblait stoppée.

– Bon... Faut que je redescende, dit-elle, y a du travail.

– Oui... je.. dès que c'est fini... j'y vais...

– A tout à l'heure.

Joséphine quitta la salle de bains, puis l'appartement.

Hippolyte entendit la porte claquer.

Il se demanda si elle avait entendu ce qu'il avait dit.

Joséphine avança d'un pas en direction de l'escalier où semblaient s'emprisonner tous les bruits du restaurant.

Son visage apparut par-dessus la rambarde, suspendu dans l'ombre de l'étage. Indéfini. A cet instant, tristesse ou amusement pouvaient encore le modeler.

Elle suscita l'image d'Hippolyte, gigotant et ahanant au son d'une version des « Roses blanches » galvanisée par un remixer portoricain basé à East LA et débitée par le poignet ataxique d'un DJ chamoniard torché à la grappa.

Il y avait également la présence sur la piste de danse de deux guides valdôtains à barbe rousse qui couvaient Hippolyte de regard attendris.

Cela suffit et la mutation d'un sourire envahit le visage de Joséphine tandis que d'en bas provenait l'écho d'un rire qu'elle attribua à Daniel. Elle commença à descendre l'escalier et se rappela l'irrépressible envie d'amour manifestée par Hippolyte dès son retour de vacances. « L'animal a dû goûter la chair fraîche, il est avide », avait analysé sa copine Jo, fine mouche, à qui elle confiait la métamorphose.

A mi-chemin du rez-de-chaussée, cloutés à la main courante en chêne, deux jambons de montagne, la couenne bigarrée de poudre de piment d'Espelette, achevaient leur maturité. Ils nappaient le virage de l'escalier d'un parfum paysan.

Joséphine songea à Tania.

Accouchée à Orbe dans le Vaud puis déplacée à Lausanne afin d'y apprendre la chimie, elle avait peur des araignées. Quant aux deux guides de montagne, ses cousins jumeaux, ils pouvaient reprendre trente-huit fois de la raclette avant de caler.

Voici en substance ce qu'elle avait résumé à Joséphine, un après-midi, près d'un mois après le retour d'Hippolyte.

Lui, ballot, n'avait pas averti qu'il était marié. Elle, gourde, n'avait pas compris que cette femme qui la recevait si gentiment était l'épouse.

Joséphine lui avait raconté que le patron s'était absenté quelques minutes à peine, le temps de promener le chien. Ainsi, savourant les confidences délivrées derechef par la saine montagnarde, elle avait tout découvert. Il y a cinq ans. Cependant qu'un étage plus haut Hippolyte dormait, innocemment réfugié dans le coton d'une sieste réparatrice.

Une heure entière s'écoula avant que Tania s'inquiète de l'absence d'Hippolyte et émette la volonté de repasser demain, ou un autre jour.

– Enfin... quand le chien aura fini de faire pipi... laissa-t-elle traîner de son accent emmêlé de fils de gruyère.

Joséphine sourit, mystérieuse, et s'enquit dans le tiroir de la caisse d'un petit objet doré et circulaire qu'elle brandit sous le nez de la malheureuse.

Les mots suivants, elle les prononça d'un air badin et sur un ton enjoué. Un peu comme on pourrait arracher ses ailes à une mouche tout en écoutant Pachelbel (1653-1706).

– Ceci est une alliance... Hippolyte me l'a offerte il y a près de trente ans en jurant fidélité et partage du meilleur ainsi que du pire... Eh bien, puisque aujourd'hui nous y sommes...

Là, elle fit un aparté pour dire :

– On apprécie les institutions ou pas... Elles ont au moins le mérite d'être les institutions...

Puis poursuivit, acérée :

– Je vais vous expliquer ce qui va se passer... Premièrement, mon mari ne saura pas que vous êtes venue cet après-midi... Deuxièmement, vous ne chercherez jamais à le revoir... Et troisièmement, s'il essaie de vous contacter, vous aurez la présence d'esprit de ne pas lui répondre...

Elle marqua à cet endroit une nouvelle pause, pour ménager son effet, et reprit, douce, proche, câline :

– Bien sûr... si vous omettiez de respecter l'une quelconque de mes conditions... je me verrais dans l'obligation de vous poursuivre inlassablement... jusqu'au jour où je pourrais vous glisser un nid de faucheuses dans la culotte...

Et en guise d'estocade, d'un filet de voix :

– Je vous préviens, les portées sont nombreuses...

Pendant le temps qu'avait duré la tirade de Joséphine, Tania n'avait cessé de rouler deux billes affolées en leurs orbites néandertaliennes. Mais déjà, c'était son derrière enchâssé dans une pièce de tissu florifère qu'elle présentait. Puis, plus rien, sinon la réminiscence d'une odeur de simples, tant sa fuite en direction de la gare de Lyon avait été rapide.

– Nos hommes ont parfois besoin d'un retour au primitif, conclua Jo en souriant... Mais des faucheuses... quand même... tu l'aurais fait ?

Absorbée par la traduction de la grimace de dégoût de Joséphine, Jo ne vit pas le feu rouge et percuta de plein fouet le camion du livreur de mallosols.

Si Hippolyte apprit que la voiture de Jo avait séjourné chez le carrossier, il ne sut jamais qu'il en était la cause indirecte.

Pas plus qu'il n'apprit cette visite éclair de Tania.

Et finalement ce fut à Joséphine qu'échut le rôle de garder le secret d'Hippolyte.

A deux marches du rez-de-chaussée, elle en conçut quelque honte. Jusqu'alors ils étaient à égalité. Un mensonge partout. Mais tout à l'heure, en avouant, Hippolyte avait repris l'avantage.

En posant son pied droit sur les tomettes du restaurant, elle pensa : « Tout avoir su depuis le début et n'en avoir jamais rien dit... », cela lui parut une trahison plus conséquente que la poignée de galipettes helvétiques de son époux. S'il est vrai qu'on évalue la faute à l'aune de la quantité, dès lors, cinq années de mutisme valent plus qu'une semaine de petits cris d'amour.

On pourra trouver, au moment où Joséphine repose son pied gauche, arbore un subtil sourire et avance en direction du couple d'emmerdeurs, qu'elle culpabilise à tort.

Mais alors il sera rétorqué :

– Considérez le problème dans son ensemble et jugez objectivement. Pour comprendre les remords de Joséphine, il faut connaître le contexte.

La partie immergée de l'iceberg...

Le péché originel en quelque sorte...

Ce qui pourrait être appelé le deuxième étage de la fusée...

En somme, son histoire avec Paul...

Qui majorait le délit de quantité, de celui de qualité.

Hé oui !

Ce qu'elle avait éprouvé à l'époque où se déroulaient les événements qui viennent d'être relatés ressemblait peu à une émotion purement maternelle que l'on aurait pu circonscrire d'une formule du type : « Je l'aime bien car il est le meilleur ami de mon fils... »

Dès les premiers symptômes elle s'était procuré un livre de psychologie. Cela ne lui avait apporté aucune aide. Au contraire même. Le livre était malheureusement limpide, la sémiologie précise, et ce qu'elle ressentait décrit dès le chapitre premier : elle brûlait du désir de faire l'amour avec Paul. Quant au chapitre second il commençait ainsi : « Aimer autrui c'est toujours s'aimer un peu moins soi-même. »

Elle avait hoché la tête en soupirant puis avait relevé les yeux : Paul et Bernardo, son éditeur, pénétraient à cet instant dans le restaurant.

Elle avait refermé le livre d'un geste brusque et l'avait glissé sous une pile de serviettes en rougissant.

Elle connaissait bien l'homme qui éditait les albums de Paul depuis le début.

– J'ai commencé ma carrière comme représentant, j'étais maigre comme un coucou... Aujourd'hui je suis arrivé en haut de l'échelle et j'ai à peine la place d'y poser une fesse tellement j'ai grossi, lui avait-il glissé un jour de sa voix nonchalante, comme l'écho d'un train qui se perd dans la nuit.

L'homme, d'extraction choletaise, formait avec sa minuscule voiture anglaise un couple célèbre. On eût dit le véhicule moulé sur sa corpulence, comparable en cela à ces chaussures de ski dont on injecte directement le chausson autour du pied. Qu'il se mette au régime et l'automobile paraissait creuse, on craignait qu'elle s'effondre, chrysalide privée de sa vertèbre brusquement rabougrie. Qu'il grossisse et les rivets unissant les pièces de carrosserie menaçaient de péter les uns après les autres, risquant de faire exploser la coque métallique en libérant le poussin hors de l'œuf.

De toute façon le véhicule n'avançait pas.

L'éditeur Bernardo était souvent venu dîner en compagnie de Paul, mais avant que se développe le sentiment insidieux qui embrasait le cœur de Joséphine.

Aussi fut-il surpris, ce soir-là, de l'attitude de Joséphine, constamment maladroite et nerveuse.

– Quelque chose ne va pas; madame Iroulégui ? Demanda-t-il de sa voix la plus maîtrisée, alors qu'elle lui renversait la soupière de bouillabaisse sur le pantalon.

Plus tard, elle leur servit un sancerre rosé pour un blanc. Après qu'ils l'eurent malgré tout goûté et apprécié, ils commandèrent une seconde bouteille du même.

Elle leur apporta cette fois-ci un rouge pour un rosé.

Ils se turent, par politesse.

Paul saisit véritablement qu'il y avait un problème lorsqu'au moment de l'addition Joséphine s'approcha d'eux, en leur tendant un petit carré bleu tout ratatiné.

– J'ai honte... j'ai si honte... répétait-elle, émue.

– Mais non, madame... Ce n'est rien, avait assuré l'éditeur Bernardo, je commanderai une autre carte de crédit à ma banque...

– Excuse-moi, Paul..., avait-elle ajouté entre deux sanglots... C'est la machine... je sais pas ce qui m'arrive... j'ai tout coincé..

– Je vais vous faire un chèque, chère madame... Ce n'est vraiment pas grave du tout... Tout ceci n'est que plaie d'argent, tenta-t-il de plaisanter.

L'incident fut clos mais cette soirée inaugurait pour Joséphine l'ère de toutes les tortures.

Paul et Barnabé avaient fréquenté la même maternelle. Elle avait vu se transformer l'ami de son fils, physiquement et intellectuellement. Il avait les traits fins, romantiques, et de longs cheveux noirs qui ondulaient autour de son visage à l'ovale parfait.

C'était avant qu'il ne commence à perdre ses cheveux sur le devant. C'était encore un môme. Un môme dont elle connaissait les parents et qui la faisait rêver à d'interdites caresses.

C'est à cause de Paul qu'elle avait commencé à pratiquer la gymnastique, parce qu'il avait dessiné dans un de ses albums une sorte de sorcière au corps avachi à qui elle craignait par-dessus tout de ressembler.

C'est encore à cause de Paul qu'elle s'était prise d'intérêt pour le football parce qu'il avait constitué avec d'autres dessinateurs de BD, une équipe qui s'entraînait tous les samedis au parc de Sceaux et jouait en match contre les vétérans de grands clubs français.

En quelques semaines, elle était devenue incollable sur les joueurs de l'équipe de France, pouvant citer pour chacun d'entre eux son club d'origine et son nombre de sélections qu'en authentique amateur elle appelait « capes ». Par exemple elle disait :

– Platini, c'est le plus capé des joueurs français.

Puis elle rougissait. Même Thomas était bluffé.

Hippolyte, quant à lui, aurait préféré qu'elle s'intéressât au rugby.

Pour Paul elle fit bien d'autres choses. En secret.

Le plus problématique était de masquer ses sentiments à Paul lui même, objet innocent d'un désir si coupable. Quelle gêne elle éprouva le jour où il demanda s'il pouvait voir ses croquis de nus !

– Tu sais... Ce sont de vieilles esquisses... Je ne sais pas.. Je ne sais même pas si je les ai gardées...

Elle s'en ouvrit à Jo qui lui avoua avoir éprouvé pareille chose avec l'associé de son fils. Quarante ans de moins qu'elle.

– Mais non ce n'est pas malsain. C'est même normal, ma vieille. Nous sommes encore des femmes, ils sont déjà des hommes. T'inquiète, ça va passer...

Mais cela dura. Empira, même, dans les mois qui suivirent l'escapade d'Hippolyte.

Cette passion douloureuse connut son apogée le soir de la crise d'épilepsie de Barnabé.

Quand Joséphine vit Paul entrer dans le restaurant en compagnie d'une jeune femme, elle sentit une longue brûlure gagner, depuis sa poitrine, l'ensemble de son corps tremblant.

Après s'être composé un sourire de mère-de-meilleur-copain-du-petit-ami, elle accepta la main d'Anne-Françoise. Crispant jusqu'au sang ses orteils dans ses escarpins vernis.

De la même façon elle serra la main de Paul. Se retenant pour ne pas lui mordre les doigts. Les arracher afin qu'ils n'effleurent jamais la peau blême de cette rousse. Jalouse d'une gamine de trente ans sa cadette !

Tout le début du service, Joséphine endura un véritable calvaire, assaillie sans cesse par le souvenir de cette funeste journée où le prof de gym lui interdit le cours de basket parce qu'elle avait les voûtes plantaires affaissées. Ça devait signifier quelque chose à propos de la frustration. Les pieds plats et l'amour impossible, voici deux maux dont chacun souffre en pensant qu'il en est la seule victime.

Il fallait qu'elle explose et libère ce cri.

L'opportunité lui en fut fournie au milieu de la soirée. Quand Barnabé se jeta brusquement à ses pieds en convulsant.

Jamais mère ne fut si heureuse d'avoir un fils épileptique. Dès la frayeur primale passée et l'explication fournie par Paul, elle comprit que la chance lui offrait un superbe alibi.

Elle arma son bras. Ses yeux brillaient d'une fièvre que tout le monde s'accorda à trouver sublime. Elle déroula son torse, accompagnant de tout son poids l'ample mouvement en écharpe qui propulsait sa main vengeresse.

Ça claqua sec sur la joue de Paul !

Chaque témoin comprit les nobles motivations d'une mère, morte d'angoisse d'avoir cru son fils atteint du grand mal.

Seule Anne-Françoise douta. Toute proche, elle avait perçu dans les yeux mi-clos de Joséphine, lors de ce court espace ménagé dans l'écoulement du temps par le balancier de la gifle, une lumière de jouissance revancharde. Sitôt apparue, sitôt disparue. Ne laissant pour seule trace qu'une impression étrange dans l'esprit d'Anne-Françoise. Ce qu'elle manifesta le soir même en posant la question à Paul :

– Dis donc, la mère de Barnabé, tu l'as pas trouvée bizarre... quand elle t'a giflé ?

– Non. Réaction normale... avec la trouille qu'on lui a fichue... pourquoi ?

– Comme ça... comme ça... J'ai eu l'impression qu'elle te frappait pour autre chose... je ne sais pas...

– C'est parce qu'elle n'a pas osé te gifler, toi. Après tout c'est de ta faute... c'était ton idée...

– Quelque chose me dit que ça ne lui aurait pas déplu...

Ils s'en tinrent là. Il y avait une version officielle des faits. Et comme Barnabé allait être exempté, tout allait pour le mieux.

Sauf pour Joséphine. Qui chaque soir, maintenant, devant la glace, s'adressait un cruel réquisitoire.

A ce bas-ventre déchiré dorénavant aride, à cette poitrine tendue de veinules bleutées qui n'avait jamais vibré que sous les mains de son mari, à ces fesses qui s'étaient trop souvent assises, elle n'était disposée à accorder aucune indulgence. A la place elle imaginait le corps d'Anne-Françoise.

Progressivement, Paul changea. Il parlait peu, il parla moins encore. Un sourire remplaça sur son visage les rares expressions qui traduisaient parfois ses pensées. Il contracta cette manie de chasser sur ses joues le poil qui aurait échappé à la lame du rasoir. S'épilant du bout des doigts. En même temps, il plissait les sourcils. Cela lui donnait l'air concentré quand, tout simplement, il rêvassait. L'amour économisait ses gestes.

Il dessinait de nombreux albums, ses héroïnes étaient toutes rousses. Lors de la clôture du festival d'Angoulême, il annonça qu'il allait être papa.

Anne-Françoise réussit avec succès son passage en quatrième année de médecine.

Tatave naquit l'année suivante.

Joséphine ne put retenir une larmette.

Elle étreignit Anne-Françoise.

En refermant la porte de la clinique elle s'aperçut que les sentiments qu'elle avait éprouvés pour Paul s'étaient lentement émoussés, au profit d'une tendresse raisonnable et justifiable.

Il était maintenant près de 22 heures.

Stylo bille et carnet en bannière, Joséphine arrivait devant la table du couple d'emmerdeurs.

Un étage plus haut Hippolyte sortait de la salle de bains en s'épongeant le front.

Dans la cuisine, Mohcène aboyait un ordre que Paulo et Riquet s'empressaient d'exécuter en lui tirant des bras d'honneur.

Autour de la grande table, on finissait les entrées.

Il faut, là, une musique. Sorte de rythme gracieux

et légèrement tourbillonnant qui entraîne imperceptiblement de l'un à l'autre.

M. Perle, une main serrée autour du pied de son verre et l'autre posée sur son ventre replet, a les yeux fixés au plafond. Un sourire innocent fend sa barbe luisante de gouttelettes de sauce, son regard est troublé d'un voile de bonheur qui fait plaisir à voir.

A son côté, Thomas polit avec acharnement son assiette, du même croûton de pain inlassablement sucé inlassablement retrempé.

Lydie, assombrie depuis tout à l'heure, échange un pauvre sourire avec Tatave.

Près d'elle, Anne-Françoise propose à Oscar de troquer un morceau de sa terrine contre un peu de foie gras.

– C'est une aberration à tous points de vue, lui répond encore une fois son voisin... anti commercial...

– Parle pas de ce que tu connais pas !

Le son de leurs voix s'estompe maintenant, Paul s'incline vers Barnabé et murmure à son oreille. Celui-ci le regarde, étonné, croque son dernier morceau de langouste et hausse les épaules, visiblement peu concerné.

Mais Paul insiste.

Alors Barnabé finit par se tourner vers Daniel et lui chuchote :

– Par qui t'as été prévenu pour la soirée ?

Daniel, bouche bée, face à sa fourchette, piquée d'un morceau de hareng, reste immobile à peu près deux secondes avant de répondre :

– Quoi ?.. Tu te fous de moi ? Il repose son couvert et poursuit... Ben... par toi ! J'ai reçu ton mot, disant que tes parents fermaient... T'es devenu amnésique ?

Barnabé opine du chef puis se retourne vers Paul et prononce, laconique :

– C'est moi qui l'ai prévenu. Tu as une autre question ?

– Euh ! oui..., fit Paul, en se resservant un verre... Quand ?

– Attends je vais lui demander. Puis à Daniel : Paul voudrait savoir quand je t'ai prévenu ?

– Ben ! y a huit jours ! Mais vous vous payez ma tête, les mecs ! Hein qu'est-ce qui se passe ?

Barnabé lui rétorque une mimique, fréquemment utilisée par les militaires souhaitant assurer à leur troupe qu'ils ont la situation bien en main quand l'ennemi est déjà en train de violer leurs femmes dans leurs propres bottes, puis se tourne à nouveau vers Paul :

– Voilà, il dit que je l'ai prévenu il y a huit jours.

– Ah...

– Et il y a huit jours on n'avait même pas décidé de faire cette fête... continue Barnabé.

– Je te remercie, je ne suis pas complètement abruti...

– Et même, intervient Daniel, je me suis demandé

comment tu avais fait pour dégoter mon adresse ! Mais je me suis dit, Babar il est le plus fort... on peut pas lui échapper, jamais... et c'est tant mieux... Même quand je serai en enfer il sera là avec une fourche pour me botter le cul !

– Faut pas rêver, Daniel, d'abord je serai au paradis, et ensuite, l'enfer n'est pas un lieu de plaisir...

– Dans ce cas je vivrai éternellement.

Barnabé sourit à Daniel, puis, se penchant, lui fait signe d'approcher son oreille. Il murmure :

– Ce n'est pas moi qui t'ai écrit, Daniel, je ne savais même pas si tu étais encore à Paris...

Daniel, l'air effaré, regarde Barnabé qui regarde Paul qui finit par dire :

– Alors qui ?

Et tout cela bien sûr échappe totalement à Danièle, accaparée par Julien qui a profité d'une absence momentanée de sa sœur pour se rapprocher.

– J'ai toujours eu des facilités en italien, c'est ce qui m'a permis de progresser si rapidement dans ma branche, explique-t-il. Ce n'est pas comme ma sœur Mylène...

– Ah ! Mylène... c'est votre sœur ?

– Oui, elle ne vous l'a pas dit ?

– Non.

– Ah ! fait-il déçu.. Oui, elle n'endosse pas bien le fait que je sois l'aîné... et comme j'ai des facilités en italien, j'ai pu quitter rapidement le domicile parental pour ce job, à Rome... Vous connaissez Rome ?

– Non, fit Danièle... Puis elle ajoute d'une petite voix : Je n'ai jamais quitté la France... mais Daniel m'a promis de m'emmener en Grèce... pour... pour notre voyage de noces...

– Eh ben, vous allez pas vous embêter..., dit-il en réprimant un sourire idiot, dont il laisse cependant paraître le museau.

– Pourquoi souriez-vous ? Je suis parfaitement au courant des penchants de Daniel pour les hommes... Vous avez quelque chose contre les homosexuels ?

– Pas du tout... non... j'en connais même... trois...

Julien se sent mal à l'aise, soudain. Toujours ces remugles de culture bourgeoise, dirait Mylène qui connaît un Ardéchois.

« N'empèche ! pense-t-il. C'est facile de me renvoyer toujours ça en pleine figure... Moi je suis parti de la maison quand j'avais vingt ans... et elle, à vingt-six ans, est toujours là... Elle me devra six ans sur l'héritage, six années dépensées par nos vieux à l'entretenir ! »

Julien s'enhardit, il tutoie Danièle.

– Tu sais... la banque... c'est un monde libéral. Il y a des homosexuels... comme ailleurs... Ils sont aussi compétents que les autres...

– Tiens ? fit Danièle, je pensais que la banque était plutôt un milieu de coincés...

– Mais pas du tout ! s'exclame-t-il... Puis reprenant sa voix normale : C'est un bruit qui court. Tiens... à Rome, le responsable de la formation du personnel vivait en union libre avec deux

Soviétiques... des filles de Moscou... c'est pour dire...

Il marque un temps et conclut en opinant gravement du chef.

– T'imagines ? Pour des banquiers, les communistes c'est bien plus grave que les PD...

– Oui, fait poliment Danièle...

Mais déjà, Julien poursuit :

– Il faut que je t'explique... Quand je suis né, à la maternité, en même temps il y avait une mère italienne qui accouchait d'un garçon... blond. Aussi blond que les parents étaient bruns. Alors plus tard, quand toute la famille a débarqué en vol direct depuis la Sicile pour voir le futur petit parrain, ils sont tombés dans la pouponnière, sur deux berceaux voisins avec un bébé blond, le leur, et un brun, moi... T'imagines? Ils se sont gourrés et c'est moi qu'ils ont pris... Ils m'ont embrassé, abreuvé de mots doux parfumés mozzarella et peperonni, ils m'ont passé d'une paire de bras à l'autre, me jaugeant, me soupesant, jusqu'à ce que l'infirmière accoure et leur explique le malentendu... Leur bébé c'était le blond et pas moi...

Julien se tait un instant, pour juger de l'effet de son histoire sur Danièle. Pour la première fois, elle le regarde en souriant. Alors il continue.

– Tu imagines l'explication que la mère a dû fournir pour expliquer à toute la tribu ténébreuse pourquoi le futur chef du clan était blond comme un Viking... Il s'en est fallu de peu qu'ils me kidnappent, le grand-père avait déjà sorti la mitraillette et menaçait de faire un massacre... ou alors qu'on lui vende une teinture à cheveux...

– Tu exagères un peu non ?

– Euh... Oui... reconnaît Julien, mais pas pour le début... Ça explique mes facilités pour l'italien... Cette sorte d'adoption éphémère et originelle... On ne dira jamais assez l'importance des premières heures de la vie et...

Il se tait brusquement, interrompu par Mylène qui revient avec plusieurs corbeilles de pain. Elle reprend sa place entre eux deux et termine la phrase de Julien en l'imitant :

– ... et leur influence sur notre destin. Elle fait un clin d'œil à Danièle. Tu as eu droit à l'épisode de la nursery ?

– Oui c'est drôle.

– Quand on n'est pas un grand homme, faut bien devenir son propre biographe, siffle-t-elle. Ainsi se forge la légende.

Julien bout. Elle va encore réussir à le faire passer pour un con, quand jusque-là il s'en est plutôt bien tiré. Quelle... Mais quelle...

– Salope, benne à ordures ! lâche-t-il sans pouvoir se retenir plus longtemps.

– Et moi je t'emmerde, gros dégueulasse !

Elle se retourne vers Danièle et lui demande :

– Tu sais comment mon frère appelle les femmes qui ont un découvert important ? Hein, tu veux que je te le dise ?

– Tais-toi donc, grignoteuse de cadavres, susurre Julien en lui attrapant le bras.

Elle se dégage d'un geste brusque.

– Tu me lâches ou je t'en colle une ?! Puis à Danièle encore : Eh bien, il les appelle « des trous à combler »... si tu vois ce que ça veut dire... Alors sa grande spécialité c'est de les inviter à dîner, puis de leur accorder en échange de leurs petites faveurs... les siennes... Il paraît que ça s'appelle également une facilité de caisse...

Les derniers mots glissent sur un fil de sucre. Julien rive son regard dans l'assiette, il contemple les restes de mousse de truites. Il n'a plus faim. Il marmonne :

– Quand t'étais petite et que la mère de Barnabé m'emmenait avec Barnabé au jardin d'acclimatation, tu pleurais tout le temps pour venir avec nous... T'as toujours tout gâché...

– C'est parce qu'il bosse au Crédit lyonnais... Il assume pas du tout, dit froidement en écho Mylène.

– Ne parle pas de ça !

Il serre ses mains autour de ses couverts. Une larme s'infiltre entre ses paupières. Assis à sa gauche, Agamemnon lui passe la main sur l'épaule.

– Arrête avec tes conneries maintenant... Tu vas pas te frapper à chaque fois qu'on parle de ta banque...

– Je me sens responsable de ce qui se passe, répond Julien.

– On est tous responsables si tu vas par là... Moi je suis claustrophobe... Je ne supporte pas les sas d'entrée dans les banques, c'est pour ça que je n'ai pas de compte-chèques... Mais je ne me torture pas en me disant que c'est à cause de gens comme moi que les banques font sans cesse des efforts pour moderniser leurs services, pour s'arracher les derniers dinosaures dans mon genre et les traquer jusque dans leurs tanières les plus reculées...

– Pourtant tu devrais te le dire..., ânonne Julien, car c'est vrai... c'est exactement pour ça...

Agamemnon se tait, il prend un temps, se tourne vers Bimtou qui tripote machinalement le dernier escargot.

– Tu crois qu'il a raison ?

– Ecoute, Gaga, répond-elle, si Julien veut à tout prix se sentir responsable du départ des parents de Barnabé, ça le regarde...

Bimtou tend son dernier escargot à Maria :

– Tiens ? Tu veux goûter ?

– Non je te remercie, répond Maria machinalement, c'est l'ail... j'ai du mal...

Maria est absente.

Maria ne prend plus part à la discussion.

Maria a capté le regard de Barnabé qui se pose à cet instant sur elle.

Elle a envie de se lever et de le serrer dans ses bras.

Elle imagine le dialogue qu'ils auraient alors :

– Dis, Barnabé, tu crois que tes parents ils s'en foutent que leur restaurant devienne un Crédit lyonnais ?

– Je sais pas... Je crois qu'à partir du moment où ils sont obligés de partir... ils s'en foutent de savoir ce que ça devient derrière eux... Le reste, c'est dans leur souvenir... dans leur tête..

– Et toi ?

– Moi ? Je crois que je préfère que ça devienne carrément autre chose... Ça me fera moins mal quand je passerai devant... après... plus facile à oublier...

Et là, la musique se fait plus présente, enveloppe progressivement tous les bruits. Peut-être également les lumières changent-elles, plus diffuses maintenant.

Maria et Barnabé ferment les yeux et reposent leurs joues l'une contre l'autre.

Leur peau est chaude.

Et le temps passe un peu plus.

PLATS DE RESISTANCE

A-t-on déjà vu un lion éplucher un poireau ou un pingouin pénétrer une étrille ?

– Seuls les animaux ne se trompent jamais, ni de nourriture, ni de partenaires sexuels, pensa Agamemnon qui regrettait d'avoir commandé des ris de veau.

Et de ne pouvoir s'abstraire de la présence de Daniel.

Agamemnon n'aurait jamais d'enfants.

Il l'avait pressenti une quinzaine d'années plus tôt, dans la cuisine de l'appartement de la rue Etienne-Marcel. La veille du grand déménagement.

– En route pour l'avenue Miel !

– Agamemnon ! Tu as passé tes dix ans, tu dois prononcer correctement les noms des lieux. Nous allons maintenant habiter avenue *Niel*. Dans les beaux quartiers !

– Oui, mais si c'est des beaux quartiers, c'est plus

joli de dire Miel... et c'est pour pas trop regretter à la tienne Marcel !

– Mon fils est un poète, soupira la mère en ramassant sur le vaisselier un drôle de tube de pommade, qu'elle s'empressa de masquer à la vue du petit Agamemnon.

Il remarqua le geste mais elle poursuivait :

– Ton père, qui trouve exagéré l'accueil fait à ce M. Charles Trénet, sera déçu d'apprendre que le dernier des Brune est un chantre !

Avenue Niel, Agamemnon retrouva le drôle de tube de pommade.

Il s'agissait d'un traitement hormonal destiné à contrecarrer les effets secondaires et indésirables de la ménopause qui ne doit pas dépasser la dose prescrite.

Il ignorait que c'était de fatalité dont sa mère se tartinait quotidiennement la poitrine.

Plus tard il comprendrait.

Pour un enfant unique la ménopause de sa mère signifie le point de non-retour. L'assurance de rester seul.

– La vieille était un yaourt qui aurait dépassé la date limite...

– Faut pas parler de tes vieux comme ça, Gaga, c'est pas bien.

– Tu leur dois quoi, toi, aux tiens ?

– La vie.
– Tais-toi, Daniel, tu m'agaces.

Ainsi parlait Agamemnon, condamné à rester le seul enfant de sexe mâle, le survivant d'une lignée décimée par le siècle.

Le dernier des Brune.

Ulysse Brune, l'arrière-grand-père d'Agamemnon, avait eu huit garçons. Sept d'entre eux périrent rapidement gazés dans la région de Verdun.

Le huitième, Achille, son grand-père, dut son salut à un déplorable sens de l'orientation qui lui fit emprunter, ainsi qu'au bataillon qu'il commandait, la route du fort dans le sens inverse. A Châteauroux, inquiets de ne pas entendre le fracas du combat, ils consultèrent la carte. Quand ils s'aperçurent de leur erreur il était trop tard, la bataille était terminée.

Conséquence du séjour castelrouquin, Achille Brune épousa la fille du maire, une demoiselle Berthe Blonde.

De leur union naquirent quatre garçons, dont un albinos, puis on changea de guerre.

L'aîné des garçons succomba à de mauvais traitements infligés dans l'une des baignoires de la cave de la Kommandantur de Châteauroux.

Le deuxième périt à Londres dans les bras du général de Gaulle, des suites d'une grippe asiatique contractée en traversant la Manche à la nage.

Le troisième mourut à Casablanca, mordu à la fesse par un scorpion, en essayant de transmettre des documents secrets à un sourd-muet.

Seul le dernier, Hector l'albinos, en réchappa, il avait pris le maquis au début des hostilités et s'y était égaré, victime du mauvais sens de l'orientation des Brune, ne retrouvant le chemin de la sortie qu'après la victoire.

Chez les Brune, soit héros, on mourait au combat, soit infoutu de retrouver son chemin, on vivait.

Dans les années de reconstruction, Hector désira ardemment se reproduire. Qui sait ? Il y aurait peut-être d'autres guerres. Les Brune pourraient à nouveau servir.

Il épousa l'opticienne qui lui vendit sa première paire de lunettes fumées. Elle possédait une boutique rue Etienne-Marcel et lui apprit le métier tandis qu'il la besognait consciencieusement, à peine elle lui tournait le dos.

Mais d'enfant, point.

Des mois durant il se nourrit de fraise de veau qui favorise, dit-on, la capacité du spermatozoïde à se mouvoir in utero.

– Ainsi qu'une bonne machette aide le fantassin à progresser dans la jungle indochinoise ! clamait-il en faisant l'amour à sa femme endormie.

Chaque jour leur parvenaient les nouvelles de ce premier conflit que les Brune rataient. Hector s'assombrissait. Ne serait-il pas lui aussi capable de fournir ses enfants mâles à l'ogresse nation ?

Après quatre années d'efforts, l'opticienne tomba enfin enceinte. Hector refusa d'envisager que ce fût d'une fille. Il commanda une petite brassière kaki avec des taches de camouflage sur le bavoir.

Effectivement Agamemnon naquit.

Plus tard des accords furent signés à Genève.

Les capacités reproductrices de ses parents avaient-elles été digérées dans cette unique conception ? Ou était-ce le manque de motivation en cette période de paix ?

Agamemnon n'eut ni frère ni sœur et se lassa de partager le désespoir de ses parents lorsque ceux-ci lui apprenaient qu'une fois de plus, ce mois-ci, sa mère « voyait ».

– Tant mieux ! Tant mieux ! disait-il. J'aimerais pas avoir une mère aveugle. Faut toujours leur faire traverser la rue même si on n'a rien à faire de l'autre côté.

Cette attente mystique et mensuelle s'accomplissait le plus souvent en famille dans le salon, devant la cheminée.

– Alors, alors ? demandait le père en regardant sa montre... Ça fait vingt-huit jours et deux heures...

– Non, rien, rien, répondait la mère d'une petite voix angoissée, recroquevillée dans le large fauteuil de cuir. Mais faudrait peut-être quand même aller chercher une serviette au cas où ? Pour pas tacher...

– Non, ça va porter la poisse.

– Moi je peux y aller, maman, intervenait Agamemnon, désireux de se dégourdir les jambes.

– Te mêle pas de ça, toi ! répondait le père. Et ne lâche pas la main de ta mère !

– Mais je peux même pas allumer la télé, je m'ennuie, moi, et c'est toujours pareil vos histoires ! J'en ai marre ! Je veux regarder la télé !

– Non, ça fait des ondes, ça peut interférer !

Et chaque mois, brusquement, la mère se mettait à pleurer en portant ses mains entre ses cuisses.

Il fallait alors courir à la salle de bains chercher une serviette, tandis que le père assénait de violents coups de poing sur les briques de l'âtre.

Agamemnon savait qu'il avait le droit d'allumer la télé dès lors que son père saignait des phalanges.

Quand il sut sa mère ménopausée, il comprit qu'il serait fils unique et que toute la responsabilité de perpétuer la race des Brune lui incombait.

Il s'évanouit.

Depuis il estimait appartenir à cette catégorie de personnes victimes des choses inscrites dans l'ordre des choses. Parfois, sans amertume, il trouvait la cotisation un peu chère. Ce soir était soir d'échéance.

Il regarda Barnabé, tout se recoupait.

Celui-ci reposa précautionneusement son verre de sancerre, vide. Dans le balancement incertain du pied en cristal, il déchiffra l'indice de relations spatiales à venir, conflictuelles.

– Ma proprioception fout le camp, murmura-t-il en connaisseur.

Ainsi, plusieurs couches de Barnabé, dilatées, agitées de mouvement asynchrones, coulissaient maintenant les unes sur les autres. Ses sens percevaient différemment au rythme de ces glissements. Parfois loin, il distinguait sa mère aux prises avec le couple d'emmerdeurs dans l'autre salle, parfois près, il examinait cette lettre couverte d'une écriture large et ronde qu'il était censé avoir adressée à Daniel pour l'inviter.

En l'absence d'explication, il but un grand verre d'eau, puis un deuxième. Ça allait déjà mieux.

Oscar lui demanda la lettre :

– Fais voir, moi je crois reconnaître cette écriture...

Barnabé lui tendit mollement et profita d'une accalmie dans la valse des enveloppes pour avaler un troisième grand verre d'eau.

Oscar inspectait la feuille de papier.

Aucun doute, l'écriture était familière. Un sourire

éclaira subitement son visage. Il tourna la tête en direction de Lydie dont les joues rosirent...

Et maintenant dans le couple d'emmerdeurs je voudrais l'homme.

Chapeau ôté, il lisse la mèche de cheveux qui masque difficilement une calvitie déjà ancienne.

– Je prendrais un autre chateaubriand, commande-t-il sèchement.

– Un autre ? s'étonne Joséphine.

Il n'a encore rien pris.

– Bien sûr, ma petite, reprend le quasi-chauve. Il m'est déjà arrivé dans la vie, de nombreuses fois, de manger du chateaubriand. Celui-ci est donc forcément un autre, n'est-ce pas ?

– Euh... certes, répond Joséphine, désemparée.

– Il n'y a qu'enfant, jadis, poursuit-il aussi docte, que j'eusse pu prononcer « je prendrai un chateaubriand ». La première fois. Depuis il s'agit toujours d'un autre chateaubriand. De même je vous commanderai une autre bouteille de beaujolais puis un autre café... Et toi, ma chérie ? demande-t-il à sa femme.

– Oui ? intervient Joséphine. Que prendra-t-elle comme autre entrée ?

Echange noir de regards.

Maintenant je voudrais la femme.

Elle tripote nerveusement la bretelle de son soutien-gorge qui dessine sous la fine matière de son chemisier des arabesques de style nouille.

– Je... eh bien... Je prendrai juste des grenouilles, madame, s'il vous plaît.

– D'autres grenouilles ? insiste Joséphine en notant la commande dans son carnet.

– Non... Je n'en ai jamais mangé... C'est la première fois, fait la femme d'une petite voix.

– Avec beaucoup d'aulx ? demande Joséphine.

– D'os ?

– Non, d'aulx ? Un ail, des aulx... D'autres aulx ou peu d'autres aulx

– Vous vous moquez de moi ? demande la femme.

– Pas du tout, madame, mais comme vous me dites n'en avoir jamais mangé... je vous demande seulement de préciser quel type d'*autre* assaisonnement vous désirez...

– Ça suffit ! fait l'homme. Je suis professeur de sémantique, je sais de quoi je parle ! Apportez-nous notre commande, un point c'est tout !

Il a parlé fort, mais pas trop.

Joséphine s'est retournée. Hippolyte, qui vient de sortir de la cuisine avec les premiers plats pour les enfants, n'a pas pu entendre. Elle préfère. Il s'emporterait. Ce soir elle a envie de le ménager. Elle lui masquera la présence de ces deux emmerdeurs. Pour l'épargner. Puis elle sourit : pour les épargner.

– Vous souriez ? renchérit le langagier. Vous pensez que nous sommes ridicules ?

– Obsolètes, tout au plus obsolètes, répond-elle en tournant le dos et en s'éloignant, obsolètes aux champignons, aux autres champignons...

Un jour, se souvient-elle en traversant la salle, le chirurgien prié d'opérer sur place...

C'était un des nombreux services où la salle entière du restaurant avait retenti du rire des clients.

C'était avant sa maladie. La maladie change parfois le corps, presque toujours le caractère. Pourtant le tempérament d'Hippolyte avait tenu le coup.

– Ce qui est pourri résiste le mieux ! S'ils font péter la bombe, il ne restera plus sur la planète que les cafards, et moi pour les engueuler !

Néanmoins Joséphine remarquait qu'il se fatiguait rapidement. La lutte menée par son corps mobilisait tant d'énergie.

– N'empêche, ce jour-là. Le chirurgien prié d'opérer sur place...

Il fait appeler le chef.

– Vous êtes le chef ? demande-t-il d'une voix teintée de suffisance.

– Je suis le chef, répond calmement Hippolyte.

– Eh bien, permettez-moi de vous dire qu'il n'est pas bon votre filet. Il est nerveux. Et puis d'abord ce n'est pas du filet.

En parlant, il repousse avec dédain son assiette et s'essuie la bouche à plusieurs reprises pour signaler distinctement qu'il désire effacer tout souvenir de l'infecte viande.

Hippolyte sourit. Il sourit toujours dans ce cas, prémices de l'inévitable débordement gascon. Il essuie les gouttes de sueur qui perlent sur son front, car on transpire abondamment pendant le service, puis il répond :

– Si, monsieur, c'est du filet. Vous insinuez que je suis un menteur, monsieur. Vous êtes en train de me dire que je ne respecte pas mes clients, monsieur.

– Je ne dis pas ça, je dis que cette viande est nerveuse et que vous vous êtes... peut-être trompé... je ne sais pas... En tout cas ce n'est pas du filet.

– Quel métier exercez-vous, monsieur ? demande Hyppolite en souriant de plus belle.

– Chirurgien, répond l'autre.

– Bien. Et vous avez commencé à travailler à quel âge, monsieur le chirurgien ?

– Vers... la trentaine... J'ai opéré ma première appendicite à trente-deux ans...

– Eh bien, moi, à seize ans, je découpais du filet, du contre-filet, je parais la viande, je savais que le ris du veau c'est le thymus de l'homme et qu'il disparaît chez ce dernier quand il devient adulte, et je n'avais jamais appris l'anatomie... A la moitié de vos trente-deux ans, déjà, je savais qu'il y a une grosse veine dans le foie et qu'il ne faut pas la confondre avec les canaux de la bile, sinon la sectionner rend la viande amère... et d'autres choses encore que vous ignorez peut-être, monsieur...

– Il est vrai que je n'ai jamais eu l'occasion de manger les personnes que j'opère, répond le praticien avec un petit rictus ironique.

– Eh bien, c'est un tort ! explose alors Hippolyte. Soyez cannibale et aimez-les pour de vrai, pas pour les honoraires qu'ils vous versent !

– Mais ne vous emportez pas, s'indigne le client vers qui tous les regards convergent alors qu'un silence amusé s'est installé dans l'établissement, je vous en prie...

– Ne priez pas ici, ce n'est pas une église ! rétorque Hippolyte. Et gardez le Seigneur en dehors de tout ça ! Il doit dormir à cette heure, ne le réveillez pas, ça le mettrait de mauvaise humeur et ça n'arrangerait pas vos affaires !

– Monsieur, reprend le client d'un ton sec, la moindre des politesses dans votre métier...

Mais Hippolyte ne lui laisse pas le temps de conclure, il passe au rouge vif et l'anathématise d'un doigt pointé tout droit vers son nez :

– Vous !! Ne parlez pas de mon métier, vous n'y connaissez rien à mon métier ! Mon métier c'est l'hospitalité, figurez-vous ! Et il est malheureux qu'un médecin y soit complètement réfractaire, puisque dans hospitalité il y a le mot hôpital !

Le chirurgien, médusé, louche en direction du doigt d'Hippolyte qui place alors son estocade.

– Et je souhaite à vos patients que vous apportiez autant d'amour à les soigner que moi j'en porte à soigner les miens... Et si je vous dis que c'est du filet, c'est que c'est du filet !

Dans la salle, c'est simple, on applaudit.

Joséphine s'est dressée, émue, et déclenche le Polaroïd subrepticement mis en batterie pendant l'échange.

Barnabé qui n'était pas là, mais à qui on raconta l'affaire, jura qu'il eût réclamé pour son père une épée d'académicien s'il n'avait pas déjà envisagé de postuler lui-même.

– Pas pour la gloire, précisa-t-il, mais pour l'argent.

Hippolyte en entendant le déclic de l'appareil photo instantané se tourna vers son épouse puis salua discrètement les autres clients, dont les plus enthousiastes maîtrisaient difficilement l'émission de quelques sifflets d'admiration. L'un d'entre eux ne se gêna d'ailleurs pas pour clamer haut et fort :

– Moi aussi j'ai commandé un chateau et je peux vous assurer que c'est du filet ! Et en plus je suis kinésithérapeute !!

– Bravo ! cria son voisin.

– Moi, c'est du poulet et c'est du bon ! lançait un troisième.

Quand, froide et déterminée, tomba la réplique du chirugien :

– Ce restaurant n'est ni plus ni moins qu'une

annexe de république bananière et le filet qu'on y sert n'est pas du filet, un point c'est tout. Il est entendu que je ne compte pas le payer et je vous prie, comme j'ai faim, de bien vouloir me porter une sole.

– Ahhhhhhh, une sole ! rugit Hippolyte en se précipitant vers la cuisine.

Le chirurgien se cala confortablement au fond de la banquette, persuadé que le cri et le départ d'Hippolyte signaient sa réddition.

Dans la salle, on se calma, curieux de connaître le dénouement. Aussitôt annoncé par un second cri d'Hippolyte.

– Ahhhhhh ! Ahhhhhhh !

Au fracas des portes battantes qui rebondirent violemment se mêla en écho le tremblement des miroirs de la salle qui réfléchissaient l'image d'Hippolyte soufflant et ployant sous le poids d'un demi-bœuf d'où sourdaient de lourds nuages de froid.

La chair crue étalée au travers de son dos, ses cheveux entourés d'un tissu blanc maculé de sang, il avançait en brandissant un long couteau de boucher.

La lame brilla en direction du client, pétrifié d'effroi. Et dans un bruit puissant vint se planter face à lui, dans la table, à quelques centimètres de ses mains tremblantes.

Le bœuf bascula depuis l'épaule d'Hippolyte et vint s'écraser devant le chirurgien, blême. Verres et assiettes disparurent broyés sous la masse animale.

– Ahhhhhh ! C'est pas du filet, ça ?

Il enfonça un doigt dans la partie charnue qui longe la massive épine dorsale du bœuf et continua, les yeux brillant de fureur :

– Je n'ai pas de diplôme, moi, monsieur, mais je sais reconnaître une colonne vertébrale d'une épaule et ça c'est du dorsal et pas de la macreuse... Alors puisque vous continuez de mettre ma parole en doute, je vous ai apporté un couteau et vous n'avez plus qu'à vous découpez un morceau du filet vous-même, monsieur l'extracteur d'organes... Puis moi, ensuite, j'irai vous le faire cuire et on verra bien qui a raison !!

Le chirurgien ne répondit pas. En épongeant sur son front de volumineuses gouttes de sueur, il réprima un haut-le-cœur.

– Un problème avec le sang peut-être ? demanda Hippolyte.

Le chirurgien releva les yeux, qu'il avait subitement glauques.

– Il... y a longtemps... que j'ai abandonné la chirurgie viscérale... pour la... pour la chirurgie... coricide...

Puis il se leva et s'enfuit en bousculant Hippolyte. Dehors, il vomit dans le caniveau et traversa l'avenue en manquant de se faire écraser par un corbillard lancé à toute allure.

On le vit encore s'engouffrer dans une voiture rouge qui démarra au quart de tour et disparut au loin dans un crissement de frein semblable à un cri de honte.

Hippolyte rattrapa ses lunettes au bout de son

nez. Il souriait au milieu des clients qui s'étaient presque tous levés.

– Coricide... Qu'est-ce que ça veut dire ? demanda-t-il.

– Ablation des cors au pied, lâcha le client kinési.

Hippolyte éclata d'un rire magistral puis se couvrit les cheveux du linge maculé et se baissa pour charger la viande de bœuf. Son large dos disparut entièrement sous la carcasse. Et l'étrange minotaure s'en retourna à pas comptés vers son domaine en soupirant :

– Pas du filet.... pfff...

Hippolyte, à présent, déposait l'aiguillette de canard devant Thomas.

– Tiens, Tom-pouce ! Quatre cent cinquante grammes ! Avec un poids pareil entre les ailes, la pauvre bête n'a jamais dû décoller !

– Cela n'a pas forcément à voir, monsieur Iroulégui, répondit Thomas en plantant sa fourchette dans la viande dorée... Tiens, prenez les avions... ce n'est pas une question...

Hippolyte lui fit signe de se taire :

– Tais-toi donc et mange ! Puis en aparté : Celui-là, s'il fallait mettre bout à bout tous ses sermons on pourrait aller à pied de Paris à Nouakchott !

– Eh bien, justement, on peut, reprit Thomas sans se démonter, tout dépend comment on considère le canal de Suez...

– Mais avale donc !

Il se retourna vers M. Perle et déposa son assiette

où trônait, serti de truffes et de lames de foie gras, le cœur onctueux d'un tournedos :

– La bouche pleine, confia-t-il, il se taira peut-être...

M. Perle, poliment, acquiesça de la tête. Son esprit flânait ailleurs, emporté par les effluves du vin de Madère. Il fredonna l'air du *Barbier de Séville.*

Thomas releva la tête aussitôt :

– A propos, connaissez-vous cette phrase de Théophile Gautier ? Puis, sans attendre la réponse, il cita avec emphase : « Rossini est de la plus monstrueuse grosseur ; il y a six ans qu'il n'a pas vu ses pieds... Il a toujours l'âme à la cuisine ou aux environs. Le cuivre de son orchestre montre une certaine préoccupation de casseroles qui ne le quitte pas, même dans ses inspirations les plus sublimes. »

Il y eut un moment de silence.

Même Hippolyte restait coi.

Thomas, savourant son effet, ajouta :

– Excusez-moi, je commence, sinon ça va refroidir...

Ses yeux pétillaient de malice, il avala une monstrueuse bouchée de canard.

– Et un tournedos ? Pourquoi ça s'appelle comme ça ? lança Lydie qui se demandait si Thomas aurait fait un bon instituteur.

La bouche pleine, il répondit :

– Autrefois on présentait ce plat en le faisant circuler derrière les convives... C'est tout.

– Merde alors, murmura M. Perle qui n'osait pas encore toucher son assiette.

– Dis donc, tu vas faire un malheur à « Réponse à tout », envoya Paul, faut t'inscrire !

– Il n'a pas le droit, il est lié par un contrat d'exclusivité avec l'Elysée, intervint Oscar, il doit toujours être disponible sinon Jacques Attali est dans la merde !

– Le Jacques Attali à Tonton ?

– Non, celui des cuisines, c'est un homonyme par alliance... Le Jacques Attali qui s'occupe des menus...

Oscar prit son verre et l'utilisa pour imiter un combiné téléphonique :

– Allô ! Monsieur Thomas ? Oui... ici le Jacques Attali des cuisines, le président reçoit à dîner Son Altesse le sultan Faad el Machin... Que nous conseillez-vous comme plat qui pourrait comporter une anecdote amusante à raconter entre une négociation sur les prix du brut et un contrat d'armement ?

Mouché, Thomas mâchait en silence.

Hippolyte se redressa en riant.

Joséphine arrivait.

Elle le frôla. Et lui posa la main sur l'épaule.

– Ça va ?

– Hé ! Pourquoi ? J'ai l'air malade ?

Joséphine lui sourit, elle hésita.

Une chose étrange allait arriver.

Plus tard, incapable d'expliquer ce qui s'était passé, elle dit :

– Une irrépressible envie de le protéger...

Ce fut d'abord un sentiment de chaleur diffuse et agréable.

Puis elle éleva la main.

Sa paume épousa la ronde forme de la joue d'Hippolyte. Il y avait autrefois, en cet endroit, une peau différente, plus creusée.

Picotée par la barbe du soir la main s'arrêta.

Corbeille pour recueillir les souvenirs de milliers de baisers.

Elle ferma les yeux pour disparaître à la vue des autres. Et rêver encore une fois qu'ils se retrouvaient ensemble dans la cave du restaurant des Beaux-Arts...

Quand il serrait contre elle son corps mince et tendu de désir. C'était il y a plus de trente ans. Des mots s'étaient oubliés depuis. Des mots qui s'échangaient dans l'obscurité et qu'avec le temps ils avaient craint de prononcer.

Alors Joséphine trembla légèrement. Elle se rapprocha pour lui murmurer à l'oreille trois syllabes exhumées de l'oubli :

– Mon foufourneau...

Personne à part Hippolyte n'avait pu entendre.

Elle eut honte et voulut s'écarter.

Hippolyte la retint d'une main ferme. Elle détourna les yeux vers le sol. Il la força à le regarder.

Alors elle vit ce visage approché d'elle. Une onde

de joie puissante y traversait le cours d'une mélancolie profonde. Et comme au confluent des grands fleuves, lorsque se mêlent des courants de couleurs et de violences différentes, apparaît parfois une oasis liquide, sans remous, ici l'abandon gagna les traits d'Hippolyte.

Une première voix s'éleva autour de la table.

– Allez, la bise ! Embrassez -le ! fit Bimtou.

– Oui ! On regarde pas ! cria Maria.

Julien prit son couteau et commença à frapper son assiette en rythme.

Sa sœur l'imita aussitôt.

Paul, gagné par le tempo, improvisa un solo sur son verre.

Et Lydie sur sa fourchette.

Et Oscar sur une bouteille.

Et Thomas, pas rancunier.

Et Daniel et Danièle elle aussi.

Les pieds cadençaient maintenant sur le sol l'invitation reprise à l'unisson :

– La bise ! La bise ! La bise !

A cet instant le visage de Maria clignote derrière ses mains tendues qui applaudissent à tout rompre. Les yeux palpitent et la bouche projette ses cris d'encouragements. Puis le visage se tourne lentement sur sa gauche et, entre deux battements rapides des paumes, se fige, les deux sourcils se haussent.

Qu'a-t-elle aperçu ?

Agamemnon, muet et immobile.

Egaré dans un songe, il ne participe pas à la liesse générale.

Alors, le visage s'incline vers Bimtou et la bouche dit :

– Celui-là, il a carrément du fréon dans les veines...

Depuis que le frigo était tombé en panne Maria était devenue incollable en gaz rares.

Déchaînée, Bimtou balança un grand coup de coude dans le bras d'Agamemnon.

– Eh quoi ?! Ils sont pas charmants ? fit-elle en désignant les parents de Barnabé, maintenant si proches.

Agamemnon cilla. En regardant Bimtou et Maria, il se demanda comment on pouvait encore penser qu'en France une personne meurt chaque minute.

– Un jour de forme on arracherait un sourire au cadavre de Brejnev ! disait Maria.

Agamemnon écarquilla soudain les yeux.

Il venait de voir une puce bondir sur le chemisier de Bimtou. La petite chose noire était brinquebalée sur le tissu fin.

– Ben, qu'est-ce qui te prend ? demanda Bimtou à

qui ce type de regard n'échappait jamais. Tu t'intéresses aux seins des dames maintenant ?

La puce, d'un petit bond en direction du cou, se camoufla sur sa peau noire et brillante. Finalement Agamemnon sourit. Il aimerait bien être cette puce, pour se sentir moins seul ce soir.

Une seconde plus tard il frappait en mesure des deux poings sur la table et sautillait sur son siège en scandant avec les autres :

– Les amoureux ! Les amoureux !

Daniel en profita aussitôt pour souffler un baiser du plat de la main en direction de Danièle qui rougit, gênée.

M. Perle leva son verre et trinqua avec Thomas, puis tous deux se grattèrent.

Tatave fit signe à sa mère de se rapprocher :

– Ils vont pas s'embrasser avec la langue à leur âge ? fit-il d'un petit air dégoûté mais curieux.

Anne-Françoise n'eut pas le temps de répondre.

Une clameur s'élevait.

Des bravos.

Des sifflements admiratifs.

Hippolyte et Joséphine s'embrassaient.

Pas un baiser de cinéma livré avec pâmoison. Non, ils s'enlacèrent brièvement, lèvres effleurées et corps rapprochés. Etreinte fugitive qui disait simplement combien ils avaient besoin l'un de l'autre.

Puis se séparèrent tandis qu'autour d'eux explosaient les applaudissements.

Quand Hippolyte rouvrit les yeux il saisit cette fraction d'image de son fils : Barnabé, immobile entre Daniel qui levait haut son verre et Paul qui réclamait à Anne-Françoise un baiser d'amoureux.

Barnabé, sans un geste, le regard rivé sur lui.

Une larme coulait doucement sur sa joue et venait seule créer du mouvement.

Certains pleurs valent bien des naissances.

Hippolyte pensa à un cadeau de la vie, un des rares moments qui valident tout à rebours. Il n'avait jamais réclamé aucune offrande à l'existence. Il estimait avoir navigué au plus près avec son destin possible.

Et pour toute récompense avait reçu cette promesse des médecins :

– Vous vous en sortirez, monsieur Iroulégui... Ça a été pris à temps.

Hippolyte avait haussé les épaules. On avait dit la même chose au représentant de chez Lafitte. Les médecins doivent toujours penser qu'ils inaugurent le cancer de leurs clients.

– Ça vient juste de commencer... C'est une toute petite tumeur...

Eh bien, le représentant de chez Lafitte, six mois plus tard il était mort, le ventre gonflé comme un ballon et la peau couleur du bronze.

Normal pour un courtier en grenouilles.

Hippolyte eut un regard pour Anne-Françoise, futée petite toubib alertée la première.

– Vous devriez consulter, monsieur Iroulégui, ce n'est pas normal de saigner comme ça...

– Allez ! On a toujours saigné du nez dans la famille et ça nous a pas empêchés de vivre plus que de raison...

– Faites ce que vous voulez, moi je vous recommande de consulter un bon ORL... Au moins pour votre femme, elle s'inquiète...

Là, Hippolyte avait été touché.

Cette discussion datait d'un peu plus d'un an.

Un soir Anne-Françoise et Paul étaient venus dîner. Au moment du départ, Joséphine et Paul discutaient dessin, trait, encre et petites bulles. Anne-Françoise avait entraîné Hippolyte à l'écart.

– C'est Joséphine qui m'en a parlé, elle m'a dit que c'était presque quotidien...

– Un ORL, reprit Hippolyte, mais ça pourrait quand même pas être grave ?

– Si, fit Anne-Françoise en serrant dans sa main celle de Tatave qui regardait ailleurs, fasciné par l'immense saucisson pendu sous l'escalier.

– Un cancer, pas un cancer ?

– Vous avez maigri on dirait.

– Quelques kilos..., sur le ton de la confidence.

Puis il reprit aussitôt, plus confiant : Mais j'ai diminué le beaujolais... pour faire un régime...

Anne-Françoise posa sa main sur la manche de sa veste de cuisinier.

– Allez consulter en ORL à Lariboisière...

Tatave s'enfourna consciencieusement l'index dans la narine en soupirant. Il commença à se dandiner sur place.

– Ils vous feront un petit examen et puis vous serez rassurés en cinq minutes, d'accord ?

– On ne fait pas des cancers dans le nez ? dit Hippolyte. Ça paraît idiot...

Sur le pas de la porte, Paul terminait sa discussion avec Joséphine. Il se tourna vers eux.

– Mais qu'est-ce qu'ils fabriquent tous les deux ? Ça fait plus de dix minutes qu'ils complotent...

– Anne-Françoise demande peut-être une recette à mon mari ?

– Ça m'étonnerait, elle ne sait même pas faire bouillir de l'eau.

– Alors Hippolyte lui fait la cour.

– Devant Tatave ? Manque pas d'air...

Tatave, qui à cet instant lâcha la main d'Anne-Françoise et s'élança en direction de son père.

Quatre adultes regardaient maintenant courir un enfant qui ne se rendait pas compte et criait dans la salle du restaurant :

– Un cancer ! Elle dit qu'il a un cancer !!

Claque !!

Retour au présent.

Hippolyte venait de frapper dans ses mains.

Il mettait fin au débordement d'enthousiasme général.

– Allez, ça suffit ! On n'est pas des vedettes de la télé !

Il disparut dans la cuisine en criant :

– Momo ! Envoie la suite pour les mômes ! Nourrissons-les pour qu'un jour ils nous nourrissent !!

Joséphine s'engouffra derrière lui dans le tourbillon de la porte battante.

Barnabé se ressaisit, passa sa main sur sa joue.

Il était temps de savourer les plats de résistance.

Moment ou jamais, si l'ouvrage se voulait exhaustif, d'aborder la physiologie de la digestion.

Oscar de Poussin est un cas intéressant à étudier. Son appétit féroce a déjà été souligné. Il attend avec impatience l'arrivée de la côte de bœuf qu'il doit partager avec Barnabé et Paul.

Sous l'influence de filaments nerveux qui slaloment entre les os de la base de son crâne, enchevêtrés à d'autres nerfs, vecteurs de plus ou moins bonnes nouvelles concernant son foie, sa vessie ou l'articulation du genou qu'il a tordue en bêchant son jardin, ses glandes salivaires parotides, sous-maxillaires et sublinguales secrètent plusieurs dizaines de centimètres cubes de ce liquide opalescent, légèrement visqueux, à la composition riche en sodium, potassium, chlore et autres sels calciques dont la précipitation formera la plaque dentaire.

Le problème dégoûtant de la salive des fumeurs ne sera pas abordé puisque Oscar ne fume pas.

Pendant ce temps, en cuisine, Mohcène décore les dernières asiettes. Une crème ivoirine, onctueuse, se répand lentement sur la faïence. La matière chaude et justement parfumée comble les alvéoles brunes des morilles.

Oscar n'en peut plus d'attendre, ses mains sont moites, il éprouve la discrète sensation que les objets tanguent autour de lui.

Faux départ des îlots de Langherans du pancréas ! Tapis derrière l'estomac, abusés par les informations de leur cerveau affamé, ils sécrètent de l'insuline en quantité, provoquant l'hypoglycémie responsable de ce léger malaise.

Mais que l'on se rassure pour Oscar, les premières bouchées de viande grillée viendront compenser cette modeste carence. Une frite trempée dans la sauce béarnaise achèvera de tout remettre en ordre.

Et justement là-bas, derrière les fourneaux, la sauce coule, ocre pâle, mouchetée d'estragon, depuis la casserole de cuivre dans la saucière d'argent. Tandis qu'une lame d'acier tranche l'énorme côte de bœuf et dévoile la chair saignante sous la peau croustillante et brunie. Le gras, comme un matelas, longe l'os épais.

Hippolyte va bientôt soulever le lourd plat.

A cet instant, Oscar ressent une sourde brûlure à l'estomac, organe tout à fait surestimé, élevé à tort par le bon sens général au rang de porte-parole du ventre. On préfère l'estomac au pancréas. L'un est propulsé sur le devant de la scène et l'autre dans les coulisses, précisément entre les anses du duodénum. Pourtant des millions de personnes, à la suite d'interventions chirurgicales, vivent aujourd'hui sans estomac. S'en plaignent-elles ? Les entend-on regretter cette poche boursouflée comme on entend les unijambistes se plaindre de l'absence de leur membre ? Jamais !

Ici la littérature a une grande part de responsabilité.

Mais tout cela est préambule et annexe puisque la digestion d'Oscar n'a pas encore commencé.

– Alors quand débute véritablement la digestion d'Oscar ?

– A la première bouchée... Dès qu'il y a contact

entre la nourriture et l'enzyme contenue dans la salive.

– Et quand finit-elle ?

– Au dernier caca.

– Euh...

Maintenant le fil aiguisé du long couteau glisse contre l'arête dorsale et lève peu à peu la chair fine et laiteuse. La peau dorée de la sole est soigneusement rétablie sur toute la longueur du filet. Un beurre chaud et citronné oint les quatre pièces présentées autour d'un monceau de frites.

Joséphine attrape l'assiette de Tatave et fonce vers la porte battante de la cuisine.

Hippolyte se charge à son tour de plats que Riquet lui passe les uns après les autres.

Dans quelques secondes la phrase va être prononcée.

– Bon appétit à tous !

Tous baissent simultanément leurs yeux brillant de gourmandise en direction des assiettes fumantes maintenant déposées devant eux.

Puis répondent en chœur :

– Merci !

Et se précipitent sur leurs couverts.

Joséphine et Hippolyte se redressent pour contempler fièrement d'aussi vigoureuses becquées.

La fourchette d'Oscar se fiche dans un premier morceau de viande. Elle l'arrache de l'assiette et le propulse vers sa bouche. Ses incisives découpent, ses canines déchiquettent, ses molaires broient. Le jus animal inonde son palais. Sa langue tourne et retourne les fibres savoureuses. La salive imprègne le bol à déglutir, la ptyaline lyse l'amidon des frites. Puis il cesse de respirer et amène la nourriture broyée sur la partie postérieure de sa langue. Son os hyoïde s'élève brusquement, le voile de son palais se tend et ses fosses nasales s'obstruent. Le bol alimentaire est propulsé en arrière, il gravit le larynx, file contre la muqueuse. A son passage, la glotte s'occlut, l'épiglotte bascule, les muscles constricteurs de la partie supérieure du pharynx se contractent, ceux de la partie inférieure se relachent, provoquant l'engloutissement. L'œsophage est dévalé en six ou sept secondes jusqu'à l'estomac.

Et là, dans l'antre profonde et humide, la côte de bœuf sera réduite à l'état semi-liquide sous l'influence mystérieuse du suc gastrique...

En 1819, par une matinée caressée de brume, Alexis Saint-Martin chassait, au sud du grand lac de l'Ours, dans la forêt de Fort Simpson. L'accompagnaient Flynn Sudbury, négociant en peaux, Chibougamau, l'Indien, et Alvarez Juan de la Fuca, aventurier myope.

Depuis quelques minutes ils marchaient de front dans les sous-bois matelassés par l'automne.

L'accident se produisit à l'aube, lorsque les érables séculaires parés de rouges filtrèrent les premiers feux de l'été indien.

Tantôt nos quatre compagnons glissaient dans les poussières de lumière et leurs silhouettes dessinaient des ombres aux couleurs de rouille, tantôt ils disparaissaient brusquement, dévorés par une zone de la forêt qui n'avait pas encore quitté la nuit.

C'est au fond d'un de ces vallons ténébreux qu'Alvarez Juan de la Fuca aperçut son premier caribou. Débarqué depuis peu en Colombie britannique, à bord du trois-mâts *Lady of the Bay*, les seuls rennes qu'il avait jusqu'alors eu la chance d'apercevoir toisaient avec dédain les mineurs ivres des saloons de Vancouver, de nombreuses vareuses noires suspendues à leurs bois majestueux. Mais là, devant lui, la bête vivait et avançait lentement dans l'obscurité, courbée sous le poids de ses ramures gigantesques.

Alvarez Juan de la Fuca pouvait entendre le souffle rauque de l'animal, si proche, et sentir sa forte odeur musquée. Il arma le chien de son fusil et épaula en prenant garde de ne plus faire un pas sur le tapis de feuilles croquantes.

Malgré sa mauvaise vue, il pouvait distinguer la tache plus claire sur le poitrail du caribou. Il visa longuement : il faut atteindre la bête au cœur et la tuer sur le coup sinon elle s'enfuit, va mourir à des kilomètres et on la perd.

Alvarez Juan de la Fuca appuya sur la détente au moment précis où le caribou dit :

– Hé, v'nez m'donner un coup d'main...

Alexis Saint-Martin s'effondra, touché en plein ventre, et avec lui le fagot de bois qu'il avait ramassé pour faire un feu.

On ramena Alexis à Fort Simpson dans un état critique. Par chance, William Beaumont, chirurgien dans l'armée américaine en visite d'état-major, eut assez de talent pour l'opérer, extraire le projectile et assez de bon sens pour ne pas recoudre cette plaie abdominale qui menaçait de s'infecter.

Plusieurs semaines après l'intervention la plaie s'était refermée partiellement. Mais subsistait, juste en dessous du mamelon gauche, une fistule qui ne disparut jamais et faisait communiquer son estomac avec l'extérieur.

Un jour, Alexis se mit en colère en apprenant qu'Alvarez Juan de la Fuca n'avait pas été inquiété par la justice, et le chirurgien put tout à loisir observer que la muqueuse de l'estomac de son patient virait au rouge cramoisi et semblait luire d'une sécrétion abondante.

Les deux hommes devinrent amis et William Beaumont put analyser à loisir, en direct, la sécrétion gastrique d'Alexis Saint-Martin.

Il fut le premier à mettre en évidence la présence en forte concentration d'acide chlorhydrique directement exsudé par les cellules de la muqueuse gastrique.

Oscar se souvient des cours de sciences-naturelles.

On versait deux trois gouttes d'acide chlorhydrique sur une craie. En quelques secondes le calcaire bouillonnait et la craie était rongée.

Il détestait ces expériences. Un nuage de chlore empestait toute la salle et le lendemain, sur son front, le poussin était tout jaune.

– Heureusement, disait-il, je ne mange jamais de craie.

De la côte de bœuf, des frites, des morceaux de mie de pain pour saucer, il ne reste donc plus qu'une bouillie en partie dégradée par l'acide : le chyme.

Celui-ci, mû par les ondes qui parcourent régulièrement l'estomac, progresse comme une coulée de lave en direction de l'intestin grêle.

Certaines de ces contractions, par leur violence, sont responsables de la sensation douloureuse et familière qu'Oscar résume par : « J'ai faim », leur fréquence et leur puissance augmentant au fur et à mesure du repas, il ajoute : « l'appétit vient en mangeant ».

Qui songerait à le nier ?

Certainement pas Barnabé occupé à mouliner le poivre au-dessus de la viande tendre et rose.

Combien de fois n'est-il pas rentré du lycée voisin en salivant tout au long du trajet à la pensée qu'on était jour d'œuf mayonnaise ou journée crème caramel ?

L'éducation alimentaire prodiguée par ses parents fut pourtant loin d'être permissive.

La preuve, Barnabé resta longtemps un petit garçon mince, à peu près jusqu'à ce qu'il atteigne l'âge de dire :

– Merde ! Si je veux en reprendre, j'en reprends !

Pour un môme élevé dans un restaurant, la gourmandise est une culture, la cuisine, un lieu magique dont l'exploration ne peut jamais s'achever.

Le petit enfant y révère le congélateur où dorment les glaces aux mille parfums, les ogives de métal aux poignées dorées d'où jaillit la crème Chantilly, les containers en plastique pleins à ras bords de violettes sucrées, le carton placé si haut qu'il faut monter sur un tabouret pour l'attraper et dans lequel bruissent trois cent douze meringues.

L'enfant s'enhardit et s'approche du fourneau où trône toujours une grosse marmite remplie de chocolat chaud, mais il découvre également des saveurs qui commencent à disputer au sucré sa suprématie.

Ainsi Barnabé dénicha-t-il, une nuit d'hiver, abandonnée sur le billot en bois, une étrange terrine dont le couvercle était surmonté d'une tête de canard en porcelaine.

D'abord attiré par le jouet possible, il comprit, après l'avoir ouvert, qu'un autre plaisir l'attendait.

La matière ocrée au grain velouté, enveloppée d'une épaisse gangue de graisse jaune, brillait un peu sous le reflet de la lune. Il s'approcha et huma l'effluve doux. Il eut envie de la caresser, son doigt s'enfonça tout doucement dans la substance un peu grasse. Barnabé eut peur d'y laisser ses empreintes digitales, il avait bien conscience que sa place n'était pas à la cuisine, en pyjama, à 4 heures du matin. Mais la curiosité était plus forte et il porta son doigt à sa bouche.

C'était neuf. Comme lui était neuf à la vie.

Un goût rose.

Ils allaient bien ensemble, ce parfum doucet et Barnabé.

Il prit une cuillère à soupe et cette fois-ci creusa en pleine terrine.

Le lendemain matin, Hippolyte trouva son fils endormi sur la table de boucherie auprès d'une terrine de foie gras complètement vide.

Le petit garçon s'aventure dans la chambre froide et explore les clayettes.

Là, il apprend qu'on peut manger des avocats, des saint-pierre et des saint-jacques.

Là, il attrape un rhume pour être un jour resté une demi-heure à trier des grenouilles aux yeux bleus, puis une claque, un autre jour, pour avoir bourré toutes les coquilles d'escargots avec de la salade.

Dans le même temps il commence à s'intéresser à la façon dont on fait cuire toutes ces bêtes.

C'est aussi la première fois qu'il se demande comment son papa trouve le temps d'aller chasser et s'il l'emmènera un jour dans la fabuleuse forêt de Rungis où tant d'espèces animales vivent en harmonie.

C'est pourquoi, la nuit, quand il se réveille en sursaut, il se lève en secret, descend dans la cuisine, en faisant bien attention de ne pas faire grincer la porte, et là guette parfois plusieurs heures durant le retour de son père.

Il finit toujours par se rendormir avant.

Alors il rêve d'un papa très grand, roi de Rungis et des Halles, armé d'un grand fusil à deux coups et d'un hachoir en fer. Ses ministres sont des grenouilles aux yeux bleus, et le général de Gaulle qui passe tout le temps à la télé a une tête de veau avec du persil dans les oreilles.

Le garçon accompagne une fois son père à Rungis pour voir comment ça fait.

Il est 5 heures du matin. Des milliers de carcasses de viande à l'odeur écœurante sont alignées au plafond. Elles sont accrochées sur des rails. D'énormes forts, encapuchonnés de blanc et de sang, les poussent dans un vacarme de roulements mal huilés. Le diable surchargé de cageots de fruits est lourd à manœuvrer entre les camions parqués face aux hangars. Des hommes en maillot de corps font s'abattre les pesants hayons de tôle. Ceux qui vendent les légumes s'insultent très fort et rient en même temps. La nuit se dissipe à peine sur le gigantesque marché et les restaurants sont pleins d'une clientèle bruyante et vive. Il fait très froid, les fromages puent ou alors sont durs comme des pierres. La gueule d'un mérou lance son cri muet dans le marché aux poissons.

Et c'est deux heures d'embouteillages pour rentrer.

Après cette visite, Barnabé ne rêve plus jamais à ce royaume enchanté et commence à penser que le métier de son père est très fatigant. Il n'est plus si sûr qu'il fera le même plus tard.

L'adolescent ouvre un jour un nouveau placard.

Dans la pièce au bout de la cuisine. La réserve à alcool.

Maintenant, quand il va dans une soirée, il n'arrive plus jamais les mains vides. Barnabé a toujours une bouteille de vodka pour faire danser les filles, une de whisky pour faire rigoler les copains et une de Martini pour l'haleine.

Barnabé sait voler discrètement. Il lui suffit d'attendre le lundi, jour de fermeture. Joséphine et Hippolyte vont se promener, ils aiment rôder autour des restaurants à succès des grands boulevards pour dire du mal.

– Hippopotamus ? dit un jour Hippolyte, alors que le premier venait d'ouvrir. Ils n'auront aucun client avec un nom pareil, ça ne marchera jamais...

Pendant ce temps, Barnabé se sert dans la réserve, prend les bouteilles du fond pour que cela ne se voit pas et, s'il crée un trou dans les Suze, il déplace toutes les Suze pour supprimer la rangée qui l'accuse.

– La réserve a horreur du vide.

Puis il cache les bouteilles sous son sommier. Elles en sortiront dès le mardi matin, avant que Joséphine ne vienne faire le lit, cachées dans son sac de sport, puis seront stockées chez Julien qui dispose d'un coffre-fort dans sa chambre.

Un jour Mylène a percé le coffre-fort de son frère avec un ouvre-boîtes, elle a sifflé une demi-bouteille de Glenfiddish avant d'aller vomir sur le tapis persan du salon.

Julien fut héroïque et ne révéla jamais la provenance de l'alcool, malgré les gifles assénées par son père, lui-même grand consommateur de whisky et qui ne supportait surtout pas l'idée que son fils se paye du pure malt.

Le jeune homme passe de plus en plus de temps près du gril, il apprend à aimer la viande et la désire de moins en moins cuite. Il se demande si plus tard il finira par manger à même l'animal.

– Vieillir c'est faire un prodigieux retour en arrière dans le temps, c'est désapprendre le langage, se nourrir cru et dessiner comme un pied, articule-t-il en croquant un morceau d'entrecôte.

Et puis Barnabé se met à écrire. Il note que plus il écrit plus il ressent le besoin de manger de la viande.

Une nuit, en mal d'inspiration, il descend dans la cuisine, ouvre la porte du frigo, s'empare d'un cœur de filet dont il se coupe une tranche épaisse, ouvre le robinet de gaz, allume le gril et la fait cuire en quelques secondes.

Il faut le voir, seul, à 4 heures du matin, assis sur le fourneau éteint. Le gril ronfle toujours à son côté et lui prodigue un peu de chaleur. Dans sa main gauche Barnabé tient la viande roulée. Dans sa main droite, son stylo. Il mord la nourriture à pleines dents et se met à écrire.

A écrire.

L'homme se souvient de tout cela.

Et puis sans savoir pourquoi, il se souvient du marchand de sable, de Nounours, de Nicolas, de Pimprenelle, et se demande quelle était la cylindrée du nuage.

De retour à Oscar.

Son assiette est maintenant aux trois quarts vide. Affalé dans sa chaise, les yeux mi-clos, il mâche longuement, sans appétit. De temps à autre il élève mollement une fourchetée en direction de sa bouche.

A l'intérieur de lui, c'est tout le contraire. Une intense activité se déploie le long de son système digestif et quatre heures vont être nécessaires à l'évacuation complète du contenu de son estomac.

Pour accompagner Oscar au bout de sa digestion il est nécessaire de quitter le temps présent.

D'abandonner Danielle, Mylène et Julien avec leurs bouches emplies de magret.

De geler le mouvement d'Agamemnon qui trempe un morceau de pain dans la sauce crème de ses morilles.

De figer Bimtou en train de servir du vin à Maria et de stopper le flux du liquide afin que le verre ne déborde pas.

Tout devient silencieux.

Nous sommes maintenant dans le futur.

Le chyme atteint les premières anses de l'intestin grêle, des amylases rompent les sucres, des lipases lacèrent les lipides et la trypsine démolit chaque protide. Là, dans deux cent cinquante mètres carrés de replis et de circonvolutions, les nutriments élémentaires vont être assimilés par l'organisme.

Plusieurs heures s'écoulent encore.

Le chyme, appauvri, desséché, avance lentement et vient de franchir difficilement une zone étranglée, déformée par des brides où subsiste un vestige d'appendice.

Devant lui s'ouvre le large tunnel du gros côlon, il remonte dans un premier temps, le long du flanc droit, puis transversalement, longe le foie et l'estomac, avant de plonger, enfin, dans le flanc gauche.

Arrivé là, le chyme a définitivement changé de composition, d'aspect et de nom. Ce sont, au terme de ce parcours colique, des matières fécales qui doivent leur couleur à des pigments dérivés de la bile et leur odeur aux produits de l'action bactérienne.

Stockées dans l'ampoule rectale, elles n'attendent qu'un geste d'Oscar pour franchir le trou du cul et faire l'ultime plongeon.

Mais ce sera demain, au réveil.

Dans un avenir trop lointain.

Pour l'instant il faut revenir au repas.

Brusquement.

A l'occasion d'un petit claquement de doigts nerveux.

Comme un enchanteur ramène à la réalité.

Mais cette fois-ci c'est le professeur de sémantique qui officie et le geste est désagréable.

Il le renouvelle à l'intention de Joséphine.

– Madame, s'il vous plaît ! Madame !!

Joséphine a compris, au ton employé, qu'une catastrophe se prépare. Elle ne peut s'empêcher, en s'avançant vers le couple d'emmerdeurs, de jeter un œil par-dessus son épaule en direction d'Hippolyte.

Celui-ci est penché vers Maria, ils bavardent ensemble, il semble ne rien avoir remarqué.

– Monsieur ? demande Joséphine, affable en arrivant à la table.

L'homme des mots s'accorde le temps de trouver les siens, mais le geste dédaigneux qu'il effectue en direction de son chateaubriand est éloquent.

– Ça, madame, dit-il en touchant la viande de la pointe de son couteau.

– Ça ? reprend Joséphine en toute innocence.

– Oui, ça ! emballe la femme du linguiste.

– Eh bien ?, demande Joséphine.

– Eh bien, cette viande est gâtée, elle dégage une odeur nauséabonde...

Il la retourne sur l'autre face avec son couvert et ajoute :

– Je me demande même si elle n'est pas infestée...

– Ecoutez, monsieur, répond Joséphine, vous devez faire erreur, nos viandes sont fraîches... Mon mari se rend à Rungis deux fois par semaine... C'est tout à fait impossible... Peut-être est-ce l'odeur de la viande grillée qui vous dérange, il arrive que des clients ne soient pas habitués à la manger ainsi et...

– Je vous remercie, madame, coupe le linguiste, mais à cinquante ans passés, depuis peu d'ailleurs... je sais ce qu'est un barbecue...

Il s'interrompt un instant et précise à l'intention de sa femme :

– Barbacoa...

Avant de reprendre :

– Je connais aussi précisément l'odeur... délétère...

dégagée par une chair corrompue... Alors abrégeons là, voulez-vous ? Et appelez-moi le patron.

Joséphine hoche la tête lentement et se retourne, les épaules arrondies de lassitude.

Hippolyte, assis près de Maria, lui glisse à l'oreille :

– Tu sais je te l'ai demandé, mais ce n'est pas très grave si tu ne me réponds pas... C'est juste comme ça... C'est important quand on se met à penser qu'on pourrait mourir pour de vrai...

Maria manque de recracher son morceau de magret, elle pose sa fourchette et se penche à son tour à son oreille.

– Mais ça ne va pas de me dire des trucs pareils ! elle murmure de toutes ses forces.

Hippolyte se recule et approche sa bouche de l'oreille de Maria qui incline sa joue pour l'écouter.

– Je dis les choses vraies, c'est tout... Je t'ai posé cette question parce que je t'aime bien et je trouve que tu vas bien avec Barnabé...

Maria retire son oreille et approche sa bouche, Hippolyte penche sa tête en avant.

– J'aime Barnabé, monsieur Iroulégui..., et j'aimerais bien que mon enfant s'appelle Iroulégui.

Cette fois-ci Hippolyte garde la tête baissée en direction de la nappe, il sourit simplement, le regard enlacé dans les tortillons de couleur du linge basque.

Maria passe sa main autour de son épaule et lui dépose un bisou dans le cou. Il est salé, comme souvent Barnabé est salé.

– Excuse-moi pour cette question, reprend Hippolyte, je voulais juste savoir si j'aurais le temps d'être grand-père...

Il ne voit pas le petit signe que Joséphine lui adresse depuis la table des emmerdeurs et continue :

– Alors je vais te confier un secret que Barnabé ignore... Je ne sais pas pourquoi je ne lui ai jamais dit... Notre vrai nom c'est pas Iroulégui.

Maria a l'impression un instant de faire un grand recul dans son passé cubain. Il y a un parfum de résistance qui l'excite.

– Ce n'est pas très ancien, continue Hippolyte, mais je l'ai tu parce que les choses qu'on gagne dans la vie sont fragiles... et qu'elles sont toujours nommées... Alors j'ai eu la peur idiote de les perdre, ce restaurant, ma femme, mon fils, à qui j'avais donné mon nom... Tout ce que j'avais gagné quoi... c'est con.

– Non, je comprends, monsieur Iroulégui... Elle se reprend... Hippolyte... Je comprends très bien.

Hippolyte lui prend la main et dit :

– Le vrai nom de ma famille c'est Iroulégiu. C'est peu de différence mais ça suffit à faire un autre bonhomme... J'ai retrouvé les registres d'état civil dans les mairies, au pays. Au début du siècle on s'appelait Iroulégiu, et puis mon père est né et l'officier d'état civil s'est trompé sur le registre. Il a mis le point sur le dernier jambage du nom et le IU s'est transformé en UI... Que s'est-il réellement passé ? On ne l'a jamais su... Peut-être avait-il bu ou de l'inattention... Voilà qu'une plume glisse de quelques millimètres sur une page et toute une famille, une descendance, se trouve changée... Une chiure de mouche pondue où il ne fallait pas et mon père ne s'appelait pas comme son père...

Maria l'écoutait parler avec sérieux. Elle lui rendait grâce de sa confiance.

– Le plus drôle, poursuivit-il, c'est que le nom a pris... J'en avais parlé avec une arrière-grand-tante qui avait plus de cent ans quand elle est morte. Elle se souvenait très bien que du jour au lendemain on s'est mis à appeler la famille : Iroulégui. Et a l'école... pour le peu qu'il en ait fait... mon père était Iroulégui fils d'Iroulégiu... A l'époque l'éducation c'était fort et l'officier du registre d'état civil en avait, alors ce qu'il écrivait restait et devenait loi.

– Pourquoi vous n'en avez jamais parlé avec Barnabé ? Il aurait adoré cette histoire.

– Oui, je sais, répondit Hippolyte avec un sourire énigmatique. Je l'ai déjà entendu dire : une connerie peut cesser d'en être une dès lors qu'elle est écrite... Oui..

Puis il ajouta :

– Toi, tu lui raconteras, et puis fais moi penser à te donner la photocopie de l'acte de naissance de mon père, je l'ai gardé... où l'on lit qu'un jour un enfant de sexe mâle est né, Iroulégui, fils d'Iroulégiu, cultivateur.

Il se tut car soudain la main de Joséphine se posa sur son épaule.

– Excuse-moi, lui dit-elle en se penchant vers lui,

mais le client du bout, avec sa femme... Il a un problème, il veut te voir...

Le regard d'Hippolyte se durcit. Il ne voulait plus qu'on vienne l'ennuyer avec ces histoires. Il préférait parler avec Maria, avec les jeunes, avec la vie.

– Où ça ?

– Eux là-bas, la viande pue, paraît-il.

Il se leva d'un coup.

Il avança d'un pas décidé vers les deux emmerdeurs.

Joséphine, restée en arrière, haussa les épaules, fataliste.

Autour de la table, ils avaient compris à la démarche d'Hippolyte qu'il allait y avoir du grabuge. Ceux qui étaient mal placés se redressèrent pour ne rien perdre du spectacle. Daniel tendit la paume de sa main à Barnabé.

– 100 dollars sur ton père contre le dindon avec sa dindonne !

– Je ne parie pas, le combat est inégal.

– C'est un linguiste, dit Joséphine...

– Alors là, ça va être un massacre, surenchérit M. Perle.

– Et la canne à pêche, on lui donne quand ? demanda Mylène.

– Et la veste, on la fait signer quand ? ajouta Paul.

– Après la bataille, suggéra Bimtou.

– Tu te rappelles la fois où il a fourré toutes les alouettes d'un type qui lui disaient que c'étaient des grives dans un sac en plastique..., commença Thomas.

– ... et le type sur le trottoir, avec son sac en plastique entre les mains, comme un couillon..., termina Lydie.

– Et celui qui avait mis un clou dans sa glace pour pas payer l'addition ? lança Oscar.

– Ah ! non, fit Daniel.

– Papa a pris le plus grand couteau de la cuisine et il a été taillader les pneus de sa bagnole, tranquillement devant tout le monde, expliqua Barnabé.

– Ce type l'a laissé faire, demanda Danièle ?

– Non, il a été au commissariat porter plainte. Les flics ont débarqué cinq minutes après pour constater.

– Alors ?

– Alors, conclua Joséphine, il y avait plus de cinquante clients pour témoigner qu'Hippolyte n'était pour rien dans cette crevaison, que personne ne l'avait vu faire... Mais par contre, tous avaient noté que le plaignant avait essayé de partir sans payer. Les policiers ont demandé à mon mari s'il souhaitait porter plainte contre l'individu... Il a répondu, magnanime, que si l'addition était payée, il n'intenterait aucune poursuite, il voulait juste faire honnêtement son métier, et patati et patata...

Danièle, rêveuse, se croisa les bras et finit par lâcher en voyant Hippolyte, maintenant arrivé face au couple d'emmerdeurs :

– Alors oui, ça va saigner...

Près d'elle Julien, resté en dehors de la conversation, se tenait la tête entre les mains. Il maugréait quelques phrases inaudibles et Mylène tentait de le réconforter :

– Allez, Juju, arrête... ça va... ça va...

Quand il releva sa tête pour avaler un grand verre de vin supplémentaire, tout le monde vit qu'il avait les yeux rouges. Et tout le monde entendit ce qu'il crachotait entre deux sanglots :

– Non c'est de ma faute... c'est de ma faute... si tout va changer... Si plus rien n'est comme avant...

Hippolyte était posé solidement sur le carrelage. Jambes écartées, bras fichés sur les hanches, il écoutait.

– Monsieur, lui disait le linguiste, je suis linguiste, cela vient du latin lingua qui veut dire langue, et si ma vie est dédiée aux langues, vous comprendrez fort bien l'importance qu'y joue *la* langue... Et ce que ma langue ne supporte pas, je ne peux pas le souffrir... Or le goût de votre viande m'insupporte...

Là, il se tut, certain de l'effet létal de sa faconde sur un simple cœur de cuisinier. A n'en pas douter, cet homme rougeaud, court sur pattes et replet, ceinturé d'un torchon d'un blanc douteux, allait sous peu lui présenter des excuses.

L'approbation muette de sa femme – il la sentait vibrer de tout son être auprès de lui, ou bien était-ce le lointain passage d'un métro ? – confortait le linguiste dans sa conviction.

La réponse d'Hippolyte ne se fit en effet guère attendre :

– Bravo !

L'emmerdeur laissa un sourire venimeux pousser sur ses joues.

-Mais quel dommage qu'autant de science soit mise au service d'un cerveau confit...

Du coup, désherbé, le sourire.

Hippolyte prit son assiette et renifla longuement le morceau de viande coupable, puis il s'adressa à une table voisine, où une charmante petite dame, seule, mangeait un chateaubriand.

– Et le vôtre, madame, il sent mauvais ?

– Pas du tout, répondit la dame, il est excellent et très tendre.

– Cela vous ennuierait-il, madame, de goûter un morceau de la viande de monsieur et me dire s'il sent mauvais ou non ?

– Ecoutez, hésita la dame... Enfin si cela peut vous rendre service...

– Où voulez-vous en venir ? intervint le linguiste, vous n'avez pas à mêler madame à cette querelle, et...

Hippolyte leva brusquement un doigt autoritaire et l'interrompit :

– Pas encore querelle, pas encore... Laissons d'abord madame goûter et rendre son verdict... Car voyez-vous, ces deux morceaux de viande proviennent du même cœur de filet que j'ai tranché en deux.. Je les ai fait cuire en même temps, sur le même gril, ils ont été accompagnés des mêmes frites et servis simultanément à vos deux tables... Ils sont en quelque sorte jumeaux ... Donc si la dame trouve votre viande excellente, comme la sienne, alors là nous pourrons dire qu'il y a querelle... Il n'est pas utile d'anticiper sur une dispute... jamais...

Le linguiste s'était tu, il avait repoussé sous la table le genou de sa femme qui, à plusieurs reprises, était venu heurter le sien. Elle avait l'intuition désespérée que ce duel ne tournerait pas à l'avantage de son mari.

Hippolyte prit un couteau et découpa une bonne portion du chateau du linguiste.

– Pas trop gros, lui demanda timidement la vieille dame, mes dents ne sont plus très fortes... Enfin je parle des rares qui sont encore vraiment à moi, ajouta-t-elle avec une expression gênée de petite fille.

Hippolyte acquiesça et coupa le morceau en deux. Il le piqua sur la fourchette qu'il lui tendit gravement.

– S'il vous plaît...

Tous les regards convergeaient vers la petite dame qui approchait de sa bouche ouverte la viande à analyser. Les lèvres ridées se refermèrent sur la fourchette. Une fraction de seconde après le couvert brillait à nouveau au-dehors.

Ça y était.

La viande tournait dans la bouche de la petite dame.

Joséphine s'avança dans la salle pour se poster derrière Hippolyte.

Paul et Barnabé s'étaient retournés et agenouillés sur leurs sièges pour mieux voir.

Oscar pensa que sa viande à lui avait été absolument excellente.

Maria se tourna vers les miroirs du fond qui lui renvoyaient la scène sous plusieurs angles.

– Déformation professionnelle, susurra-t-elle à Bimtou qui lui donnait un coup de coude. Une journaliste aime à voir un événement sous tous ses angles...

La petite dame mastiquait lentement, ses deux yeux noirs brillaient et virevoltaient malicieusement de droite à gauche. Puis elle avala et déglutit avec un sourire.

Il y eut alors un moment d'attente pendant lequel on aurait entendu un virus entrer dans la salle.

Enfin, elle dit en tendant son verre vide :

– Délicieuse ! Cette viande est aussi bonne que celle que j'ai mangée... Voulez-vous me resservir un peu de beaujolais, s'il vous plaît ?

Joséphine s'empressa de la contenter tandis qu'un murmure de soulagement parcourait l'assemblée.

– Ah ! Je suis content ! s'exclama Hippolyte. Maintenant ça peut être une querelle !

– Soit ! bondit le linguiste. Je ne vais pas me laisser intimider par vous, monsieur, et votre alliée !

Il siffla en toisant la petite dame qui finissait son verre de beaujolais.

– Henri, fit la femme du linguiste... il vaudrait mieux rentrer.

– Voilà, madame, reprit Hippolyte, un bien sage

conseil que vous auriez dû prodiguer à votre mari avant qu'il n'intervienne... Et vos grenouilles ? Comment elles étaient vos grenouilles... Elles sentaient la vase peut-être ?

– Non, pas du tout, répondit la femme, c'était d'ailleurs la première fois que j'en mangeais et...

– Enfin, Madeleine, tu ne vas pas raconter ta vie à cet individu, l'apostropha son mari. Tu ne vois pas qu'il essaie de nous dresser l'un contre l'autre ?

Madeleine ne lui répondit pas à lui, mais à Hippolyte :

– Vos grenouilles avaient un goût très fin, et l'assaisonnement était judicieusement équilibré.

Puis elle tourna ses yeux vers ses pieds pour éviter le regard courroucé de son mari.

– Bon ! jubila Hippolyte. Il semble que dans ce restaurant, il n'y ait finalement qu'une seule personne pour se plaindre de ma cuisine !

Alors il se pencha en direction du linguiste et lui demanda fort civilement :

– Voulez-vous bien ouvrir la bouche, monsieur ?

Devant le changement subit de ton et l'incongruité de la question, le linguiste resta coi. Le désarroi lui fit écarquiller deux yeux tout ronds dans lesquels Hippolyte plongea sans pitié.

Pupilles laminées, incendiées, le linguiste finit par céder.

Une petite bulle de salive éclata d'abord aux commissures de ses lèvres, puis, millimètre après millimètre, sa bouche s'ouvrit. Au fur et à mesure que se découvrait ce gouffre sombre, un sourire de victoire illuminait Hippolyte.

A présent, les deux visages étaient tout proches.

Le front du linguiste était barré de tics nerveux.

L'un d'entre eux détacha une goutte de sueur qui glissa sur l'arête de son nez.

Outre la paire d'yeux qui suivait pore à pore le trajet sinueux de la goutte de sueur, pas un cillement, pas une respiration ne venaient troubler la terrible immobilité du visage d'Hippolyte.

Joséphine fronça les sourcils quand elle aperçut la main d'Hippolyte glisser doucement en direction de sa poche revolver. Une forme bosselait le pantalon en cet endroit.

Puis tout se déroula à la vitesse d'un éclair. La goutte de sueur tomba sur la nappe. Hippolyte dégaina l'objet qui déformait sa poche, le brandit en direction de la bouche de son adversaire. Son doigt pressa l'interrupteur. Un mince faisceau de lumière électrique déchira l'obscurité de la bouche du linguiste.

C'était la lampe-stylo qu'Hippolyte portait toujours sur lui quand il devait descendre à la cave.

Le linguiste roulait des yeux effarés, en direction de sa femme, de Joséphine, des autres clients.

Partout il rencontrait le même mélange de surprise et d'amusement.

Crucifié par le pinceau lumineux, il n'osait penser à refermer sa bouche et livrait ses gencives à l'inspection sans pitié d'Hippolyte.

Qui se releva soudain.

Fit tournoyer la lampe au bout de son doigt.

Et déclara sobrement :

– C'est pas ma viande qui a mauvais goût, monsieur, ce sont vos dents qui sont pourries...

Henri Duchatou – car tel était le nom inscrit au bas du chèque qu'il signa en s'en allant – n'avait jamais connu pareil affront.

Ses ancêtres du XVIIIe siècle avaient lavé de moindres manquements au respect à coup de rapière, un cousin, plus récemment, avait jeté son gant au visage d'un automobiliste qui l'avait traité de caniche puant, avant de le passer à tabac avec ses collègues contractuels de l'avenue Montaigne, et dès la tribu d'origine on n'hésitait pas à fracasser le crâne du premier qui marchait dans le ragoût de mammouth sans grommeler d'excuses.

– Mes dents sont parfaitement saines, bredouilla-t-il, en refermant enfin la bouche.

Il pinçait ses lèvres si fort, que son visage ressemblait à un panneau de sens interdit : un gros rond rouge avec un trait blanc horizontal, au milieu.

– Depuis quand n'êtes-vous pas allé chez le dentiste ? insista Hippolyte.

– Dix ou quinze ans au moins, répondit sa femme avant lui... C'est vrai, Henri, depuis la mort du docteur Grondin, tu n'es pas allé faire le plus petit examen de routine, pas même un détartrage...

Hippolyte opina du chef, gravement, et lui confia :

– Il a au moins quatre caries dans la rangée du haut et la gencive se déchausse à droite...

C'en était trop pour Henri Duchatou qui se leva, renversa son verre de vin et gifla Hippolyte.

– Henri ! cria sa femme en agrippant son bras.

On entendit un puissant aboiement, une table vola à travers la pièce, les assiettes se fracassèrent sur le carrelage.

Bull bondissait en retroussant de menaçantes babines.

Barnabé plongea pour l'intercepter. Il parvint à l'attraper par la queue et le retint en s'arc-boutant contre la banquette.

– Ça va, Bull ! Couché ! Gentil le chien !

Tatave se mit à pleurer.

– Lâche-le, tu vas lui faire mal !

– Si je le lâche on va avoir droit à une scène de sauvagerie ! lui répondit Barnabé en flattant le flanc de l'animal au poil retroussé.

Bull grondait méchamment.

Deux choses portaient son irritation à son comble.

Premièrement, il détestait qu'on fasse du mal à LUI.

L'idée en était insupportable, alors le geste, pensez-vous. En voyant la main s'abattre sur son maître, il n'avait pu somnoler une seconde de plus aux pieds du Tout-Petit. Le molosse en lui avait bouilli. Egorger était devenu une idée fixe.

Il se demandait d'ailleurs s'il n'allait pas mordre Barnabé à la place. C'est vrai, il le blessait à le retenir par la queue, comme ça. C'était pas une corde à nœud.

Deuxièmement, une puce.

L'horripilante bestiole lui avait atterri sur l'échine alors qu'il prenait son élan. Déconcentré, il avait perdu deux mètres au démarrage. Déjà que ses griffes patinaient sur les tomettes. N'empêche, sans la puce, Barnabé n'aurait jamais pu l'attraper.

Et ça, Bull savait très bien d'où ça venait. LUI avait toujours eu cette détestable habitude de ramasser tous les clochards du quartier, mais si le fils s'y mettait aussi, on ne serait jamais plus à l'abri.

Hippolyte restait stoïque. Hormis celles de l'enfance, il avait reçu deux gifles dans sa vie.

A Barcelone, sur le port. Un bouledogue espagnol ayant voulu sodomiser Bull s'était fait salement mâchonner les antérieurs par le brave dogue allemand qui n'entendait pas apporter une telle contribution aux amitiés européennes.

Le propriétaire, un fier Castillan, avait claqué Hippolyte en guise de représailles. Les carabineros l'avaient vu frapper un touriste. Ils l'avaient attrapé et jeté en prison.

A Paris, devant le palais de justice. Une avocate en robe ayant giflé un petit gitan qui mendiait au pied de l'escalier monumental s'était fait abreuver d'insultes par Hippolyte qui tenait à ce qu'elle respecte les droits de l'homme. Surtout ici. La femme de l'ordre se révéla être la mère du petit garçon qui venait de voler un magnétoscope à la FNAC. Elle baffa Hippolyte pour lui apprendre à se mêler de ses affaires. L'enfant, en s'éloignant, le félicita d'un discret signe du pouce.

Dans les deux cas, il ne réagit pas.

Hippolyte est sanguin, pas violent.

Ceux qui frappent, pense-t-il, s'avouent vaincus au moment même où ils élèvent la main.

Alors, pour cette troisième claque, il ne réagirait pas plus que pour les deux premières.

Puisqu'il venait de gagner le combat.

Etranger à l'agitation des deux salles, insensible à la pression des doigts de Joséphine sur son épaule, il craignait juste de saigner du nez.

Il n'aurait pas supporté un tel aveu de faiblesse face à l'adversaire.

Mais pour une fois son corps se rangea dans son camp et lorsque après quelques secondes il eut acquis la certitude que le sang ne coulerait plus, il s'accorda un sourire furtif et dit calmement :

– L'addition pour ces messieurs dames...

Joséphine acquiesça, soulagée, et s'en fut précipitamment quérir le visa de sortie des deux énergumènes.

– Vous vous trompez, monsieur, répliqua le linguiste, et même... si je reconnais avoir eu un geste malheureux... que je vous prie de bien vouloir mettre sur le compte de notre agacement réciproque... Après tout, c'est bien naturel, n'est-ce pas ?.. Vous m'avez humilié aussi, nous sommes donc quittes... En revanche, je ne vois aucune raison de vous régler ce repas !

– Alors je vais demander à mon fils de lâcher le chien, répondit sèchement Hippolyte.

– Vous ne feriez pas ça.

Hippolyte haussa les épaules, il se retourna vers Barnabé, intimement incliné sur le garrot du chien.

– Barnabé ? fit-il, anodin.

Barnabé releva les yeux. Une rangée de crocs étincela un bref instant. L'amalgame hybride émit un puissant grondement.

– Arrêtez !

Le cri de la femme du linguiste s'accompagnait de mouvements frénétiques. De son sac à main elle fit jaillir un tube de rouge à lèvres, un mouchoir en dentelle, un trousseau de clefs, puis un carnet de chèques et un stylo.

– Nous payons ! Nous payons ! répétait-elle. Mais par pitié retenez votre animal !

Joséphine déposa aussitôt la note sur la table. Barnabé appuya sur la croupe de Bull qui s'assit et entreprit de se gratter furieusement.

Les yeux vagues, le linguiste regardait sa femme remplir le chèque. Elle le lui donna à signer. Il s'accomplit mécaniquement tandis que d'un geste fébrile elle dépliait sa carte d'identité.

– Je vous en prie, madame, ironisa Joséphine, ce n'est pas la peine...

– Merci, merci, bafouilla la femme en enfouissant ses affaires dans son sac.

Puis elle se leva, prit son mari par la main et l'entraîna au-dehors sans un regard de plus en direction de ses tortionnaires. Joséphine et Hippolyte eurent juste le temps de l'entendre marmonner dans le mouvement de la porte :

– Demain, je te prends rendez-vous chez le dentiste...

Quelques minutes après l'incident, à force de se fouir le poil, Bull parvenait enfin à coincer la puce entre ses crocs. Il apprécia divinement le petit bruit sec de la chitine broyée par l'émail.

Hippolyte donna un coup de main à Joséphine pour débarrasser la table des deux emmerdeurs.

Les autres clients avaient repris leurs conversations.

Barnabé s'était rassis parmi ses amis, on terminait les plats de résistance.

Tout était redevenu normal.

Ou presque.

Car il y avait toujours Julien, effondré, qui n'en finissait plus d'inonder son chagrin de vin rouge.

La surprise de Danièle venait moins de l'état dans lequel il se plongeait, à l'évidence avec une délectation masochiste, que de la relative indifférence affichée par ses copains.

– Mais qu'est-ce qu'il a ton frère ? demanda-t-elle à Mylène. Depuis tout à l'heure il est complètement déprimé...

Absorbée par le dégraissage méticuleux de sa dernière tranche de magret, Mylène répondit machinalement :

– Ça fait trois mois que ça dure... C'est parce qu'à la place du restaurant il va y avoir une banque...

Danièle fronça les sourcils.

Mylène se décida à abandonner son ouvrage.

Elle se pencha vers elle et poursuivit à voix basse :

– Comme les parents de Barnabé étaient dans l'urgence, ils ont vendu au premier qui offrait quelque chose de raisonnable... Ça a été le Crédit lyonnais...

– C'est là qu'il bosse, Julien, se rappela Danièle.

– Oui... Et il va même avoir de la promotion... il grimpe dans la hiérarchie...

– Ben alors il devrait être content...

– Non, c'est le pire de tout.

– Pourquoi ?

– Parce qu'il a appris qu'il vont le nommer directeur adjoint dans cette succursale... Ici... dès que les travaux seront finis...

Elle décrivit toute la salle du regard et reprit, mélancolique :

– Parce qu'ils vont tout démolir... Dans un mois ou deux, il ne restera plus rien de cet endroit... les miroirs, les portemanteaux en cuivre... le grand escalier... Tout ça ils vont le foutre en l'air, pour faire de la banque, quoi... des guichets, des bureaux... Ils ne vont même pas garder le sol... C'est ça qui le met dans cet état là... Il culpabilise.

Elle se tut un instant, puis ajouta :

– Comme si on pouvait se sentir responsable de la maladie...

FROMAGES

Passent les assiettes vides et s'ordonnent couteaux et fourchettes.

De main en main. Chahutant joyeusement vers les extrémités de la table.

– Oscar ! T'as laissé de la viande sur l'os, s'étonna Thomas. Et ta conscience politique ?

– Il ne m'est pas utile d'avoir des idées sur le monde si j'explose avant de les avoir mises en pratique, répondit Oscar d'une voix rassasiée.

– Vu ce que tu ingurgites, le risque majeur reste l'explosion, fit remarquer Anne-Françoise.

Et elle rattrapa au vol un couteau qui basculait de la pile de vaisselle.

Lydie n'avait mangé que la moitié de sa viande.

Déjà, depuis quelques bouchées, elle se forçait à faire disparaître les preuves de son inappétence. Plus Oscar engloutissait et moins elle mangeait. Un jour il suffirait à les nourrir tous les deux. Mais cette fois-ci elle n'en pouvait vraiment plus. Elle ne voulait pas offusquer Hippolyte. Les yeux rivés sur le plat qui l'accusait, elle murmura à l'intention de Thomas :

– Dis... Tu ne veux pas finir ?

– Non, t'es gentille, mais ça doit être froid...

Il l'encouragea en ramassant l'assiette.

– Allez, allez ! C'est pas grave ! Pertes et profits, au bonheur de Bull !..

Avant qu'elle n'ait pu réagir, il avait poussé les restes de chateau du dos de la fourchette. Les vestiges de toutes chères s'amoncelaient ainsi au sommet de la pile d'assiettes.

M. Perle s'en empara en dodelinant doucement de la tête :

– Nous autres, parias, avons cela en commun avec les clebs, qu'on pisse dehors... Mais point de vue bouffe, ça diverge... Je connais plus d'une cloche qui échangerait volontiers son ordinaire avec un toutou...

Thomas baissa les yeux, mal à l'aise. M. Perle s'en aperçut et éclata de rire :

– Hé, fiston ! Je blaguais ! Tu parles si j'aimerais être un cador ?! Plutôt crever, oui !...

Il affecta subitement un air comploteur pour conclure sur la confidence :

– Parce que nous on a un truc qu'ils n'ont pas, les cadors : la liberté, mon pote... On fait pas où on nous dit de faire !

Oscar, en les voyant porter un toast à la liberté, les imita en déclarant :

– Bouffer c'est défendre une cause ! Je mange par

engagement politique, pour tenir le coup plus longtemps s'il y avait lieu de faire une grève de la faim...

Paul sourit ironiquement et lui présenta son verre.

– Dis, ce que tu viens de dire me donne une idée... Lundi je dois livrer un dessin... Ça t'embêterait si le personnage débitait des conneries pareilles en trinquant avec un enfant du tiers monde au bide distendu ?

– Je suppose qu'on ne peut pas empêcher un artiste de vous voler des morceaux de votre vie...

Barnabé songea à son roman.

A Joséphine et Hippolyte il aura juste tenté de dire combien il les aimait et combien il était difficile de le leur faire comprendre. Et merci pour la vie.

– Si écrire un livre servait au moins à ça.

Saddam Hussein, Napoléon, Hitler, Mussolini, Duvalier, Louis XI, Khomeyni, Nixon, Nabuchodonosor, Staline, Mao, Lénine, M. et Mme Neuville, la fille de la concierge qui a un jour volé le Solex de Maria, oui, vous tous !

– Que n'avez-vous eu ce désir de vous arrêter un moment, juste le temps d'embrasser vos parents.

La vie est ronde et c'est plutôt joli.

Et comme les idées ont de microscopiques pétales, volatils, qu'un courant d'air dissout et diffuse de proche en proche, Bimtou dit à cet instant :

– On naît, on meurt, et tout ça finit par se mordre la queue...

Puis elle ajouta à l'intention de Maria à qui elle avait tout révélé :

– Si en plus il faut trouver du temps pour introduire un nouveau dans le circuit, très peu pour moi ! J'ai pas la mentalité gros porteur.

Maria imaginait difficilement Bimtou encombrée d'enfants. Par contre, une ribambelle de marmots siéraient à Oscar, accessoirisés d'épais bouquins et de longilignes tartines.

En attrapant les assiettes qui arrivaient de son côté, en les empilant maladroitement sur la sienne, elle pensa à la vie domestique.

Barnabé n'était ni très vaisselle, ni très aspirateur, un tout petit peu linge, très très peu lavabos à récurer, mais pas du tout vitres à nettoyer.

Maria, idem.

Leur appartement était parsemé de taupinières de linge froissé entre lesquelles on se faufilait, guidé à certaines heures par de rares lux qui avaient eu la fortune de pénétrer les pièces. La cuisine exposait de façon permanente un amoncellement de récipients en équilibre. De temps à autre, un exemplaire unique passait sous l'éponge, mais le bris restait le moyen le plus efficace de faire diminuer la hauteur de ces arches de vaisselle.

Dans la salle de bains, au-dessus de la baignoire,

il y avait le séchoir. A ses branches pendaient chemises et slips finalement extraits du tambour.

– Vous deux, on dirait toujours que vos vêtements sortent de la gueule d'une vache ! lança un jour Hippolyte qui exigeait que ses vestes de cuisinier soient impeccablement repassées.

– C'est parce qu'on s'habille directement sur l'arbre, avait répliqué Maria.

– On va vous offrir un fer à repasser.

– On en a déjà un, on l'a perdu.

– Où ça ?

– Dans l'appartement...

Elle avait hésité à poursuivre, puis, en retenant difficilement un sourire :

– La planche aussi... On ne sait pas où elle est passée...

Il y avait aussi le bureau de Barnabé, au fond du couloir, quelques planches de bois flottant au milieu de cartons de livres conservés depuis les premiers mots lus.

Et planté au milieu de ce radeau, un micro-ordinateur.

La machine ronfle doucement, l'écran bave un peu d'ambre, le clavier cliquette... chuttt... Barnabé écrit, il ne faut pas le déranger.

Maria, elle, travaillait depuis peu. Admise au Centre de formation des journalistes à son retour de Cuba, elle avait par la suite rapidement intégré l'immeuble colimaçon du journal *Libération*, au sixième étage, une mappemonde gonflable suspendue au-dessus de son bureau.

Quand un article inventoriait les conséquences de la hausse du prix du pétrole sur l'économie des pays d'Amérique latine, MS c'était elle.

Un jour, elle retournera à Cuba, elle ira dans l'ancienne propriété de ses parents, un exemplaire de *Libération* sous le bras.

Elle demandera aux nouveaux occupants l'autorisation de s'asseoir quelques moments sous la véranda. Là, elle lira son journal, de la première à la dernière ligne. Tranquillement, c'est tout.

Elle a envie de faire ça un jour.

Mais pour l'heure le climat est au fromage.

Mohcène dépose une série de petites assiettes liserées d'un filet bleu minéral, puis revient en poussant la table roulante sur laquelle repose le majestueux plateau de fromages.

Sur plus d'un mètre carré, des pyramides cendrées, des colonnes blanches se dressent entre de plus nonchalants cercles dont certains, entamés, s'écoulent dans les ruelles de paille.

Mohcène est maire de l'étrange ville nouvelle.

Il avance au milieu du U. Les conversations s'éteignent. Une chape de silence admiratif se répand au fur et à mesure qu'il atteint le cœur de la tablée.

Parmi ces paires d'yeux émerveillés, il en est une

qui scrute différemment. Celle de Paul. S'il devait produire une définition de l'Inachevé, ce serait sans nul doute : « Un repas sans fromage. »

C'est toujours une surprise, pour qui apprend à connaître Paul, de découvrir la vénération qu'il porte aux fromages. Anne-Françoise, par exemple, n'oubliera jamais ce qu'il lui souffla lors de sa première caresse :

– Ta peau a le velouté d'un camembert de ferme...

Puis lorsqu'elle allaitait Tatave, un jour qu'il regardait une goutte de l'épais colostrum sourdre à l'extrémité du téton bruni :

– La supériorité éternelle de la femme sur l'homme ce sont ses seins, deux fontaines à fromage qui prodiguent la vie et nous rabaisseront toujours au rang de porte-couteau...

Le lyrisme guette Paul lorsqu'il s'agit de fromages.

Il connaît tous leurs secrets, les températures auxquelles il faut les consommer, selon qu'ils soient obtenus par coagulation du lait, simple, ou suivie de fermentation et qu'à son tour cette fermentation soit naturelle ou affinée.

Les vins qui accompagnent mieux une pâte molle ou pressée ou bien dure, persillée ou pas, chauffée, cuite ou fondue.

Les pains, même, qui conviennent spécialement à un fromage fabriqué à partir de lait de chèvre, de vache, de yack ou de tout autre mammifère, conformément à la fantaisie régionale.

Paul est membre d'honneur de la très éminente Confrérie dégustative des fromages de France, aux agapes de laquelle il participe à chaque pleine lune en forêt de Rambouillet.

Aucune de ses bandes-dessinées n'exclut le divin mets.

Dans ses bulles on prend toujours le temps de savourer un brie ou un vacherin et il est arrivé qu'un de ses personnages refusât une nuit d'amour pour une portion de fourme d'Ambert.

Il travaille sur un projet de dessin animé. Le sujet en est un plateau de fromages qui se métamorphose en orchestre de jazz. Chaque variété, selon sa personnalité, se transforme en instrument de musique et s'anime à la manière du service à thé d'*Alice au pays des Merveilles* de Walt Disney.

Improvisent la mélodie euphoniques angelot, jonchée, mignon, chabichou, sassenage et cancoillotte.

Tandis qu'à l'orée du plateau se développe la section rythmique. Le charleston susurre : petit-suisse petit-suisse... petit-suisse petit-suisse...

La grosse caisse assène CA-CAMEMBERT GE-GERARDMER et SAINT-SAINT-SAINT NECTAIRE !!

Kan-Tal ! Ches-Ter ! Et Dam et Dam et Dam ! rythment les caisses-claires.

Au centre, la section de cuivres arpège en fulgurances : Montasio zio zio ! Gorgonzola lalala !

Près du couteau à pointe bifide, les saxos barytons s'élèvent et ponctuent : Gex ! Sbrinz !! Sbrinzgex !

Enfin, en périphérie, on entend le staccato des violons scander joyeusement :

cou lo mmiers, cha vi gnol

cou lo gnol, cha vi mmiers

cou vi gnol, cha lo mmiers,

quand le légato des violoncelles murmure gravement :

emmenthal... livarot... reblochon...

emmenthalivaro... livaroblochon... emmenthalivaroblochon...

Son attention captivée par un cantal corsé que Mohcène tranchait avec prudence, Paul remarqua à peine dans l'angle supérieur gauche de son cône de vision la silhouette de Bimtou qui venait d'apparaître et se penchait à l'oreille d'Anne-Françoise.

Voici ce qu'en substance elle lui confiait, très très bas :

– ... ...

– Quoi ? fit Anne-Françoise. J'ai rien compris...

Bimtou eut un petit sourire gêné, elle recommença en desserrant un peu les dents :

– Faut... ... te parle... ... ... maintenant... ... important...

Anne-Françoise écarta son visage pour déchiffrer celui de Bimtou. Ce qu'elle put y lire parut urgent :

– Là-haut ? suggéra-t-elle.

Bimtou acquiesça.

Anne-Françoise se leva sous les regards intrigués de Lydie et Tatave, au moment où Mohcène se plantait en face d'elle, le couteau à fromage en guise de point d'interrogation.

– Mets un peu de chèvre, s'il te plaît... Choisis celui que tu veux... Je reviens de suite...

Puis elle quitta son siège en direction de l'escalier où Bimtou l'avait précédée.

– Je viens avec vous, maman !

– Non, tu restes là ! répliqua-t-elle d'un ton sans appel... J'en ai pour une minute.

– Mais j'aime pas le fromage, insista Tatave.

– Dégénéré, fustigea Paul ! Tu obéis à ta mère !

Tatave se renfrogna dans son siège.

Lydie, attendrie, lui prit la main et le gratifia d'un clin d'œil.

– Bon, alors c'est l'histoire d'un petit garçon qui faisait le même mauvais rêve toutes les nuits...

Tatave ouvrit deux grandes billes émerveillées, un sourire dessina un collier à son visage et Lydie poursuivit :

– ... chaque nuit, en songe, il voyait un hideux cauchemar caché dans le placard de sa chambre... C'était un énorme monstre tout vert, avec d'immenses dents pourries et des tentacules marron à la place des bras...

Tout en racontant, Lydie suivait du coin de l'œil Bimtou et Anne-Françoise qui disparaissaient vers le premier étage.

Le trajet de son regard croisa soudain celui d'Oscar, lui aussi perdu, là-haut, dans l'ombre du virage de l'escalier.

Quand il s'aperçut qu'elle l'avait surpris, il détourna la tête et demanda à Paul, comme si de rien n'était :

– C'est vrai que Tatave il n'aime pas le fromage ?

– C'est pire, répondit Paul. Il n'aime que la Vache Qui Rit.

Bimtou et Anne-Françoise étaient assises dans l'obscurité de la salle déserte.

Elles n'avaient pas eu envie d'allumer la lumière. Elles s'étaient installées à une table sans nappe, près d'une des fenêtres qui donnaient sur l'avenue. L'enseigne néon Au Petit Marguery éclairait leurs visages en rose.

C'est Bimtou qui parlait, d'une voix calme, au débit régulier, le regard rivé sur l'extérieur, où la neige avait presque totalement fondu :

– Je ne peux pas avoir de montre... Je les fais toutes fonctionner de travers... même la pendule de ma voiture avance à l'envers. J'ai un poignet fou, une sorte d'antimain verte à montres... Toute petite, j'avais une de ces montres qui se remontent au mouvement... Elle tombait tout le temps en panne... Pourtant je n'étais pas le genre de gamine à garder mon bras immobile plus de deux secondes... L'horloger refusait de me croire... Quand je lui portais à réparer il disait à ma mère que je faisais exprès de la laisser tomber pour la casser... Alors, un jour, la montre s'est à nouveau arrêtée sans raison et j'ai emmené ma meilleure amie avec moi pour témoigner... Nous étions toutes les trois dans sa boutique, ma copine, ma mère et moi... Ma copine a parlé, elle a dit que je n'avais pas fait tomber la montre, qu'elle avait tout vu, le mouvement de la trotteuse ralentir d'abord, puis marcher à l'envers avant de s'interrompre définitivement... L'horloger a éclaté de rire, il a pris ma copine par l'épaule et l'a foutue dehors... Ma mère m'a filé une claque... C'était terriblement injuste... On a voulu se venger... Alors, comme l'horloger avait un gros matou qui roupillait tout le temps dans sa vitrine, au milieu des bijoux, ma copine et moi on est revenues plus tard avec le chien de son frère, un gros bouledogue, et on lui a montré le chat au travers de la vitrine... On l'a excité : oh ! le vilain chat ! Berk ! il est pas joli le chat ! Le chien s'est mis à gronder, à aboyer... et le chat à cracher, à faire le gros dos, il avait tout le poil hérissé, on aurait dit un porc-épic... Quand l'horloger s'est rendu compte de ce qui allait se passer, il a foncé depuis son comptoir, mais c'était trop tard. Le bouledogue était tellement énervé qu'il a bondi en direction du chat... Toute la vitrine de l'horloger est descendu d'un coup ! Les sirènes d'alarme se sont mises en route ! Le chat s'est barré dans la rue et nous on s'est enfuies en courant... Heureusement le chien du frère de ma copine n'était pas blessé. Quand l'horloger a voulu porter plainte, on a dit que c'était pas nous, qu'au même moment on était au catéchisme, et comme l'horloger n'avait pas de témoins, il n'a rien pu prouver... Il en a eu pour plusieurs briques pour faire refaire sa vitre en verre Securit... Après ça a toujours été comme ça avec toutes mes montres, même celles avec un remontoir. J'ai une mauvais influence sur les mécaniques de précision... alors tu imagines l'effet sur les minutieux rouages d'un nourrisson... Non. Celui-là, je ne peux pas le garder.

En bas, Mohcène continuait de faire le tour de la table en offrant ses fromages.

– Je suis le Roi mage d'Orient, dit-il en découvrant une rangée de dents jaunies, et voici mes présents !

– La myrrhe et l'encens ont foutrement changé d'odeur avec les siècles, fit remarquer Barnabé.

– Moi, par contre, en petit Jésus, je me sens pile dans le rôle... Tout nu, entouré d'un âne en chaleur et de quelques paysans bien bâtis..., glissa Daniel à voix basse.

– Qu'est-ce que tu dis ? interrogea Danièle.

Daniel grimaça à l'intention de Barnabé, comme un enfant pris en faute, puis se retourna vers sa femme, le visage transformé d'un sourire pur et innocent.

– Je disais à Barnabé combien j'enviais le petit Jésus... Tous ces cadeaux à la naissance... un destin exceptionnel...

– Mais une mort atroce, souligna Barnabé.

– Il le fallait pour le pardon de nos péchés, rétorqua Danièle.

– Bien sûr, bien sûr..., marmonna Daniel, avant de s'adresser à Mohcène : Chef ! Donne-moi un peu de cet époisses... Il pue tellement qu'il faut que quelqu'un le mange avant qu'on soit tous asphyxiés. Je me dévoue, je suis comme ça, c'est mon côté nouveau chrétien...

Danièle échangea avec Mylène un pauvre sourire, tandis que Mohcène servait le fromage d'Epoisses.

– Merci, chef !

Mohcène aimait qu'on l'appelle chef, comme le chef.

Un jour le chef avait dit, après avoir viré un des apprentis qui n'allait pas à l'école :

– Je fais mon boulot de chef et je dois continuer à le faire bien, même à contrecœur, sans chercher à me faire apprécier... Et comme il aimait bien le jeune gars qu'il avait renvoyé, il avait ajouté : Ni à me faire consoler...

Mohcène avait trouvé ça beau et il avait demandé à Ahmed Yefshah qui tient le bar du Delta de l'écrire pour lui dans sa prochaine lettre à sa femme.

Ainsi, elle avait reçu ce message : Ici tout va très bien, il fait beau, il y a beaucoup de clients, je fais mon boulot de chef et je dois continuer à le faire bien, même à contrecœur, sans chercher à me faire apprécier ni à me faire consoler, et je gagne bien de l'argent, et voici la preuve en tant que telle sur la photo et le mandat.

Le mandat était de 200 francs.

La photo avait été prise par Joséphine, pour fêter son anniversaire.

La mise en scène était de Mohcène. Hippolyte lui avait prêté pour la circonstance une de ses vestes et un de ses pantalons de cuisinier. Mohcène, quatre torchons blancs noués autour de la taille, brandissait dans sa main droite, tel un sceptre, une longue louche en cuivre et reposait sa main gauche sur un livre de recettes que lui présentait cérémonieusement Paolo, un genou à terre. Derrière eux, Riquet, le dos courbé, épluchait des patates qu'il semblait déposer au fur et à mesure à ses pieds, en offrande charitable.

Quand elle reçut la lettre, sa femme cracha à plusieurs reprises sur le sol en terre battue.

Une première fois, en voyant le montant du mandat, et elle dit :

– Parade, mon mari ! Dépense ton argent chez les Français ! Depuis que ton cousin me fait l'amour, c'est un autre sang qui coule dans les veines de tes enfants et lui il est plus riche que toi ! Grâce à Dieu, je ne fais plus la cuisine dans des plats en terre !

Puis une deuxième fois, à la vue de la photo, l'analogie liturgique ne lui ayant pas échappé :

– Tu finiras comme leurs abbés, à trifouiller sous les djellabas de nos enfants en prétendant leur ouvrir les portes du paradis !

Enfin une troisième fois, en soulevant le couvercle du nouveau couscoussier. La semoule avait attaché sur l'Inox. Dehors, un coq chanta.

Mohcène n'avait jamais rien su de la vérité des sentiments que sa femme nourrissait à son égard.

A chaque lettre d'insultes qu'elle lui faisait adresser par le mollah du village, il exultait.

– Ma femme m'écrit, elle m'aime, c'est une femme heureuse et elle me rend heureux. Même si nous sommes si loin l'un de l'autre ! Fais-moi penser à lui rajouter 50 francs sur le prochain mandat !

Mohcène ne savait pas lire. Alors il portait les lettres à Ahmed Yefshah, au bar du Delta. Mais celui-ci n'avait pas le cœur de retransmettre à son ami les promesses d'enfer, les torrents d'insultes païennes et les répudiations définitives contenues dans les missives.

Aussi traduisait-il :

– Elle écrit qu'elle t'aime, que grâce à toi elle est une femme heureuse même si vous êtes loin l'un de l'autre...

Mohcène était comblé, il payait une tournée générale et voyait avec bonheur que son geste déclenchait l'hilarité générale. Même s'il n'en comprenait pas la raison profonde.

Présentant le plateau de fromages à Danièle il disait maintenant en désignant Daniel :

– Tu es jeune mariée ? Avec lui.

– Oui, minauda Danièle, depuis quelques semaines.

Mohcène approuva en connaisseur et reprit, docte :

– S'il doit partir dans un pays étranger, comme j'ai fait, tu devras lui écrire toutes les semaines, et ton mariage sera fort ! D'accord ?

– Euh... oui, d'accord...

– Bien ! Tiens, prends du roquefort, il est bon.

Machinalement, Danièle tendit son assiette et Mohcène lui servit un gros triangle du fromage moucheté.

– C'est beaucoup, fit Danièle qui n'avait plus faim.

– Tu prends la pilule ? répliqua Mohcène du tac au tac.

– Oui, mais...

– Ça c'est moins nocif ! Les Egyptiennes elles se faisaient des tampons avec de la crotte de crocodile et des éponges de mer, c'était naturel ! Le roquefort, c'est naturel, moi c'est mon fromage préféré, je te le donne en cadeau pour ton mariage.

– Bon... merci, répondit Danièle, très déconcertée.

Elle se tourna sur sa gauche. Daniel lui tendit la paume de sa main pour qu'elle l'embrasse.

Mohcène avança fièrement sa table roulante d'un petit mètre et se retrouva face à Mylène.

– J'en veux pas, Momo, elle lui dit... Il est où M. Iroulégui ?

– En cuisine avec la patronne, il prépare le dessert.

– Quand tu auras fini, tu peux lui demander de venir dans la salle ? On va lui offrir son cadeau.

Elle sortit de sous la table la canne à pêche, emballée dans son étui de cuir noir. Mohcène acquiesça d'un sourire complice, puis il prit le couteau à fromage, tailla une part de roquefort qu'il déposa d'office dans l'assiette de Mylène.

– Mais j'en veux pas je t'ai dit !

– Un peu c'est bon, Mylène...

Et il rougit.

Mohcène avait toujours eu un faible pour Mylène qu'il avait, année après année, observée se transformer en femme au travers des deux petites vitres de la porte de la cuisine.

– Hé ! Momo ! T'as fini de mater ! Vieux dégueulasse ! se marrait Riquet quand il le surprenait, songeur, à guetter Mylène dans la salle.

– Laisse tomber, Momo, rajoutait Paolo, t'oublie que t'es un Arabe !

– Je suis pas arabe, je suis kabyle premièrement ! Et la petite, je la connais depuis avant que vous soyez ici ! Je l'ai vue quand elle avait huit ans la première fois...

– Les Arabes ils ont de la suite dans les idées... philosophait Paolo.

Ce qui faisait généralement rétorquer Mohcène :

– C'est pour ça qu'ils sont venus en Espagne pendant des siècles pour baiser vos mères.

La tension était à son comble lorsque Mylène profitait d'une de ses visites pour donner un coup de main à Joséphine, en salle.

Mohcène collait son nez au hublot et les plaisanteries allaient bon train.

Un jour de cohue la conduisit à pénétrer dans la cuisine. Mohcène en la voyant approcher se recula précipitamment. Il fila à sa plonge et enfonça ses bras nus dans l'eau de vaisselle tiède et stagnante. Des milliers de globules graisseux lui adressaient leurs regards ironiques.

Mylène, à peine la porte battante poussée, se dirigea vers Paolo.

– Mme Iroulégui m'a demandé de vous passer la commande pour les deux, sous l'escalier !

– Oui... Oui..., balbutia Paolo.

– Alors deux cailles !

– Deux cailles, répéta Paolo d'une voix duveteuse... Ça marche...

Elle lui sourit, fit demi-tour et quitta la cuisine en lévitant. Le regard de Paolo annulait toute pesanteur. A cette occasion, Riquet comprit que son pote en pinçait aussi pour Mylène. En bon camarade il en référa aussitôt à Hippolyte.

– Je ne veux pas de ça ! il gueula. C'est la sœur d'un copain de mon fils ! D'abord elle est trop jeune pour toi, Mohcène, et trop vieille pour toi, Paolo ! En dehors d'ici vous draguez qui vous voulez, mais dans ma cuisine, pas question ! Je ne veux plus entendre parler de ça ! Compris ?

– Oui, chef, avait répondu penaud Mohcène.

– Oui, chef, avait répondu penaud Paolo.

Depuis ce jour, deux plaques de contre-plaqué obstruaient les carreaux de la porte de la cuisine.

Qui s'ouvrait maintenant en grand pour laisser passer Hippolyte. Mohcène suivait tout excité :

– J'ai fini de servir le fromage, chef ! Je crois que les jeunes ils veulent vous voir...

Joséphine les rattrapa en essuyant ses mains sur un torchon. Elle se retourna avant de quitter la cuisine et lança :

– Riquet et Paolo, quand vous avez fini avec le four, vous nous rejoignez ?

Elle disparut dans la salle, la porte froissa l'air en se refermant. Paolo et Riquet se regardèrent, intrigués. Une seconde plus tard, la tête de Joséphine réapparaissait entre les deux battants :

– On va tous écrire un petit mot sur sa veste, expliqua-t-elle à voix basse. Ce serait gentil que vous lui mettiez quelque chose aussi...

– Mais on n'est pas très forts pour ça... On l'aime bien le chef, mais on sait pas trop quoi écrire...

– Simplement ce que tu viens de dire Paolo et ça lui fera très plaisir...

Une clameur de joie s'éleva lorsque Hippolyte, après un dernier pas maladroit, s'immobilisa au milieu du U.

– Vous m'avez fait demander ? fit-il, les yeux brillants.

Tatave se pencha vers Lydie :

– Qu'est-ce qu'elle fait, maman ? Ça fait une heure qu'elle est là-haut ?

– Je vais aller la chercher, il faut qu'elle soit là pour la remise du cadeau, répondit Lydie qui n'attendait qu'une occasion pour se lever.

A plusieurs reprises, tandis qu'elle racontait l'histoire du cauchemar, elle avait surpris Oscar les yeux fixés en direction du premier étage. Tatave s'était plaint de la médiocre qualité de son récit. Un pressentiment mystérieux l'assaillait.

A l'enfant, qui voulait la suivre, elle fit signe de rester assis et de se taire. Trois enjambées plus tard elle gravissait l'escalier. Oscar n'eut pas le temps de réagir.

Au premier étage, Bimtou se hâta de plier le papier sur lequel Anne-Françoise avait écrit l'adresse de la gynécologue.

– Je ne veux pas que ça se sache. Surtout pas eux, dit Bimtou en désignant, là-bas, dans l'obscurité, la cage d'escalier d'où leur parvenait par éclats la voix d'Hippolyte, indistincte, ponctuée de rires.

– T'inquiète pas, j'ai l'habitude, répondit Anne-Françoise, mystérieuse.

Les deux filles se levèrent.

– Tu veux dire que l'une d'entre nous... t'a déjà demandé ce genre de renseignements ?

– Si je répondais à ta question, demanda Anne-Françoise, tu me ferais confiance pour d'autres fois ?

– Non, répondit sans hésiter Bimtou.

– Alors je ne te le dis pas...

Bimtou regarda les deux chaises maintenant vides qui faisaient face à la fenêtre. L'idée qu'en cet endroit Anne-Françoise ait pu recueillir, avant les siennes, des confidences similaires de la part de Mylène ou Maria, voire Lydie, la fit sourire. Elles avançaient à pas lents, la rumeur du rez-de-chaussée se fit plus précise.

– Tu peux au moins me dire, reprit Bimtou, si le père était l'un d'entre eux ?

– Je t'ai dit que je ne répondrais pas.

– Ecoute, c'est important pour moi de savoir si le père est parmi eux... si ce n'est pas la première fois que...

Anne-Françoise s'arrêta.

– Pourquoi ? Pour toi... le père est... dans la salle, en bas ?

Bimtou baissa la tête, sa main caressa le bois de la rampe d'escalier. Elle allait répondre quand elle entendit le craquement sec d'une latte de bois.

Elle se raidit, sa main fila au contact du bras d'Anne-Françoise, le rythme de son cœur s'accéléra.

Quelques marches plus bas, une silhouette quittait la pénombre.

Elle reconnut Lydie.

Lydie souriait de bon cœur.

– Alors qu'est-ce que vous fichez ? Tout le monde vous réclame en bas... On va offrir son cadeau à M. Iroulégui...

– On descendait..., répondit Anne-Fançoise, subitement mal à l'aise.

– Tu sais, les confidences de filles, ajouta Bimtou sans se démonter.

– J'imagine, oui, conclut Lydie en faisant demi-tour. Puis elle ajouta d'un ton anodin :

– Elle est grande cette salle en haut... Tout cela fait une drôle de superficie. Ils ont dû vendre assez cher tout de même...

– Oui, 3 ou 4 millions, je crois, répondit Bimtou sur le même mode.

Anne-Françoise restait légèrement en retrait.

Elle eut le sentiment d'avoir compris qui était le père de l'enfant que portait Bimtou.

Le visage de Mylène déboucha du cou d'Hippolyte. Les cheveux en bataille, les yeux rougis, la joue mâchée de l'avoir étreint si fort. Un moineau qui passe la tête hors du nid pour la première fois.

– Eh beh ! Eh beh ! Laisse-moi le temps de devenir retraité avant de m'étouffer !

– Oui... excusez-moi..., dit-elle, la voix étrangléee par l'émotion.

Elle eut un haussement d'épaules enfantin et déclina sa moue de la joie à la tristesse.

– Allons, allons, fit doucement Hippolyte en lui passant la main sur la joue pour arrêter une petite larme.

– C'est bête..., elle murmura.

– Non, c'est gentil, répondit Hippolyte, en serrant contre lui l'étui de la canne à pêche. Ça me fait très plaisir...

Mylène renifla, elle se tourna vers ses copains, émus, qui assistaient à la scène en silence. Elle dit :

– C'est de notre part à tous...

Puis, de nouveau, elle le regarda. Et son regard se figea. Là. Entre les sourcils d'Hippolyte. A la base de son nez. Deux minuscules mires étaient inscrites à l'encre bleue. Gravées à jamais dans sa peau.

Hippolyte se déroba. Il baissa son front.

Il ouvrit l'étui d'un geste rapide, en retira la canne télescopique. D'un petit coup de poignet, il fit jaillir les éléments emboîtés les uns dans les autres. Il serra chaque articulation d'un quart de tour. Maintenant, cinq mètres de fibre de carbone traversaient la salle de part en part.

Le léger alliage vibra quand l'air fut bousculé par la salve d'applaudissements.

Les amis de Barnabé, dressés, ovationnaient Hippolyte. Quatre clients encore présents à cette heure se mirent debout sur leurs chaises pour mieux voir.

Maria rejoignit Barnabé. Elle lui prit la main et ils applaudirent à deux, de leur main libre.

Mohcène enveloppa l'épaule de Mylène et lui prodigua d'amicales bourrades en rigolant.

Paolo et Riquet se mirent à frapper des pieds sur le sol en jappant des cris d'Indiens.

Au milieu de tous, Bull se dandinait en oubliant qu'il avait un fouet collé au bout de son postérieur.

Le Polaroïd de Joséphine bourdonnait sans interruption.

A chaque fois qu'il tirait la langue, un nouveau cliché venait sécher sur le coin de la table. Dès qu'une cartouche était vide, elle en rechargeait une autre qui surgissait par enchantement d'entre ses doigts vifs. Les flashes découpaient la joie en tranches d'éternité.

Dans l'euphorie, personne ne remarqua que sur plusieurs clichés, au milieu des visages hilares, des bras levés et des corps en mouvement, on distinguait Oscar et Lydie face à face, immobiles et muets.

Paul s'avança vers Hippolyte qui ferrait d'imaginaires saumons au-delà du lustre et les bataillait jusqu'à la franc-comtoise.

– Monsieur Iroulégui... hum..., dit-il, confus. Voilà... j'avais la charge du moulinet, et...

Hippolyte interrompit sa pêche aérienne pour écouter Paul qui poursuivait, embarrassé :

– Vous allez penser que je suis complètement idiot, mais le moulinet... je l'ai perdu... cet après-midi au cinéma... juste avant de venir... Et le temps de m'en rendre compte, d'y retourner, il avait disparu, bien sûr...

Un calme amusé s'était installé. Sa timidité native, trempée d'un certain nombre de verres de rouge, conduisait Paul à scruter la mosaïque du sol, comme à la recherche d'une clef de répartition des couleurs et des formes géométriques.

– Ce n'est pas grave, le rassura Hippolyte, il ne fallait pas de toutes les façons, c'est déjà tellement gentil de votre part à tous...

– Non, insista Paul. J'irai vous en chercher un autre dès demain... C'est de ma faute, c'est toujours comme ça, quand je vais au cinéma...

– Tu as vu un bon film au moins ?

– Un film russe, primé, au Cosmos.

Hippolyte acquiesça sans comprendre.

Barnabé sourit et confia à Maria :

– Une fois je suis allé au cinéma avec Paul, il avait un parapluie... Comme il avait peur de l'oublier, il a ôté ses chaussures et les a déposées à l'intérieur du parapluie...

– Alors ? fit Maria, sceptique

– Eh bien finalement, il est sorti pieds nus de la salle et il ne s'en est rendu compte que dehors... parce qu'il pleuvait.

– Je te crois pas, banane.

– Lui non plus n'y croyait pas.

Tandis qu'ils parlaient, Hippolyte voulut éprouver la souplesse et la légèreté de sa nouvelle canne.

Un peu ample au départ du poignet, l'oscillation transmise au scion se transforma en volée dangereuse. Au sommet des étagères du bar, une bouteille de poire Morand fut giflée de plein fouet. Elle décolla.

Une décharge électrique parcourut cent soixante-six centimètres, Thomas, de haut en bas.

Il s'élança tandis que les autres tassaient leurs têtes dans leurs épaules par réflexe de protection. Il bouscula Bull au passage, ses mains se projetaient en avant, en direction de la bouteille qui tournoyait sur elle-même en se rapprochant du sol à grande vitesse.

On distinguait la poire verte qui donnait son goût au délicieux breuvage, ballottée dans tous les sens.

Les yeux d'Hippolyte s'écarquillaient, lentement, très lentement.

Joséphine se tourna, la bouche déformée par un cri qui naissait.

Dans moins d'une seconde la bouteille allait se désintégrer sous le choc, des milliers d'éclats de verre scintilleraient, le temps d'un éclair. L'alcool, pulvérisé en gouttes innombrables, serait perdu et la poire irait rouler sous un meuble, où elle se flétrirait, au contact de l'air, en quelques minutes.

Un parfum fruité et enivrant subsisterait, seul, dans le silence qui suivrait.

C'était compter sans Thomas.

Qui, tel un joueur de rugby, venait de plonger, corps arqué, bras tendus, paumes tournées vers le ciel.

Ses genoux heurtèrent violemment le sol, et son bassin, son torse qui s'écrasa avec un bruit mat, son menton amorti par le raidissement de sa nuque, puis ses coudes, ses avant-bras et enfin, ses mains, dans lesquelles reposait la précieuse bouteille, rattrapée au dernier moment, étincelante.

Intacte.

Il se retourna en grimaçant et en se massant les genoux, son pantalon était déchiré mais la peau n'était pas écorchée. Il dit en riant :

– Une poire ordinaire, d'accord... mais de la Morand, j'ai pas supporté l'idée.

On siffla, on cria bravo, on le félicita. Joséphine se précipita pour l'aider à se relever.

– J'ai de l'arnica, si tu veux, pour les coups c'est parfait.

– Non, ça ira, madame Iroulégui, je vous remercie... Par contre, poursuivit-il, yeux clos, en ôtant le bouchon de la bouteille et en laissant l'exhalaison raffinée flatter ses narines... Je ne serais pas opposé à une petite rasade...

– L'abri le plus sûr que je connaisse pour ce genre d'alcool, surenchérit Hippolyte, c'est l'estomac !

Ahhhh !

Mylène se précipita derrière le bar.

Elle attrapa plusieurs cubes de glace qu'elle déposa dans les verres à alcool. Ses paumes se refermèrent sur les ventres bombés et d'un mouvement auquel participait l'ensemble de son bras depuis l'épaule elle leur imprima une rotation lente et méticuleuse. Peu à peu, le givre se déposait sur le verre. Elle se souvenait de ces gestes familiers, de ce contact contre sa peau, froid, de plus en plus froid.

Julien, attendri, ne la quittait pas des yeux.

– Ma sœur, gémit-il, a toujours adoré ce qui touchait à l'eau... Et je m'en veux... parce que bientôt elle ne pourra plus s'amuser ici... Depuis qu'elle est toute petite, elle farfouille derrière ce bar...

– C'est toujours mieux que de s'écrouler devant, répliqua sèchement Danièle, agacée par la facilité avec laquelle ce garçon basculait dans la morosité larmoyante.

Julien se détourna en soupirant. Décidément, l'incompréhension disputait à l'azote son rôle de composant principal de l'atmosphère. Il vacilla donc en direction du comptoir.

– Mimi..., supplia-t-il. La poire est abyssale, et j'y plonge !

Mylène rejeta les glaçons dans l'évier dès que le premier verre fut suffisamment givré puis elle servit son frère. Il respira longuement l'alcool blanc avant d'y tremper ses lèvres.

– Merci Mimi, soupira-t-il, éperdu de reconnaissance. Un jour j'achèterai une maison avec un grand bar rien que pour toi... à tempérament... grâce à l'excellence de nos produits financiers...

– Au suivant ! trancha Mylène.

L'instant avait ceci de particulier qu'il se situait entre le fromage et la poire.

Rapidement, le contenu de la bouteille fut mis à l'abri. Une étoffe de gaze se déposait sur les esprits. Barnabé s'empara du récipient, vide, le tournant et le retournant entre ses mains. Il détailla longuement la poire à l'intérieur. Le fruit se révélait grotesque, inutile et rétréci. Au fur et à mesure de son observation un sourire cruel se dessina sur son visage. Il eut envie d'un geste dérisoire. Et soudain se pressa vers la sortie.

Ses amis intrigués s'écartèrent sur son passage.

Il ouvrit la porte qui donnait sur l'avenue, hésita encore une seconde, puis poussant un grand cri libérateur, leva les bras, brandit la bouteille au-dessus de sa tête et la jeta en l'air le plus loin possible.

Thomas éclata de rire. On entendit l'explosion du verre sur la chaussée. Alors Barnabé se retourna et leur lança :

– Maintenant, on signe la veste !

Il était 23 h 15.

Joséphine, après avoir essayé plusieurs marqueurs moribonds, finit par en dégoter un dont la pointe feutre n'émettait pas cette manière de grincement qui vous fait rentrer la mâchoire dans les oreilles.

– Qui commence ? cria-t-elle en agitant sa découverte.

– Barnabé ! proposa Paul.

– Barnabé ! Barnabé ! Barnabé !

Ils reprirent tous en chœur.

– Non, non, non, protesta Barnabé, paniqué. Quelqu'un d'autre d'abord...

L'insouciante effervescence déclenchée par l'annonce des signatures l'avait mis mal à l'aise. La nécessité de trouver une phrase originale, ou intelligente, le paralysait. En quelques secondes, la bonne idée s'était transformée en obligation ogresse. Jamais il n'arriverait à trouver une façon subtile d'écrire à son père.

Paul vint à son secours en s'emparant du marqueur. Il inaugurerait l'ouvrage. Il fit asseoir Hippolyte à l'envers sur une chaise et, penché sur son dos, débuta un dessin qui s'étendait d'une épaule à l'autre.

– Laisses-en un peu pour les autres, fit Daniel. Moi aussi j'ai des trucs à dire !

– Ouais, ajouta Bimtou, on n'est pas au tac au tac à la télé...

– Et moi je réserve une manche !

– T'as une idée si longue ?

– Moi aussi je veux une manche !

– Heureusement qu'il est pas manchot !

– Et toi, Oscar, tu veux quoi, le col ?

Pas de réponse.

– Oscar ?

– Oscar s'est absenté deux minutes, il revient de suite, répondit Anne-Françoise, assez froidement.

Bimtou tiqua. Elle se retourna et constata que Lydie aussi avait disparu.

Sur l'avenue, Oscar et Lydie marchaient côte à côte, la nuque courbée vers le sol, les bras croisés sur la poitrine, soit parce qu'ils avaient froid, soit parce que cette posture les aidaient à trouver leurs mots.

Lydie avait dit tout de suite :

– Tu as fait l'amour avec Bimtou. Elle attend un enfant de toi.

Oscar avait ouvert la bouche, libérant un nuage de vapeur d'eau pour seule réponse. La peur avait gagné ses yeux, ronds et fixes, comme s'ils ne voyaient plus. C'était la peur de la perdre, c'était l'arrachement d'une partie de lui-même dont il n'avait jamais estimé l'importance jusqu'à cet instant, qui se vrillait en lui.

– Tu m'as menti...

La honte et la douleur s'entendaient pour le bâillonner. Il fit juste « oui » avec la tête.

Les questions se pressaient dans l'esprit de Lydie, immédiates, celles du corps, auxquelles elle avait envie de l'entendre répondre des chiffres, combien de fois, depuis quand ? Des qualificatifs... C'était mieux, plus lent, plus rapide, plus sportif ?.. Exotique ? Et son odeur, son goût, ses cris ou son silence... Quand vous avez envie de baiser... car ce mot elle avait maintenant envie de le crier :

– Où est-ce que tu la baises ?!! Dans un hôtel ? Donne-moi un numéro de chambre, un étage, la lumière d'une cage d'escalier... Où était-ce, chez nous, chez elle... Tu l'as baisée debout ou allongée, dans le lit... dans la salle de bains... après ?.. Puis un souffle : encore...

– Ça s'est passé une fois, dans un hôtel merdique...

Lydie ferma les yeux. Elle n'avait eu que des soupçons, la conversation saisie tout à l'heure entre Bimtou et Anne-Françoise ne lui avait pas révélé le nom du père.

C'était juste un faisceau d'impressions qui l'avaient dirigé vers Oscar et son attitude avait fait le reste, comme s'il avait cherché à se dénoncer.

Oscar la vit vaciller, se plier en avant, il se précipita et lui saisit le bras. Le visage de Lydie était ridé, ses paupières crispées autour de ses yeux. Tout son corps paraissait clos hermétiquement pour retenir son chagrin. Une plainte déchirante parvint à se glisser entre ses lèvres. Oscar devina la puissance du cri qui la déchirait et dont ce gémissement n'était qu'un écho lointain. Il voulut la faire asseoir sur un banc mais elle refusa.

– Tu... tu l'aimes ?... elle articula en grelottant.

– Non.

– Et... l'enfant...

– Elle ne veut pas le garder.

– Parce que... tu lui as proposé ?

Lydie, effarée, écarquilla les yeux.

Oscar baissa les siens.

Il s'évanouit.

Quand il se réveilla, il vit le masque de Lydie, à l'envers, rougi, strié de larmes.

Loin derrière, les façades des immeubles, la lumière humide d'un réverbère chavirait.

Pendant les heures qu'avait duré son inconscience, il avait voyagé, loin, séparé d'elle.

Il sut que Lydie lui manquerait cruellement s'ils devaient cesser de vivre ensemble. Qu'il ne pourrait pas.

Il voulut lui dire, mais à nouveau les mots refusaient de prendre place sous sa langue. Il remua la tête en signe d'impuissance. Comme il était allongé par terre ses larmes venaient chatouiller ses oreilles. Ça le fit sourire. Et sourire le fit pleurer plus fort encore.

Alors il tendit ses mains à Lydie qui s'en empara doucement.

– Viens, dit-elle en l'aidant, relève-toi...

– Y a combien de temps que je suis par terre ? J'ai froid...

Il se serra contre elle.

– Deux secondes... Tu as juste perdu connaissance un instant...

– J'ai mal là..., fit-il en tâtant l'arrière de son crâne.

Il sentait sous sa main l'énorme bosse provoquée par le choc.

– C'est bien fait, répondit directement Lydie.

– Tu voudrais que je me fasse mal ?

– Que tu te casses une jambe et que tu l'avales, au moins...

Puis elle plongea sa main dans la poche du pantalon d'Oscar. Elle en ressortit la lettre que Daniel avait reçu pour le prévenir du repas.

– Tu as reconnu l'écriture tout à l'heure, hein ?

– Oui, répondit Oscar, c'est la tienne...

– Alors pourquoi tu ne m'as pas demandé d'explication ?

– Je sais pas...

– Moi je sais... Tu t'es dit que si je cachais quelque chose, ça t'aiderait à camoufler ton gros mensonge !

– Je... je...

Lydie l'entraîna sous une porte cochère. Ils s'y trouvèrent abrités du vent.

– C'est moi qui ai écrit à Daniel, continua-t-elle... Je l'ai vu par hasard, un jour. Je l'ai suivi jusqu'à chez lui sans me faire repérer, j'ai relevé sa nouvelle adresse et je me suis fait passer pour Barnabé en lui écrivant que mes parents partaient, et que ça ferait plaisir à tout le monde de le revoir à cette occasion... J'avais envie qu'on soient tous réunis ensemble, ce soir...

Elle fit une pause un instant pour se moucher et ajouta :

– Je suis vraiment trop conne... et trop naïve... Y en a qui se gênent pas pour être ensemble sans me demander mon avis...

– Non..., fit Oscar... Non il faut pas dire ça...

– Alors tu ne me demandes pas pourquoi je me suis fait passer pour Barnabé, pourquoi je n'ai pas tout simplement abordé Daniel pour lui dire qu'on serait tous contents de le revoir ?

Oscar ne répondit pas, il avait peur. Lydie continua, sa voix s'affirmait peu à peu, sa figure était transformée. Ce n'était plus la gentille Lydie aux rêves de propriété qui s'exprimait :

– L'endroit où j'ai croisé Daniel est une sorte de supermarché du cul, rue Saint-Denis. Il y a un sex-shop, un théâtre où des couples font l'amour sur scène et une espèce de club... de rencontres..., tu comprends ?

Oscar ne releva pas la tête.

– Je suis allée là-dedans sans vraiment m'en rendre compte. Ça faisait plusieurs semaines que je tournais autour de ce genre d'endroits. Une fois je suis même rentrée dans un cinéma où ils projettent des films pornos, mais quand j'ai vu le sourire du caissier je me suis enfuie. La rue Saint-Denis... je l'ai remontée et descendue plusieurs fois, comme ça pour voir. Des types m'abordaient, je ne leur répondais pas mais ça m'excitait. Et puis un jour, je suis entrée dans cet endroit. J'ai aperçu Daniel dans le club de rencontres, je me suis cachée... C'est pour ça que je me suis fait passer pour Barnabé, je n'avais pas envie d'avoir à fournir des explications...

– Pourquoi ? fit Oscar, désemparé. Pourquoi tu es allée là-dedans ?

Lydie se pinça les lèvres. Elle ne pleurait plus. Elle le regarda longuement avant de lui répondre :

– Parce qu'on ne fait plus l'amour, Oscar. Parce que tu ne me baises plus. Parce qu'on ne se l'est jamais dit et qu'on s'est contentés de s'habituer à la télé devant laquelle je m'endors, à tes bouquins qui t'empêchent de venir te coucher à mon côté puisque tu n'aimes pas lire dans le lit, à nos activités qui nous évitent de nous retrouver en tête à tête pendant la journée... La petite musique si simple du début a disparu, le désir s'est évaporé petit à petit... On n'a pas même pas lutté pour protéger ça. Alors peut-être que c'est ce que j'ai essayé de retrouver dans ce genre d'endroit, et toi, avec Bimtou, sûrement. L'enfant c'est un leurre.

Puis elle finit avec cette phrase, prononcée froidement :

– Tu ne m'as pas fait jouir depuis trois ans. Ça fait trois ans que je fais semblant.

La lâcheté d'Oscar lui apparut, si noire, qu'elle avait occulté son jugement pendant tout ce temps.

Jamais il ne s'était interrogé du moment qu'il parvenait, lui, à jouir.

– Pardonne-moi, murmura-t-il, honteux. J'ai tout gâché... Toujours. Je fais tout foirer...

Ses bras ballaient le long de son corps, sa respiration se calmait, ses traits se relâchaient.

– C'est énorme ce qui s'écroule, là..., murmura-t-il, accablé.

Il pensa à la télévision, bizarrement, à ce reportage sur les enfants nés avec la guerre, à leur errance au milieu des ruines. Etonnamment calmes et résignés. Ils regardent autour d'eux et jusqu'où leur vue les porte, il n'y a que destruction. Il ne peut y avoir de place pour l'espoir dans leurs esprits.

– Je comprendrai, si tu t'en vas, il dit.

– Oscar, répondit Lydie en lui enserrant les joues de ses mains chaudes, j'ai envie de trucs, de trucs qu'on n'a jamais faits, j'ai envie d'avoir envie de toi, encore...

A cet instant, un homme chargé d'un lourd sac de voyage descendit d'un taxi.

Il revenait d'un long voyage et était épuisé, heureux de rentrer chez lui. Il habitait là, dans cet immeuble dont ils avaient choisi la porte cochère comme refuge. Ils se poussèrent pour le laisser composer le code d'ouverture de la porte. L'homme leur sourit. Il aimait bien les amoureux enlacés.

Finalement, tout cela n'avait pas duré très longtemps.

Quelques minutes au maximum.

Le temps pour Paul d'achever son croquis à même la veste d'Hippolyte.

La scène se passe à l'Elysée.

Elle représente le président de la République, une mandoline à la main, agenouillé aux pieds d'un Hippolyte en toque et tenue d'apparat.

Le président supplie Hippolyte en lui chantant : *Ne me quitte pas*, tandis qu'au second plan un huissier demande au Premier ministre :

– Il passe à l'étranger ?

– Pire, répond l'homme d'Etat, en retraite.

En entendant les rires, Hippolyte voulut savoir, mais on lui ordonna de rester immobile et d'attendre patiemment que tout soit fini.

Paul signa discrètement son dessin et passa le marqueur à M. Perle.

– Ça me rappelle le début de notre mariage, dit Hippolyte en désignant Joséphine d'un geste du menton. Elle me faisait poser pendant des heures... Fallait tout le temps qu'elle s'entraîne pour pas perdre la main... Heureusement, elle s'est mise à faire des portraits d'après des photos.

– Si c'est la seule chose qui t'a marqué dans notre mariage, ça fait plaisir...

– Non, je me souviens aussi qu'avant de me rencontrer tu ne faisais pas pipi dans ton bain !

Joséphine rougit mais fut rapidement gagnée par l'hilarité générale.

Le dos d'Hippolyte ondulait, le tissu faisait des plis, M. Perle avait bien du mal à écrire correctement. Il chantonnait l'air de *L'auvergnat* et, quand il se redressa , on put lire la phrase qu'il avait écrite : « Merci à toi l'inconnu de cœur qui m'a donné un bout de pain quand j'avais faim. »

Il avait juste signé en dessinant une petite cloche sous la phrase.

La porte du restaurant s'ouvrit, livrant passage à Lydie et Oscar, serrés l'un contre l'autre.

– Mon Dieu ! s'écria Joséphine en voyant le pantalon d'Oscar, trempé et boueux, qu'est-ce qu'il vous est arrivé ?

– Rien, rien, sourit Oscar, j'ai un peu trop forcé sur le vin... J'ai voulu prendre l'air, et j'ai glissé, c'est rien du tout, vraiment...

– Oh ! Vous avez commencé la veste ? Oh ! la la, faites voir, vite ! pétilla Lydie en lâchant le bras d'Oscar, après l'avoir serré très fort une dernière fois.

Elle alla se placer derrière Hippolyte :

– Viens voir, c'est drôle !

– Eh bien, c'est votre tour, mademoiselle, fit M. Perle en lui offrant le marqueur.

Lydie eut une moue gênée, elle réfléchit une seconde ou deux, puis, très concentrée, s'agenouilla près d'Hippolyte.

– Là, je peux ? demanda-t-elle, en approchant la pointe de la manche.

– Vas-y, vas-y ! Au moins je pourrai voir ce que tu écris... De toute façon tout à l'heure tout sera plein.

Lydie commença à écrire.

– Tiens ? s'étonna Hippolyte. T'es gauchère, toi ?

– Mes parents n'étaient pas contrariants, répondit Lydie en haussant les épaules.

– Un droitier sur huit est un gaucher contrarié, commenta Thomas.

– Un cul-de-jatte sur deux aussi, répliqua Barnabé.

– Hé ? fit Daniel. Que dit-on d'un cul-de-jatte qui perd aussi ses deux bras et qui reste sur place quand on lui demande d'avancer ?

– Qu'il est devenu sourd, soupira Agamemnon qui connaissait le répertoire de son ami par cœur.

Celui-ci le gratifia d'un sourire complice, puis plongea sa main dans sa poche avec un air mystérieux. Il en ressortit le quart de bouchon de liège trouvé sur l'avenue et l'exhiba, le faisant tourner lentement entre ses doigts, avant de le lancer en l'air d'un geste vif. Agamemnon, troublé, faillit manquer la réception. Il regarda le bouchon dans sa paume, puis releva les yeux. Daniel rejoignait Danièle en tortillant du popotin.

Lydie relisait avec attention la phrase qui s'allongeait sur l'avant-bras d'Hippolyte.

– Voilà, minauda-t-elle... Je ne suis pas très douée...

Hippolyte en se tordant quelques vertèbres parvint à déchiffrer à l'envers l'écriture appliquée :

« A très bientôt, monsieur Iroulégui, dépêchez-vous de vous installer dans votre belle maison pour que nous puissions venir vous embêter là-bas et goûter les petits plats que vous ne manquerez pas d'y cuisiner. Lydie de Poussin. »

– C'est très gentil, Lydie, dit-il en lui posant la

main sur l'épaule... Je vais surtout me dépêcher de guérir et après vous serez tous les bienvenus, aussi souvent que vous le désirerez.

Elle lui déposa un gros baiser claquant sur la joue, en se relevant.

Joséphine dévalait les marches à toute allure, un pantalon de cuisinier en travers des bras.

– Enfile ça ! ordonna-t-elle à Oscar en lui lançant depuis l'escalier.

– Non mais ça va...

– Allez, ça va être un peu grand mais au moins tu seras à l'aise ! Il ne faut pas garder ton pantalon dans cet état, tu vas t'enrhumer.

– Oui, maman, fit Oscar, ironique.

– Parfaitement, répondit-elle du tac au tac. Depuis le temps que je vous connais tous, j'ai pris des actions...

Il se tourna, ôta son pantalon et, sous les sifflets moqueurs, enfila l'autre, à petits carreaux bleu et blanc.

Comme une vingtaine de kilos séparaient Oscar d'Hippolyte, les gros boutons blancs en tissu ne suffirent pas à maintenir le pantalon à sa taille. Une ceinture, jaillie par miracle entre les mains de Joséphine, acheva de compléter la panoplie. Ce n'était pas un froc serré en accordéon au-dessus du nombril ou bien une paire de mollets découverts par un feu de plancher qui ôterait à Oscar le digne habitus des Poussin.

Il scinda la foule de ses amis, d'une démarche lente et assurée, puis passa derrière le comptoir.

Arrivé là, il distilla un regard hautain alentour avant de s'acccroupir subitement et de disparaître à la vue de tous.

Entre-temps, Bimtou avait décliné l'offre du marqueur.

– J'ai mon stylo perso ! fit-elle en dévissant le capuchon de son tube de rouge à lèvres.

D'un coup de main vif et habitué, elle souligna la forme gourmande de sa bouche puis se jeta sur Hippolyte, l'empoigna par le col et l'attira à sa rencontre. Il se laissa volontiers mener vers les lèvres incandescentes et parfumées qui s'entrouvraient avec langueur.

Il fermait déjà les yeux mais au dernier moment, elle s'inclina avec un petit rire malicieux et vint écraser ses lèvres contre la poche de poitrine de sa veste, remuant la tête de droite à gauche, à plusieurs reprises, pour imprimer profondément le tissu blanc. Hippolyte lui prit les épaules en riant.

Quand elle se retira en poussant un gloussement de satisfaction, la poche était marquée de deux demi-cercles écarlates et charnus. Elle acheva sa besogne en paraphant à grands coups de rouge à lèvres d'un : « A Hippo pour la vie !! » qui barrait toute la largeur de la veste.

Derrière le bar, à l'abri des regards, Oscar avait mis la main sur une paire de ciseaux.

Il avait déjà séparé les jambes de son pantalon mouillé, décousu les piqûres et s'apprêtait maintenant à défaire les ourlets.

Les sourcils froncés, la pointe de la langue dardée entre les dents, les gestes méticuleux, tout dénotait la gravité de ce rite sacrificiel.

Enfin il mit à plat les deux pièces de flanelle et entreprit un savant pliage dans lequel il finit par tailler à grands coups de ciseaux, jonchant le sol autour de lui de formes biscornues.

A présent il se penchait sur le matériau ouvré, on lui vit écarter les bras à plusieurs reprises, comme s'il dépliait un étrange mécanisme.

On l'entendit juste prononcer à voix basse :

– Ça c'est du boulot...

Tatave s'acharnait sur l'avant-dernière lettre de son nom qu'il avait toujours tendance à confondre.

– Tu ne t'appelles pas Tataye, le reprit Paul.

– Oui mais le « V » c'est presque comme le « Y », Paul, c'est presque tout comme, sauf que ça ne s'appelle pas pareil...

– Ecris comme tu veux, fit Hippolyte, affable, ça n'a pas d'importance.

– Mais non, à son âge, il y a longtemps qu'il devrait savoir écrire son alphabet, et...

Hippolyte ne laissa pas à Paul le temps de conclure, il entra dans une de ses colères soudaines :

– Mais on s'en fout ! Ce soir il écrit sur ma veste,

pour moi ! Alors il écrit ce qui lui fait plaisir ! Personne n'est venu te dire que tu avais fait un trop gros nez à Mitterrand, non ? Et pourtant moi je trouve que si, il n'est pas du tout comme ça son nez ! Eh bien, je ne te l'ai pas dit, parce que ce soir, tout le monde doit avoir le droit de mettre ce qu'il veut sur cette veste ! Alors si le petit il a envie de s'appeler Tataye il a le droit. Et puis si tu veux que je te dise franchement ce que je pense... Le problème là-dedans, c'est surtout...

Il se tut un instant pour se retourner vers Tatave :

– Excuse-moi, mon petit, de ce que je vais dire, mais c'est ton père qui a besoin d'une leçon... alors il ne faudra pas m'en vouloir.

– Non, monsieur, répondit Tatave, impressionné et amusé de voir son père se faire engueuler.

– Donc le vrai problème, reprit Hippolyte, c'est d'appeler son fils Tatave ! Je ne comprends pas qu'à la mairie ils vous aient laissé faire !

– Mais on l'a déclaré sous le nom d'Octave...

Il essaya de ravaler le dernier mot. Dans ses yeux s'alluma un incendie de panique. Il se ratatina sur lui même. Trop tard. Déjà, un hurlement déchirant glaçait tout le monde.

Tatave éclatait en sanglots et flanquait le marqueur sur le sol.

Anne-Françoise se précipita sur son enfant et le prit dans ses bras pour le calmer.

Bull lui jeta un regard sombre.

– Je veux pas Octave ! criait l'enfant en se débattant. Je veux pas !

– Non, non, Tatave... tu es Tatave, pas Octave... le rassurait Anne-Françoise.

Paul, accablé, laissa échapper entre ses lèvres :

– Il ne supporte pas qu'on l'appelle par son vrai nom... A chaque fois c'est la même crise...

– Je suis désolé, répondit Hippolyte. Sincèrement.

– Non... de toute façon, c'est un problème qu'il faudra bien résoudre un jour.

– Et vous savez pourquoi il réagit comme ça ? demanda Danièle.

– C'est depuis tout petit, dès qu'on prononce son nom. On l'a emmené voir un pédo-psy... Il nous a demandé s'il faisait pipi au lit, on lui a dit : non, alors il a dit que ça passerait avec l'âge et qu'on lui devait 300 francs...

Peu à peu Anne-Françoise parvenait à ramener Tatave au calme. Il ne criait plus, mais continuait à pleurer à grosses larmes.

– Vous permettez ? demanda Danièle à Paul.

– Que ?

– Que j'aille lui parler...

– Oui...

– Moi non plus je n'aimais pas mon prénom quand j'étais petite... Puis, avec un sourire désarmant : en fait je m'appelle Irène...

Paul, abasourdi, la regarda approcher son fils.

Une main se posa sur son épaule, il se retourna :

– Je l'ai appris le jour de notre mariage, à la mairie, lui confia Daniel, amusé. T'imagines le choc...

Danièle caressa délicatement la joue de Tatave sous l'œil intrigué d'Anne-Françoise.

– Tu veux que je te dise un vrai secret ?

L'enfant dévisagea longuement l'inconnue qui lui souriait. Comme elle était avec Daniel, cela lui fournissait une raison d'accéder à sa demande. Mais comme Daniel, ce soir, n'avait pas pris le temps de jouer avec lui, il en imputait la responsabilité à cette fille et y trouvait matière à ignorer sa présence. D'un autre côté, un vrai secret, c'est toujours bon à prendre.

– Faut voir..., il finit par grogner.

Elle l'enroba d'un sourire à la cannelle et lui glissa à l'oreille :

– J'ai pas eu de papa ni de maman...

Tatave se recula, jaugea Danièle du regard pendant une seconde ou deux puis lui prit la main et l'entraîna à l'écart. Dès qu'ils furent seuls il demanda avec enthousiasme :

– Ils sont morts ?

– Non..., répondit Danièle... enfin, je ne sais pas...

Tatave leva les yeux au ciel.

– Moi, si maman ou Paul étaient morts, je le saurais ! il fit. C'est idiot ton secret.

– Je ne sais pas s'ils sont morts parce que je ne les ai pas connus... Je suis ce qu'on appelle un enfant trouvé.

– Trouvé où ?

– Dans une église, sur un banc, j'avais deux mois...

Tatave se tut, il écoutait et tentait d'évaluer la situation.

– Le prêtre m'a recueillie et s'est occupé de moi. C'est lui qui m'a élevée, sans le dire aux autres curés, jusqu'à mes dix-huit ans.

– En cachette ? reprit Tatave, avec un air de conspirateur... Arrête, c'est génial ! T'es jamais allée à l'école ?

– Si. Ça se passait dans un petit village à la campagne. J'ai suivi les cours sans être vraiment inscrite, l'instituteur était le frère du curé. Et j'étudiais encore plus car il me donnait des cours du soir... Il voulait que je sois tout le temps la première..

– Ah..., fit Tatave, désappointé.

– Il n'avait pas beaucoup d'argent, continua Danièle... je l'aidais à la messe, il me coupait les cheveux comme un garçon et je faisais l'enfant de chœur. En fait tout le village le savait, mais ils étaient complices. Il était si bon. Les gens lui donnaient un coup de main pour m'élever. Il avait installé un tronc spécial, pour moi, dans l'église, où ils pouvaient faire un don. Ce tronc-là marchait plutôt mieux que celui de saint Antoine, le patron de la paroisse...

– S'il était pas riche, t'avais pas de jouets...

– Non jamais, juste à Noël, un grand verre de vin de messe...

Tatave aquiesca gravement. Une infinie condescendance flottait dans ses yeux.

Danièle s'accroupit pour être bien à la hauteur de l'enfant. Elle lui mit la main sur l'épaule et plongea son regard dans le sien.

– Maintenant je vais te dire une chose... Pendant ces années j'ai été très heureuse tout le temps, même sans jouets.

– Tu parles...

– Si... et même en allant à l'école deux fois plus que les autres... parce que ce prêtre il remplaçait tellement bien mon père et ma mère... Il m'aimait, tu comprends ?

– Euh oui... Paul et maman aussi, ils m'aiment...

– Bien... et tu vois... cet homme que j'adorais, eh bien, je l'ai pourtant rendu très malheureux. J'ai ruiné, par méchanceté, toute sa vie, tout ce qu'il avait fait dans le village. Je l'ai dénoncé, un jour, au cardinal...

– C'est quoi un cardinal ?

– Son supérieur hiérarchique, une sorte de général des prêtres. Un jour qu'il effectuait une sorte d'inspection dans les paroisses du département, je me suis présentée, je lui ai tout raconté... L'école en cachette, le tronc réservé pour moi... ça l'a mis très en colère... Le cardinal a ordonné qu'on retire la paroisse à mon papa, car c'est comme cela que je l'appelais, il était mon seul vrai papa, et ils l'ont forcé à se retirer dans un monastère où il a fait vœu de silence.

Elle marqua une pause, juste le temps d'assurer sa voix pour ajouter :

– Je ne lui ai plus jamais adressé la parole depuis... Il n'a même pas le droit de visite.

– Tu l'as jamais revu ?

– Une fois de loin, j'y suis allée... il passait avec les autres moines... Je ne sais même pas si lui m'a aperçue... Après je suis montée à Paris, et voilà.

– C'est dégueulasse !

– Oui.

– Mais pourquoi t'as fait ça, t'es devenue folle ou quoi ?

Danièle prit un temps avant de répondre. C'était la deuxième fois qu'elle racontait son histoire à quelqu'un. Daniel avait été le premier.

– Je l'ai dénoncé à ce cardinal car mon papa a fait une chose terrible, impardonnable... Il a renié les années que j'ai passées à ses côtés, les plus heureuses de ma vie... Comme j'allais avoir dix-huit ans, il m'a montré une lettre, trouvée à l'époque dans le couffin et dont il m'avait toujours caché l'existence. C'était une lettre de la femme qui m'avait donné naissance, elle écrivait qu'elle ne voulait pas de moi, qu'elle me confiait à l'église, qu'elle exigeait juste une chose, qu'on me baptisât Irène... Ce qu'avait fait le prêtre quand il m'a trouvé...

– Alors pourquoi tu t'appelles Danièle ?

– Parce qu'il m'a trouvé le jour de la Saint-Daniel, et tout le monde m'a toujours appelée comme ça... Mais il m'a dit qu'en prenant en charge mon éducation, il avait contracté une sorte d'engagement moral vis-à-vis de ma... mère... Il le respecterait et avait décidé de me déclarer, maintenant que j'étais majeure, sous le nom d'Irène... Tout s'est écroulé en une seconde. Cette inconnue, des années après m'avoir abandonnée, exigeait que je quitte Danièle pour Irène, mon bonheur dans cette église, dans le village, pour du néant. Je l'ai détestée et je me suis mise à haïr le prêtre qui acceptait cette situation. J'ai bu tout le vin de messe d'un coup, la visite du cardinal avait lieu une heure après, j'étais complètement saoule, je lui ai tout raconté... voilà...

– La vache...

Rencontrer une véritable orpheline au passé tragique est une épreuve qui bâillonnerait plus d'un petit garçon gâté, mais Tatave ne manquait pas de jugeote.

– Ton vrai nom c'était celui que t'avait donné le prêtre, jugea-t-il en fronçant les sourcils.

Danièle bougea vigoureusement la tête de haut en bas.

– Sans nom t'es perdu ! reprit-elle avec passion. Tu n'as plus de repère, tu fais des conneries. La première fois, le destin m'avait privé de parents... La seconde fois c'est moi, par ma faute... Le nom qui t'es donné par celui qui t'aime est le plus important. Tu te rends compte de ta chance ?

Elle hésita puis ajouta :

– Tu comprends... Octave ?

Le petit garçon baissa les yeux et de sa lippe boudeuse s'échappèrent ces mots :

– Je... je veux pas faire de peine à Paul et à maman...

Danièle le serra fort contre elle et déposa un bisou au creux de son cou, là où ça sentait l'oiseau chaud.

Paul se revissa brusquement.

Il fit mine de ne pas avoir essayé de percevoir quelques bribes des confidences échangées. Tandis que son fils longeait maintenant la table vers Hippolyte.

On sentait l'enfant en proie à de violents tourments, il avançait en laissant traîner sa main, derrière lui sur la nappe, comme une ancre. Puis après une ultime tergiversation, il redressa le front, reprit le marqueur des mains d'Hippolyte et d'un seul élan barra TATAYE qu'il remplaça sur la veste par les six lettres d'OCTAVE.

Les regards surpris convergèrent en direction de Danièle qui assistait à la scène, un sourire ému en suspension sur les lèvres. Tatave courut se réfugier dans les bras de Paul :

– Ça va... p'pa ?

Paul se demanda s'il était halluciné puis éprouva le besoin de s'asseoir.

– Euh... oui... ça va... Et toi ?

– Ça va, papa, merci, ça va...

Alors Hippolyte tendit le marqueur en direction de Danièle.

– Je pense que c'est à votre tour mademoiselle, dit-il avec évidence.

Danièle se cramponna à Daniel, elle fit « non » de la tête.

– Je vous remercie, répondit-elle d'une petite voix timide. Puis, s'adressant à l'assemblée : Je trouve votre geste à tous, beau, très beau... mais je pense que n'importe qui ne doit pas signer. C'est à vous de signer... Vous n'avez pas à partager avec d'autres...

– Mais enfin arrête, fit Daniel, t'es ma femme... T'es avec nous maintenant, qu'est-ce que tu racontes ?

– Non, répondit-elle fermement... Je vous observe tous depuis le début de ce repas, je me rends bien compte que je ne suis pas avec vous !

Elle se reprit aussitôt en souriant :

– Je veux dire, ne le prenez pas mal, mais tant de choses vous unissent tous... Je suis une... pièce rapportée. C'est un honneur que vous me faites, mais je ne dois pas l'accepter...

– Ecoutez, mademoiselle ! intervint Hippolyte, ici on ne fait pas de chichis ! Puisqu'on vous dit que ça nous fait plaisir. Moi, dans quelques années, je serai heureux de me souvenir de cette soirée en regardant la veste, en lisant vos noms à tous...

– Monsieur Iroulégui, je comprends... mais... en voyant les noms, vous verrez leurs visages... parce qu'ils sont gravés dans votre mémoire... Disons que je ne souhaite pas qu'il y ait un nom, le mien, qui ne vous évoque rien, un nom anonyme.

– Mais enfin, pourquoi tu dis ça ? continua Daniel, on est mariés, on a retrouvé les copains, on se reverra.. T'as bien le temps d'imprimer leurs cerveaux, va... Ça va durer toute cette histoire, non ? Quand même...

– Sans doute, oui, répondit-elle sans certitude.

De nouveau, ce picotement familier le long de son corps, l'oppression respiratoire, de nouveau elle allait gonfler et devenir toute rouge.

– Excusez-moi...

Elle se défit en douceur de l'étreinte de Daniel et se dirigea vers la sortie.

– Je vais prendre un peu l'air...

Quand la porte du restaurant se referma derrière elle, un courant d'air froid pénétra chacun. Daniel voulut partir à sa suite mais une main le retint. C'était Agamemnon.

– Mais..., s'expliqua Daniel, je vais la chercher...

– Non, commanda Agamemnon. Toi, t'es un balourd. *Moi*, je vais la chercher.

Et il sortit à son tour. Daniel quémanda de l'aide en direction de Barnabé qui lui dit gentiment :

– C'est vrai que t'es un sacré balourd, c'est très vrai...

La conformation intellectuelle et psychologique de Thomas ne le prédisposait pas à supporter les silences.

Il ne fut alors pas surprenant d'entendre sa voix perforer l'embarras collectif.

– Allez ! A moi ! J'ai une idée ! Le marqueur ? Qui a le marqueur ? Au fait, vous saviez que ça venait de ces gens qui marquaient le bétail dans le temps ? C'est pour ça que ça s'appelle comme ça... un marqueur ! Marrant, non ?

Il voletait maintenant autour d'Hippolyte avec un air de rapace, repérant sur la veste l'espace nécessaire à son projet.

– Dis donc, le coup du bétail, je dois le prendre pour moi ? fit Hippolyte.

– Un taureau, monsieur Iroulégui, un taureau bien sûr...

Et Thomas plongea, là, sur le flanc d'Hippolyte, il tendit le tissu et l'imprima de cette phrase inoubliable : « Ce sont toujours les meilleurs qui s'en vont les premiers ! »

Il se releva en examinant, non sans fierté, son jet.

– Ça va, t'as pas trop mal au crâne ? lui demanda Bimtou.

– Il ne faut pas négliger les classiques, se défendit Thomas, ni se moquer des petits...

Pouvait-il avouer que n'ayant pas la moindre inspiration il s'était simplement dévoué pour récupérer la situation ?

La main gauche d'Oscar, brandissant le pliage de flanelle, s'interposa, attirant l'attention d'autant qu'elle était suivie de la main droite armée d'une agrafeuse.

– Place !

Thomas recula volontiers d'un pas.

Lydie sourit tendrement. Elle connaissait la marotte d'Oscar et tous ces défilés de petits bonhommes qui, régulièrement, paradaient dans la maison.

Oscar, martial, s'inclinait vers Hippolyte en déclarant :

– Hippolyte Iroulégui, en raison des multiples services rendus à l'humanité gastronome, en raison de la bonhomie communicative dont vous faites preuve à tout moment et malgré votre responsabilité dans la naissance de Barnabé, je vous décore ici de l'ordre du miroton garni et de la soupe à la grimace !

D'un geste sec il agrafa le mobile au revers de la veste d'Hippolyte puis, écartant son pouce de son index, libéra une ribambelle de silhouettes siamoises, cuisiniers rondouillards, toques sur le chef, louches à la ceinture, qui se déplièrent main dans la main jusqu'à la taille.

Hippolyte éclata d'un rire monumental, il serra Oscar contre lui et l'embrassa. Une salve d'applaudissements vint saluer le maître du chantour. Rires et cris de joie s'en mêlèrent.

Si bien qu'à l'extérieur on les entendit.

Danièle eut un sourire triste.

– Tu comprends ? fit-elle à Agamemnon.

Elle releva le menton, comme pour désigner les échos des rires emportés par le vent.

– Cela vous appartient... Je n'en suis pas...

Agamemnon marchait près d'elle, à petits pas, courbé. Il semblait un gigantesque insecte fragile.

– Maria, la copine de Barnabé, il précisa. Elle ressentait ce même genre de sentiment, je crois, au début... Elle ne venait pas quand on organisait des fêtes, fuyait les bouffes, elle se figurait toutes sortes de choses fausses sur nous...

– Fausses ? souligna Danièle.

– Un peu comme s'il y avait eu une volonté artificielle de se retrouver pour célébrer des rites de mômes.

Il marqua une pause et reprit :

– Il y a de l'amour dans ce qui nous unit tous... Il

n'est très pas facile d'en extraire un couloir pour soi.

Danièle hocha la tête. Face à elle, l'avenue se présentait comme un long boyau sombre, le vent s'y engouffrait en rafales. Une question la torturait, rebondissait en elle. Par à-coups la surface de sa peau frissonnait. Ce fut Agamemnon qui aborda le sujet :

– Comment... comment ça se passe avec Daniel ? Je veux dire... il... il t'aime ?

Danièle hésita. Puis finalement, le regard dur, elle répondit :

– Toi aussi tu te le demandes ?

Le longiligne insecte parut se voûter plus encore.

– Il ne faut pas faire attention à son attitude, ce soir, expliqua Agamemnon, il est en représentation en quelque sorte... Tu comprends ?

Comme Danièle ne répondait pas, il ajouta :

– Tu sais, ça me fait bizarre de te parler... enfin de parler avec toi de Daniel.

– Moi aussi.

Ils marchèrent quelques mètres en silence. Surpris par sa propre envie de complicité, Agamemnon reprit :

– Daniel est comme un petit animal craintif qu'il faut sans cesse rassurer. Il n'est pas très mature, influençable. Il lui faut quelqu'un de fort pour le diriger. Il a besoin d'éducation.

– T'as de drôles de mots.

– Je suis un drôle de type...

Leurs voix s'éloignaient sur l'avenue, leurs contours se dissipaient dans la nuit. L'air glacé se déplaçait en tourbillon autour d'eux. Ils disparurent.

La promesse émue de Julien de faire éditer une brochure commémorative sur le restaurant, à l'intention du personnel des guichets, occupait le flanc gauche d'Hippolyte, depuis son aisselle, incluant les deux orifices d'aération cerclés d'Inox, jusqu'à l'ourlet de la taille.

La bavure qui élargissait sa signature était due à l'impact d'une goutte d'eau salée tombée du ciel lorsqu'il s'était relevé.

– Je demanderai également à l'architecte... d'adopter la forme des Frigidaire pour les coffres des clients, ajouta-t-il, farouche et résolu.

Puis il toussa en se poussant pour laisser la place à Anne-Françoise.

Celle-ci écrit juste : « Courage et bonne chance ! » sur la fente de la poche.

Hippolyte acquiesça. Les mois à venir étaient ceux de l'affrontement.

– Je ne mettrai jamais la main dans ma poche, je ne suis pas une autruche qui se planque la tête dans le sable, lui souffla-t-il en frappant sa poche de la paume de sa main... On pourra toujours voir ce que tu as écris, là !

Anne-Françoise l'embrassa tendrement sur les deux joues.

Joséphine, comptable des inscriptions et témoignages dont la veste se couvrait peu à peu, se sentit âgée, soudain.

En voyant Anne-Françoise, forte et respectueuse.

Et femme, et mère aussi. Tout comme elle. Elle regretta sa jalousie ancienne.

Un jour, Hippolyte avait trente-trois ans, il avait emmené Barnabé, alors âgé de trois ans, dans les jardins du Champ-de-Mars.

L'enfant babillait sur la pelouse, puis, repérant une bande de gamins de cinq ou six ans, il gambada jusqu'à eux et se mêla à leurs jeux.

Une première fois repoussé par ses aînés, il revint à la charge en leur jetant des poignées de gazon et de terre, semant trouble et désordre au milieu de leurs tribus d'Indiens en plastique.

Les petits garçons embarrassés par ce turbulent bambin déléguèrent l'un des leurs qui s'approcha d'Hippolyte, assis tranquillement sur un banc, pour lui dire :

– Hé, toi ! Tu veux pas reprendre ton petit frère ? Il arrête pas de nous embêter !

Joséphine se demanda à partir de quel âge elle avait cessé de confondre les adultes dans le même et poussiéreux fourre-tout ? Quand s'était-elle rendu compte que l'oncle Georges et l'oncle Frédéric avaient près de quinze années de différence ?

Elle se souvint, à seize ans, sa copine Louise sortait avec un garçon de vingt ans, un vieux, mais aujourd'hui était-elle capable d'évaluer avec précision l'âge d'un adolescent ? Non. Par contre, elle pouvait maintenant reconnaître à la télé qu'entre deux anciens combattants l'un était plus proche de la mort que l'autre. « C'est cela vieillir, se dit-elle, quand on cesse d'être la plus vieille pour devenir la moins âgée. »

Il était près de minuit.

Barnabé voyait avec angoisse se rapprocher le moment où il allait devoir à son tour déposer quelques mots sur la veste d'Hippolyte.

Mains glacées, lèvres pincées, il affrontait son désert. Ce devrait être simple et sincère. Un mot bon, pas un bon mot. Son père, transformé en papier vivant, lui procurait l'angoisse de la feuille blanche, sentiment peu familier, car, on l'a dit, Barnabé est un écrivain prolixe.

– Mon problème c'est plutôt la qualité que la quantité...

– Qu'est-ce tu dis, Barny ? lui murmura Daniel, subrepticement faufilé jusqu'à son oreille.

– Non... rien, je parle tout seul, sursauta Barnabé.

– C'est pas facile d'écrire sur son père, hein ? Je veux dire, dessus..., glissa malicieusement Daniel.

– Oui... pas facile...

– Hé, moi, j'ai une idée, je peux te la dire ? Pour que tu me dises si c'est bien, d'accord ?

Daniel interpréta le sourire de Barnabé comme une approbation.

– Alors voilà...

Il lui confia son idée à voix basse. Barnabé émit

d'abord une moue réservée puis, devant l'insistance du regard de Daniel, y ajouta un haussement de sourcils incertain, avant de lâcher finalement :

– C'est nul.

Blanc.

Moment blanc.

Puis :

– Tu dis ça parce que c'est pas d'actualité ?

– Non, franchement... c'est nul quelle que soit l'époque de l'année.

Du tac au tac.

– T'es vraiment un pote... merci... vraiment, merci, siffla Daniel.

Offusqué, il se mit à hocher la tête.

– Ecoute ! Fallait pas me demander mon avis si t'avais pas envie de l'entendre, répondit Barnabé en lui vissant à plusieurs reprises son index sur la poitrine.

Barnabé s'étonna d'être aussi irritable.

– D'abord je t'ai demandé ton avis pour t'aider, ça il faut bien que tu le saches et pas pour me faire critiquer, maugréa Daniel. Je pensais que ça t'aiderait, comme t'avais l'air sec comme un caillou et que moi j'avais une idée... Tu vois ? Je me disais que tu pouvais en profiter... de mon idée... si ça pouvait te dépanner, voilà ! Alors si c'est comme ça que tu me remercies, je m'en servirai moi-même de mon idée, c'est tout !

Barnabé n'eut pas le temps de réagir. Daniel tournait les talons et réclamait, puissants cris et bras tendus, le marqueur

– Place ! place ! A moi ! J'ai une déclaration à

faire sur Hippolyte ! Contre vents, marées et filiations anormales !

On l'applaudit quand il s'agenouilla et noircit d'une écriture serrée et appliquée le flanc droit d'Hippolyte, déclamant au fur et à mesure :

– Plus de gueule... que... de Gaulle... Plus de... ventre que... Pompidou... Plus... de goût... que Giscard et... plus de droite... que Mi...

Il s'arrêta un instant.

– Mitterand... un r ou deux r ? demanda-t-il à Maria.

Elle fit signe : « deux » avec les doigts. Il la remercia et reprit son ouvrage après avoir lancé un regard de triomphe en direction de Barnabé.

– Mi...tterrand !!! Françaises... Français... votez Hippolyte... Iroulégui... pré...si...dent de tous les bouffeurs de France ! acheva-t-il d'un trait en se redressant, torero aux reins cambrés.

– Olé !!! rugit Hippolyte en tendant ses bras vers le ciel.

De pirouette en pirouette, Daniel paradait. Et le carrousel entraînait Barnabé des soupirs. C'était tout à fait ce genre d'hommage qu'il destinait à son père. Soudain, Daniel fut sur lui, et l'enlaçant fermement, l'attira vers Hippolyte.

– Allez, à Barnabé ! Barnabé ! Barnabé !

– Salaud..., laissa fuser Barnabé entre ses dents.

Joséphine se jeta à son cou et l'embrassa longuement comme on fait l'accolade au plongeur qui va tenter un triple saut périlleux au-dessus d'une fosse de lave.

– Maman..., dit-il en échappant à l'étreinte.

Elle lui adressa un petit signe d'encouragement du poing fermé. Il leva les yeux au ciel. Voulut trouver le regard de Maria. Elle riait avec les autres et répétait son nom en applaudissant.

– Barnabé ! Barnabé ! Barnabé !

Si Daniel continuait à tirer comme ça, il allait finir par déchirer sa chemise.

– Tu ferais mieux de t'occuper de ce que ta femme et Agamemnon sont en train de se se raconter, lui lança-t-il en guise de coup bas.

Daniel s'assura d'une prise ferme sur la nuque de Barnabé et, arborant le plus radieux des sourires du monde, lui murmura :

– Cette nuit, j'ai rêvé qu'ils entraient tous les deux bras dessus bras dessous dans une église, vêtus de smokings blancs, au son des cloches... Tant que ça n'arrive pas je ne crains pas grand-chose de ce qu'ils peuvent dire à mon propos, ma biche...

Il ne leur restait plus que deux mètres à parcourir en direction d'Hippolyte aux bras grands ouverts.

Alors, à la pendule, sonna le premier coup de minuit.

Dehors, la neige avait redoublé.

Danièle glissa sur le trottoir mouillé.

Elle se tordit la cheville.

Le deuxième coup sonna.

On plaça le marqueur dans la main de Barnabé.

Il le serra très fort.

Le visage de Mylène, épanoui, et Julien qui l'enserrait par la taille.

Le troisième coup sonna.

Agamemnon offrit son bras à Danièle qui grimaçait de douleur.

Ils décidèrent de rentrer.

Elle éternua.

Au quatrième coup de minuit Daniel relâcha Barnabé qui se trouvait maintenant face à son père.

Maria et Joséphine échangèrent un regard ému.

Bimtou croisa les bras.

Danièle, boitant bas, prenait appui sur le bras solide d'Agamemnon.

Le vent, par rafales, mélangeait la neige du ciel et celle de la terre.

Au septième coup de minuit, Barnabé ôta le capuchon du marqueur.

Il n'avait toujours pas d'idée. Il fixait la veste de son père.

Le huitième coup sonna.

Il restait malheureusement de la place.

Ce n'eût pas été une bonne raison à invoquer.
Le neuvième coup sonna.

Agamemnon et Danièle poussèrent à cet instant la porte de la terrasse qui resta en position ouverte, coincée par le paillasson.
Ils entendirent sonner le dixième coup de minuit.

Barnabé s'agenouilla près de son père au onzième coup de minuit.
Leurs regards se croisèrent.
Lors, Barnabé sut ce qu'il allait écrire.

La porte du restaurant s'ouvrit à cet instant.
Danièle entra, au bras d'Agamemnon.
Le vent s'engouffrait à leur suite, enveloppant leurs silhouettes dans un nuage de flocons iridescents.
La neige les avait recouverts d'un manteau d'hermine.
Et le douzième coup de minuit résonna dans le silence d'une cathédrale où tout geste était suspendu.

Daniel perdit connaissance.

Le visage de Barnabé s'illumina.
Il écrivit : « Papa, je t'aime. »

DESSERT

Ce repas touchait à sa fin.

Les derniers clients avaient payé l'addition, remercié Joséphine, quitté le restaurant, ignorant être les derniers clients du restaurant.

Un soir ils reviendraient et, butant contre d'infranchissables palissades de chantier, chercheraient derrière les échafaudages griffus et hostiles traces d'un lieu de chaleur.

En vain.

Mohcène était descendu à la cave chercher du champagne.

Assis sur une caisse de vins de Bordeaux, adossé aux efflorescences de salpêtre, il fit sauter la capsule d'une bouteille de bière et tendit son bras pour trinquer, seul dans la pénombre humide.

En haut, Lydie et Oscar achevaient de narrer le destin du cauchemar solitaire, frappé de terreur, nuit après nuit, au fond de son placard. Un petit garçon, pris de pitié, avait fini par accueillir la monstruosité craintive, dans son lit, pour la rassurer.

Tatave approuva la noblesse de cette initiative qui, forcément, avait dû déplaire à la maman.

Ils sourirent, avec fragilité. Mais n'osèrent pas se prendre la main.

En face d'eux, Danièle ordonna à Daniel, fraîchement revenu à lui, d'être un peu plus discret et lui remit d'office un verre de cognac qu'il vida sans respirer, clouant sur elle deux yeux ronds percés d'inquiétude.

Agamemnon s'inquiétait de savoir pourquoi les tortues, composées des mêmes tissus, des mêmes assemblages cellulaires que nous, vivaient plus longtemps. Le dépérissement est-il programmé en l'humain ?

Bimtou ne lui répondit pas, ses deux mains croisées sur son ventre appelé futur cercueil.

M. Perle plia sa serviette dans la longueur puis appliqua le bandeau de tissu contre son front, l'aplatit en deux par son centre. Il le déposa soigneusement près de ses couverts, ses mains tremblaient légèrement.

Il était temps de rejoindre ses compagnons, les Cendrillons des poubelles ne peuvent rater le dernier métro. Son plus vieil ami clochard était mort de froid en décembre devant la grille fermée de Sèvres-Babylone. Au matin ses lèvres bleues dessinaient un sourire.

Thomas griffonna son numéro de téléphone sur le ticket de métro qu'il lui offrit.

Mylène avait enserré les épaules de Julien et le berçait contre elle. Dégrisé, il ne pleurait plus, yeux fixes, ne cillant pas, humait l'odeur du corps de sa sœur.

Paul et Maria les observaient en silence. Ils échangèrent un regard amusé et se servirent un verre de vin en même temps.

A l'écart, Barnabé questionnait Anne-Françoise pour la centième fois. Il lui demandait des pourcentages de réussite, des chiffres, des certitudes. Comme s'il pouvait y avoir une vérité à propos de l'opération chirurgicale qu'Hippolyte allait subir dans moins d'un mois.

En cuisine, Paolo ahanait en fouettant la crème fraîche à tour de bras. Les doigts de sa main gauche crispés sur l'Inox bleuissaient sous l'effort. La cuvette remplie de cubes de glace, dans laquelle reposait le saladier, lui gelait le ventre.

Riquet termina une longue glissade sur le carrelage en vissant une douille crénelée sur un pochon en peau. La buse ainsi constituée était prête à recevoir la crème Chantilly qui se développait en volutes autour du puits creusé par le fouet, de petits pics neigeux, légers et doucement sucrés. Il avait oublié la louche. Il repartit en patinant vers le râtelier du fond sous le regard goguenard de Paolo.

Derrière eux, Hippolyte se déplaçait par mouvements souples et gracieux autour du dessert. Il désirait conduire le gâteau de Barnabé au dernier point de la perfection et en rectifiait la moindre aspérité.

Une couche de génoise imbibée de nectar de framboise, une couche de mousse au chocolat, une nouvelle couche de génoise imbibée, une couche de crème Chantilly incorporée de framboises fraîches, gorgées de saveur, et le cycle recommençait, génoise, chocolat, génoise, framboises, puis une troisième série d'étages identiques et enfin une quatrième.

En tout seize épaisseurs, plus de quinze centimètres de gourmandise, enveloppées d'un épais manteau de crème Chantilly. Un énorme pavé blanc et lisse de trente centimètres de large sur quarante centimètres de long.

Barnabé lui avait soufflé cette recette, œuvre hybride qui participait à la fois d'une forêt noire, d'un fraisier, d'un saint-honoré et d'un précieux au chocolat.

Et c'était encore meilleur le lendemain.

Sa préparation avait commencé au matin par la cuisson de la génoise dont l'odeur exquise avait envahi la cuisine dès l'ouverture du four.

Démoulé, le parallélépipède mousseux et doré avait tiédi lentement sur le marbre du plan de travail, puis Hippolyte l'avait tranché, refusant à Paolo et Riquet cette responsabilité suprême. Que le fil aiguisé dévie son trajet, et la tranche, bancale ou bosselée serait, impropre à la construction géométrique.

Un à un, les futurs étages du gâteau étaient nés sous la paume maîtresse. La lame découpait avec régularité la pâtisserie, glissant sans sillage au milieu de la chair spumeuse, si bien qu'à la fin les sections étaient invisibles.

On ne les eût pas remarquées si Hippolyte n'avait, d'un appui du plat de la main, écarté les tranches en éventail, à la manière d'un prestidigitateur présentant son jeu de cartes.

Et sur chacune d'elles il versa quelques gouttes d'un nectar de framboise obtenu par la réduction à feu doux, longue et étroitement surveillée, de deux kilos de framboises fraîches mêlées d'un peu de sucre et d'eau.

A peine eut-il fini qu'il s'occupât de confectionner la garniture.

Paolo et Riquet filaient doux.

Paolo rompait des barres de chocolat, choisies par Hippolyte avec le même soin qu'il porte à ses vins. Un cacao en provenance des hauts plateaux brésiliens, un grand cru à l'arôme délicat, à la noirceur d'ébène, dont les fragments, fondant au bain-marie, libéraient lentement leur suavité.

Paolo ouvrait bien grandes ses narines pour ne rien perdre de l'arôme, il s'interrompit un instant, ferma les yeux et suça ses doigts. Il reçut un grand coup de pied dans les fesses.

– Tu crois que Lavoisier se suçait les doigts à chaque expérience ?! Hein ?! lui demanda Hippolyte. Je voudrais t'y voir avec les lèvres en feston de dentelle ! La bonne pâtisserie c'est du travail de laboratoire, pas un goûter de bambins ! Alors on ne met pas les doigts !

– Oui, chef...

– Hé, Riquet ! Tu les montes ces blancs ou c'est pour l'enterrement de la reine d'Angleterre ?

– Ça marche, chef !

– Et t'oublie pas la pincée de sel !

– Oui, chef !

– Et puis le...

Le moteur du batteur couvrit la dernière phrase d'Hippolyte, les blancs d'œufs s'allégeaient déjà, gonflaient de volume, immaculés, emplissant peu à peu tout le saladier.

Hippolyte sourit pour lui-même en regardant ses deux cuistots. Il regrettait de fermer le restaurant alors que leur apprentissage n'était pas terminé. Quatre mois de pratique manqueraient. Il avait même songé à repousser la date de la vente, pas longtemps, car il les savait doués et suffisamment armés, après deux ans et demi passés à ses côtés, pour débuter comme chef dans la plupart des restaurants.

Ils gagneront déjà bien leur vie et plus tard, quand l'expérience aura ciselé leur talent, ils pourront postuler dans une grande maison, sans faire rougir leur vieux maître.

Hippolyte était fier de délivrer ainsi tous les trois ans deux jeunes cuisiniers talentueux. Depuis vingt ans il formait des apprentis et tous aujourd'hui avaient une bonne situation. Plus d'une dizaine d'entre eux avaient ouvert des restaurants dans la France entière, cotés dans les guides, reconnus pour leur invention et la qualité de leur cuisine. Il était un bon professeur.

Les mains du ministre de l'Education ne lui avaient-elles pas remis elles-mêmes les palmes académiques, trois ans plus tôt, ainsi qu'à deux professeurs agrégés d'histoire, un physicien du CNRS et un chercheur en mathématiques enseignant à l'université de Jussieu, lors d'une cérémonie commune dans les salons lambrissés d'un hôtel particulier du Marais ?

Hippolyte avait pleuré ce jour-là, lui qui avait arrêté l'école après le certificat d'études.

Riquet incorporait maintenant les blancs d'œufs montés en neige au chocolat fondu.

Une spatule en bois et surtout ne pas battre, un mouvement ample, enveloppant, sans à-coups, tels étaient les secrets enseignés par le chef. Riquet s'appliquait, secondé par Paolo, doigts pincés à l'aplomb, s'écartant de temps à autre sur un nuage de sucre. Mais pas trop.

– Car on la joue chocolat, chocolat ! C'est une mousse, pas un sirop, il faut qu'elle soit ferme à y planter une cuillère à soupe... N'aie pas peur de laisser une bulle de neige, mais surtout ne me fait pas de la bouillie...

– Oui, chef !

L'ultime étape consistait en la fabrication d'une chantilly épaisse, beaucoup de crème, du sucre glace, et peu battue, dans laquelle trois kilos de framboises, impitoyablement triées une à une, soigneusement débarrassées de toutes leurs impuretés, épilées pour certaines à la pince, mais jamais, ô grand jamais, lavées sous le robinet, étaient semées à la main.

Paume tournée vers le ciel, Hippolyte laissait glisser entre ses doigts les fruits fragiles.

Alors il fallait assembler.

Choisir les tranches de génoise parfumées par le nectar mais pas les trop mouillées, étaler la couche de mousse au chocolat ou de chantilly aux framboises, lisser en surface, ébarber sur les côtés, vérifier la régularité de l'épaisseur, puis superposer une nouvelle couche de génoise, au millimètre près, en contrôlant l'alignement des angles au moyen d'une équerre d'écolier.

Et recommencer.

Quand les quinzes étages furent réalisés, Hippolyte recula d'un pas et Paolo et Riquet purent admirer l'œuvre d'un bâtisseur de cathédrale.

Aucun mot ne s'était échangé depuis une heure et c'est encore silencieusement qu'ils commençèrent à le recouvrir intégralement de chantilly. Il fallait ériger autour du gâteau un sarcophage d'une blancheur parfaite.

Leurs gestes étaient soigneux, les spatules caressaient la pâtisserie en y déposant une carapace virginale.

Plus tard, ils soulevèrent le lourd plateau d'argent et portèrent le gâteau jusqu'à la chambre froide.

Il devait y rester jusqu'au soir.

Et là, tout à l'heure, Hippolyte avait donné le signal.

On allait parachever la décoration.

Paolo commença aussitôt la fabrication d'une chantilly très légère et Riquet ressortit le gâteau du frigo.

Dès la louche retrouvée, la buse fut remplie de chantilly. Hippolyte s'en empara et, comme on joue de la cornemuse, il enserra le pochon entre son bras et son torse.

La chantilly fusa à l'extrémité de la douille, fit naître des arabesques de crème, damasquines neigeuses qui coururent aussitôt en volutes à la surface du gâteau.

En quelques minutes, sans relâcher sa pression, on serait tenté de dire : d'un seul trait, Hippolyte fabriqua un objet d'art précieux et inégalable.

Les deux apprentis se retinrent d'applaudir, si fiers du « Vive notre chef » qu'ils venaient de cosigner sur le revers de sa veste.

En salle, Mylène avait installé les assiettes à dessert. Maintenant, elle plaçait les coupes de champagne que Joséphine lui proposait sur un plateau.

Tous s'étaient rassis en désordre après l'épisode de la veste, clos sur un éclat de rire lorsque Mohcène avait inscrit en grand : « Défense d'afficher » sur le dos d'Hippolyte.

– C'est une phrase que je sais écrire et c'est le symbole de la France ! expliqua-t-il. On l'apprend dans mon pays... à l'école civique, c'est écrit sur les panneaux électoraux, en français et en arabe... Ça veut dire que chacun a sa place pour lui et qu'il faut la respecter... C'est la démocratie composée des droits de l'homme, du citoyen et des femmes... Pour ça, les Sénégalais sont morts dans les tranchées, les mauvais rois sont décapités et la station Bastille n'est jamais fermée la nuit !

Puis il avait levé le bras haut et fort avant de serrer Hippolyte et de l'embrasser trois fois sur chaque joue. En se redressant il avait les yeux un peu mouillés.

Il s'était retourné et avait foncé à la cave en disant :

– Je vais chercher le champagne...

Mylène relâcha avec délicatesse le pied de la dernière coupe de champagne. Le maniement du cristal la contentait, partager cette fragilité quelques instants lui procurait un plaisir analogue à celui ressenti au guidon de sa moto, menée en ville comme sur un anneau de vitesse.

Aussi, elle adorait son frère et évitait de penser à lui quand avec des hommes très différents elle faisait l'amour en refusant les préservatifs sous trois prétextes.

– La matière utilisée est un dérivé du pétrole, non biodégradable. A raison d'un rapport tous les deux jours pendant quarante cinq ans, multiplié par deux milliards d'hommes, multiplié par les sept grammes que pèse un préservatif, lubrifié, en moyenne, cela fait à peu près cent quatorze millions de tonnes de latex artificiel envahissant la planète.

A cet instant, en général, son partenaire se mettait à réfléchir et quand elle ajoutait :

– De quoi ensevelir à terme chaque Français sous deux tonnes de viscosités dégoulinantes...

Il balançait la petite pochette dans le vide-ordures et culbutait violemment Mylène à même le lino.

A d'autres elle disait en se dévêtant :

– Ça coûte cher et conduit rapidement à ne faire l'amour qu'en début de mois, tant qu'on peut encore s'en payer quelques boîtes. Tu ne crois pas que les sommes dépensées dans les pharmacies devraient plutôt être affectées aux laboratoires de recherche contre le sida ?

Puis elle s'allongeait à plat ventre devant la cheminée Louis-Philippe et murmurait en cambrant ses reins :

– Comme un impôt sur l'amour...

Le préservatif finissait au feu tandis que l'homme ôtait son peignoir de velours et enclenchait à distance le compact-disc d'une compilation de Mozart.

Enfin, aux irréductibles qui brandissent leur gland comme on donne un cours de morale, en présentant le petit anneau de caoutchouc, elle répondait :

– Mais ça bouffe le fun, quand même, non ?

Malgré les efforts formidables des publicitaires, leurs tentatives désespérées pour faire apparaître la pose du machin comme un moment privilégié de fantaisie sexuelle, Mylène n'avait pas été convaincue.

– Je suis désolée mon vieux, mais je suis comme la plupart des consommateurs... Je préfère encore les légumes frais aux légumes en conserve.

En général, le partenaire se faisait alors plus souple. Elle précisait donc avec une moue innocente :

– Accueillir un Burberry au fond de mon vagin...

de ma bouche... ou de mon anus..., franchement, ça ne m'excite pas tellement.

Fréquemment, à ce stade, l'homme, sensibilisé par l'éventail des options suggérées, enfilait le préservatif sur le réveil de la table de nuit, rallumait la lumière et investissait Mylène en grognant.

Mais s'il était encore réticent, elle commençait à masser doucement son propre sexe et susurrait :

– A l'idée que cette capote emprisonne la décharge de mon partenaire et me prive du plus intime contact terrestre qui soit... je préfère encore régler ma petite affaire moi-même.

Il était exceptionnel que Mylène rencontre des personnes suffisamment égoïstes pour ne pas lui venir en aide.

Ce récit s'inscrit bien au terme d'un millénaire.

Le passage qui précède montrant qu'aujourd'hui, une jeune fille déraisonnable peut disposer avec soin le couvert sur une table.

Joséphine déposa près de Mylène deux lourds seaux où tintinnabulaient nombre de cubes de glace.

– Mais qu'est-ce qu'il fabrique avec les bouteilles, Momo ? Ça fait une heure qu'il est en bas...

– J'y vais ! bondit Barnabé hors de la banquette.

Dans l'enceinte de son enfance, parmi tous ces lieux qui allaient disparaître, la cave figurait le plus secret, celui dont l'accès fut longtemps interdit.

Là, dans l'enfilade des voûtes de calcaire, avaient résidé pour l'enfant des trésors incomparables.

Barnabé, en poussant la porte qui ouvrait sur l'escalier abrupt, fut cueilli par cette odeur familière, vivante. Une odeur moussue, mélange du bois des étagères et des bouchons de liège, une odeur ancienne qui se dépose comme la poussière sur les bouteilles de vins millésimés, qui grignote et se développe à la surface des étiquettes les plus anciennes, une odeur en nappe qui lèche la roche humide et s'y rafraîchit.

Sur la première marche, un courant d'air rappela à son souvenir les paquets de lessive Saint-Marc et de blanc d'Espagne stockés à l'entrée.

En empruntant vers la profondeur la valeur d'un étage creusé à même la paroi, l'odeur se purifiait, la température diminuait, le silence s'installait.

Il posa pied sur le sol en terre battue de la première cave.

Les murs étaient couverts de rayonnages dans lesquels les culs de bouteilles s'alignaient par milliers, des plus prestigieux aux plus ordinaires. Sur le montant de chaque casier l'étiquette du vin, punaisée, permettait l'identification immédiate.

Hippolyte, toute sa vie durant, avait acheté du

vin, parfois sur pied, avant même la récolte. C'est ainsi qu'il avait acquis certains grands crus de bordeaux, par anticipation, à des prix dérisoires. Il en réservait pour sa consommation personnelle mais se flattait de pouvoir proposer à une clientèle d'habitués des vins de qualité à des tarifs défiant toute concurrence.

On venait aussi au Petit Marguery pour profiter de sa cave exceptionnelle.

Soudain, le moteur de la fabrique de glaçons émit son ronronnement, la machine délivra une nouvelle fournée dans le bac métallique. Le bruit de chute fit sursauter Barnabé.

De Mohcène, nulle trace. L'ampoule qui éclairait faiblement la voûte signalait pourtant sa présence.

Barnabé avança.

En franchissant le seuil de la deuxième cave, il frôla le vieux séchoir à bouteilles, couvert de toiles d'araignées. C'était un cône d'un mètre quatre-vingts de hauteur, composé d'anneaux métalliques de diamètre décroissant superposés les uns aux autres et unis par des tringles obliques. Sur le pourtour de chacun des anneaux étaient soudées, à intervalles réguliers, des tiges en fer verticales d'une dizaine de centimètres.

Ainsi l'ensemble de la structure affectait l'allure d'un arbre métallique hérissé de dizaines d'épines.

Jadis, le vin était livré en fûts.

Hippolyte le tirait puis procédait lui-même à la mise en bouteilles. Il fallait donc garder les bouteilles vides, les laver, les passer au goupillon une à une, puis les mettre à égoutter avant de les remplir à nouveau, d'y coller une nouvelle étiquette et de les fermer par un nouveau bouchon.

Barnabé gardait de cette époque de vagues souvenirs, liés surtout à la descente par la trappe des monstrueuses barriques de cinq cents litres. Il y avait, dans le plafond de la salle, une poutre renforcée d'une plaque de métal à laquelle pendait un crochet, et tous les mardis matin, jour de livraison, Hippolyte y accrochait la grosse poulie qui servait à descendre les fûts.

Barnabé observait la délicate opération depuis les marches de l'escalier, l'enfant n'avait pas le droit de mettre le pied dans la salle, on craignait trop une fausse manœuvre.

Un jour la poulie avait cédé, l'énorme baril s'était brisé quelques mètres plus bas, menaçant d'écraser Mohcène, la demi-tonne de vin s'était répandue dans la cave et la terre avait mis plusieurs jours à l'absorber, délivrant encore de nombreux mois plus tard d'enivrants effluves.

Aujourd'hui les négociants conditionnent le vin par cartons de douze bouteilles.

La trappe est condamnée, la poulie a disparu, une plante verte est suspendue au crochet dans la salle, la presse qui servait à enfoncer les bouchons, rongée par la rouille et l'oubli, se meurt dans un coin de la cave, et les épines du vieux séchoir n'accueillent plus les goulots des bouteilles.

Cependant il eut une retraite glorieuse, car dès lors promu sapin de Noël.

Barnabé, aujourd'hui, promène son index sur les structures métalliques et arrache avec quelques soies d'araignée des écailles dorées, vestiges du temps où, entièrement repeint en or, enguirlandé de pied en cap, décoré de boules multicolores, il trônait tout le mois de décembre dans l'appartement.

A l'aube du 25 le vieux séchoir accueillait dans ses bras les cadeaux de Barnabé comme autrefois les bouteilles.

Le bruit d'une canette roulant sur le sol attira l'attention de Barnabé.

Il passa la tête, prudemment, dans l'arche qui séparait la deuxième cave de la troisième.

Ici aussi des milliers de bouteilles étaient rangées, mais cette partie du cellier était plus particulièrement réservée aux apéritifs, à l'alcool ou à la bière.

Barnabé aperçut la silhouette tassée de Mohcène. Par terre, devant lui, plusieurs bouteilles de bière, vides. De temps à autre, il en faisait rouler une sous son pied et l'observait, la tête serrée entre ses mains.

Barnabé vint s'asseoir près de lui et resta silencieux.

A leur côté s'ouvrait la quatrième et dernière cave,

plus petite que les autres, plus sèche aussi, Hippolyte la réservait pour ses vins les plus anciens. Il y entreposait également de précieuses conserves de foie gras. Il y avait dans cette pièce de quoi contenter le palais du plus gourmet des cambrioleurs et plusieurs centaines de milliers de francs de marchandise.

Un capital qu'Hippolyte emporterait avec lui lors du déménagement. La cave serait à coup sûr un élément déterminant dans le choix de la maison qu'ils projetaient d'acheter.

Et ce fut Mohcène qui en parla le premier, d'une voix troublée par l'excès d'alcool.

– Je pense... le chef ne va pas pouvoir ranger tout ça seul... dans sa nouvelle maison.

– Tu sais, répondit Barnabé avec douceur, il aura tout le temps qu'il veut... Rien d'autre à faire que de s'occuper de son vin...

– Et son jardin ? Il a dit : je veux une maison avec un jardin... Là aussi je peux lui donner un coup de main.

Barnabé regarda le visage ridé du Kabyle, ses yeux clairs emplis de tristesse, et il l'entendit ajouter dans un souffle :

– Qu'est-ce que je vais devenir, moi ?

Mohcène attrapa deux bouteilles de bière qu'il décapsula.

En même temps ils buvaient au goulot.

– Je ne sais pas, Momo... Peut-être tu peux trouver une bonne place dans un autre restaurant... Mon père va te présenter à des gens qu'il connaît...

Barnabé avait répondu sans conviction. Tous

deux le savaient très bien, Mohcène avait appris les rudiments de la cuisine, à force d'observer, au point qu'Hippolyte lui confie des responsabilités, mais jamais ailleurs il ne trouverait un patron qui lui porte la même confiance et le paye le même salaire.

De nouveau il serait le plongeur qui fait la vaisselle et rien d'autre, payé au SMIC. Mohcène hocha la tête et reprit :

– Personne ne voudra d'un vieil ivrogne comme moi... Puis il précisa : Tu sais ? La bière je la vole que quand le chef il est là... Quand il est parti en vacances et que je suis resté avec la patronne, eh bien jamais j'ai volé, jamais j'ai bu un coup de trop ! Seulement quand il était là !

Barnabé approuva en souriant, il lui présenta sa bouteille et ils trinquèrent à la santé du vol honnête.

– Tu as pensé à retourner dans ton pays ? Il y a même des aides du gouvernement...

– Non, répondit fermement Mohcène, Ahmed, du bar du Delta, il m'a dit l'autre jour la vérité sur les lettres de ma femme... Si je rentre là-bas, elle m'envoie tous mes enfants avec des bâtons pour me rouer et des piments pour mettre dans les plaies... Les aides du gouvernement, c'est comme si tu acceptais de l'argent pour aller en prison... Non, c'est là-bas que je suis un étranger maintenant.

D'ici l'opération, Joséphine et Hippolyte se donnaient le temps de trouver la maison qu'ils désiraient acheter au voisinage de la côte basque.

La soudaineté de la décision des médecins avait précipité leur propre décision de vendre le restaurant, aussi dès après-demain se retrouvaient-ils à la rue.

Le frère cadet d'Hippolyte, habitant en pays béarnais, avait proposé de les accueillir avec leurs meubles :

– Le garage est assez grand pour y mettre trois camions ! Et puis comme ça vous serez sur la région, ça facilitera vos recherches !

Ils n'aimaient pas s'imposer mais avaient accepté. Le temps était compté.

Il leur restait quatre semaines avant l'échéance.

Jamais ils n'avaient planifié d'emmener Mohcène dans leurs bagages.

Barnabé refusa la nouvelle bouteille que lui proposait Mohcène.

– On ferait mieux de remonter, dit-il. Ils nous attendent avec le champagne.

– Oui, fit Mohcène, absent.

Barnabé se leva.

– Tu sais, fit Mohcène en restant assis, j'en ai parlé à ton père...

Barnabé ne se rappela pas avoir jamais entendu Mohcène lui parler d'Hippolyte en disant : « ton père », c'était toujours : « le chef ».

– Et... qu'est-ce qu'il t'a dit ?

– Il m'a dit qu'il allait payer mon loyer pour plusieurs mois et me donner plusieurs salaires pour m'aider à redémarrer... C'est tout ce qu'il m'a dit... que des paroles d'argent...

Il se tut un instant, inclina sa tête dans l'ombre pour masquer ses yeux et lâcha pour finir :

– Je suis triste...

– Je comprends, fit Barnabé en lui posant maladroitement la main sur l'épaule.

Alors le corps du vieil homme tressaillit sous une volée de sanglots, il se cacha le visage et murmura quelques phrases en berbère.

Au même moment, un étage plus haut, une silhouette grise se faufilait dans l'entrebâillement de la porte du restaurant. Un filet d'air glacé vint s'épuiser à l'intérieur. La porte claqua. M. Perle venait de partir.

Dehors, il remonta le col de son pardessus élimé, réajusta sous son épais chandail les couches de papier journal et se dirigea en direction de la station de métro.

Il marchait d'un bon pas, palais réjoui, ventre plein, pieds au chaud. Il n'y avait aucune valeur en ce monde qui lui donne envie d'échanger sa place contre celle de quiconque avait participé à ce repas. Particulièrement, Joséphine et Hippolyte. Pour eux l'inconnu était à venir.

Lui avançait avec la certitude de n'avoir rien à perdre.

A Pigalle, il introduisit le ticket de métro donné par Thomas dans le portillon automatique.

Empruntant la direction Mairie d'Issy, il froissa et jeta le ticket. Il disparut au détour du couloir et se mit à siffloter. On n'entendait plus que son pas rapide et *Le pont de la rivière Kwaï*.

Un quart d'heure plus tard, Barnabé et Mohcène remontèrent de la cave, encombrés de bouteilles de champagne.

Entre-temps, Hippolyte avait exposé le gâteau à l'admiration générale.

Il y avait ceux qui le connaissaient déjà pour avoir participé à l'un des anniversaires de Barnabé et ceux qui découvraient pour la première fois cette montagne de gourmandise, mais chez tous se déclenchait la même pensée au même instant : où vais-je trouver la place de mettre ça ?

Paul s'en voulut d'avoir repris du munster à trois reprises. Oscar pensa aller se faire vomir dans les toilettes. Mylène se jura qu'à l'avenir elle n'achèterait plus de jeans moulants. Thomas regretta d'avoir mangé autant de pain avec sa sauce. C'était la particularité de cette pâtisserie de provoquer remords et repentirs.

– On devrait l'appeler confession postprandiale, avait suggéré Barnabé le jour de ses trente ans.

Pas moins d'un couteau à côte de bœuf était nécessaire.

Hippolyte empoigna le manche en corne et la lourde lame d'acier entama le gâteau, dévoilant les strates appétissantes.

Joséphine emplissait les premières assiettes et s'apprêtait à les distribuer.

– Il faudrait inventer ce gâteau avec plus de coins, fit Oscar en tendant son assiette.

Les portions d'angle emportaient les suffrages des inconditionnels car comportant de la chantilly sur deux faces.

– De forme octogonale..., rêva Barnabé.

Et il l'imita.

Mais une troisième assiette s'interposa.

– Attendez, vous deux, protesta Maria, les dames d'abord !

Joséphine hésita. Trois assiettes, trois bouches et six yeux avides se disputaient deux parts.

– En dehors de tout compromis, raisonna Barnabé, il faudra se résoudre à attaquer le troisième coin...

– Certainement pas ! s'indigna Joséphine. On ne va pas commencer à l'entamer des deux côtés !

D'office elle servit l'une des parts convoitées à Maria qui se rassit en ricanant. Elle voulut faire un bisou à Barnabé. Il refusa l'offre vénéneuse.

– De toute façon c'est pas un pudding de mariage d'Anglais, fit Hippolyte, on ne va pas en garder la moitié au coffre, de ce gâteau... Allez !

D'un geste rapide, il amputa la seconde largeur de son bord extrême et l'offrit à son fils.

– Et pour le quatrième coin, pas d'amateur ?!

Puis sans attendre la réponse : Alors il est pour moi !

Il se le trancha, se le réserva sur une assiette à part.

En quelques minutes le dessert fut dépecé, les bouchons de champagne envolés et les coupes débordées.

Joséphine et Hippolyte prirent place parmi les jeunes. On mangeait en silence. Un sentiment d'achevé se répandait.

Tatave avait laissé la moitié de sa part. Effondré sur l'épaule de sa mère, il dormait en rêvant à son pote le cauchemar. Anne-Françoise fut la première à parler de départ.

– Il est presque la demie, dit-elle en désignant l'enfant.

– Oui, acquiesça Paul.

Puis à voix basse à Barnabé :

– On va y aller...

Barnabé bougea lentement la tête de bas en haut, il dit juste :

– Demain je ne serai pas là, je dois aller à Bruxelles pour la journée... Tu veux bien me rappeler après-demain ? J'aurai quelque chose à te demander... d'accord ?

– D'accord...

– Tu... tu as un peu de temps en ce moment ?

– Oui, ça va...

– Bon..., reprit Barnabé... je t'expliquerai... une idée... vague...

Barnabé parlait peut-être juste pour prolonger encore un peu l'instant.

– D'accord, d'accord.

Ils se serrèrent la main. Gauches. Ils n'aimaient pas ça.

Paul se leva et prit Tatave dans ses bras. L'enfant était lourd. Il ne broncha pas, déjà si loin.

– On va y aller, madame Iroulégui, fit Anne-Françoise...

– Bien sûr, ma chérie, bien sûr...

– Vous êtes en voiture ? demanda Thomas.

– Oui.

– Vous pouvez me déposer dans le XVIIIe, je vais chez une copine ? Puis se retournant vers Hippolyte : Je vais profiter du taxi.

Paul finissait d'enfiler son anorak à Tatave, Anne-Françoise passa son manteau, Thomas se joignit à eux.

Les autres les saluèrent.

Joséphine et Hippolyte les accompagnèrent jusqu'à la porte.

Thomas insista pour avoir l'adresse du frère d'Hippolyte, il viendrait prendre des Polaroïd des travaux de démolition du restaurant et les leur enverrait pour la petite histoire.

Paul promit à Hippolyte de réparer l'oubli du

moulinet. Dès demain il irait en acheter un autre qu'il lui ferait parvenir par Barnabé.

Anne-Françoise embrassa Hippolyte. Il la serra fort contre lui en jurant qu'il faudrait plus d'un chirurgien professionnel pour l'abattre.

Tatave émit un petit gémissement quand Joséphine troubla son sommeil d'une légère caresse. Il ne l'entendit pas dire :

-Dors bien, mon cœur... La prochaine fois que tu nous reverras, tu ne te souviendras même pas de nous...

Ils promirent, au contraire, de se revoir bientôt. Dès que la maison serait achetée et Hippolyte rétabli, ils viendraient. Tatave serait ravi d'apprendre le surf.

Puis ils ouvrirent la porte et s'en allèrent.

Voilà.

C'était fait.

Les premiers étaient partis.

Hippolyte revint s'asseoir auprès de Barnabé.

Rêveur, il se servit du champagne et contempla le mystère des bulles qui viennent de nulle part. La proximité de son fils le rassurait.

Quand Barnabé aura trente ans de plus, il sera peut-être assis, comme ça, sur une banquette, dans un restaurant, son fils à ses côtés.

C'est une image qu'Hippolyte aimerait voir. C'est à ça que servent les miroirs.

Il approcha la coupe de ses lèvres et savoura à petites gorgées.

– Ça, c'est du bon, dit-il, yeux mi-clos, je leur ai écrit qu'ils continuent à m'en livrer, pour ma consommation personnelle.

– Tu n'es pas obligé d'en commander une grande quantité ?

– Et alors ? J'ai l'intention d'en boire encore pendant de nombreuses années, figure-toi... Et comme ça je le touche au prix de gros. Maintenant qu'on est à la retraite, faut qu'on fasse attention aux prix, tiens !

Les deux hommes se regardèrent et sourirent. Hippolyte emplit deux nouvelles coupes de champagne. Il en proposa une à Barnabé et tendit l'autre à Maria en lui disant :

– Un jour on a expliqué à Barnabé que le Père Noël n'existait pas, que c'était nous, la cheminée, la fausse barbe, etc., etc., et tu sais ce qu'il a répondu ?

Barnabé baissa les yeux en pensant aux deux classiques qui provoquaient immanquablement le ravissement de ses parents.

A l'âge de trois ans, à sa mère qui le traitait d'âne, il avait répondu : « Ane-orak ».

A quatre ans pour obtenir une glace, il s'était plaint à sa grand-mère : « Les autres, ils me battent », en parlant de Joséphine et d'Hippolyte.

Insolent et menteur. Certes, l'enfant avait un don. L'Académie serait en demande.

Mais là, Hippolyte exhumait une pièce rare.

– Euh... non, répondit Maria après avoir fouillé dans ses souvenirs... Celle-là il ne me l'a jamais racontée.

– Eh bien, reprit Hippolyte avec malice, il a réfléchi quelques minutes ce morpion et puis il nous a dit : « Alors Dieu non plus il existe pas... »

Maria écarquilla les yeux.

– Crois-moi, ça te fiche un coup quand ton môme de cinq ans se met à te faire réfléchir... Tu crois en Dieu, toi ?

– Non, je ne crois pas, répondit Maria aussitôt.

Hippolyte but une gorgée de champagne et poursuivit :

– Une nuit, avec ta mère, expliqua-t-il à Barnabé, on était à la campagne, dans un champ, et on regardait le ciel plein d'étoiles. Et on se demandait pourquoi il n'y avait pas des étoiles partout, à l'infini... tant d'étoiles que le ciel serait rempli de leurs lumières... et que la nuit serait blanche, comme illuminée de milliards de milliards de bougies...

Il s'arrêta un instant pour guetter les visages de Maria et Barnabé. Captivés, ils écoutaient.

– Ce n'est pas la preuve que Dieu existe, ça ? reprit-il. S'il n'y n'a pas d'étoiles partout... c'est que ça s'arrête quelque part... Et s'il y a... comme une frontière de l'univers... c'est qu'il y a bien un douanier, non ?

– Je ne sais pas, papa...

Hippolyte se fit plus grave.

– Des fois, en ce moment, j'aurais envie de croire, ajouta-t-il dans un souffle.

Joséphine, à l'autre extrémité de la table, parlait de sa future maison avec Bimtou, Agamemnon, Daniel et Danièle.

– Je ne pense pas que je vais m'ennuyer, on choisira une maison près d'une ville de la côte basque, peut-être Saint-Jean-de-Luz... Comme mon mari est du pays, ce sera facile de s'intégrer... c'est un si joli port... Vous saviez que Louis XIV s'était marié là-bas ?

Tous les quatre se partagèrent une belle moue d'ignorance.

– C'est parce qu'il épousait l'infante d'Espagne, ça lui faisait moins de trajet à la petite, expliqua Joséphine avec fierté. Ensuite ils ont fait murer la porte de l'église par laquelle ils avaient pénétré dans l'enceinte sacrée, afin que nul ne la franchisse plus jamais...

– Comment ils sont ressortis alors ? demanda Daniel.

– Ils l'ont pas murée pendant la cérémonie, idiot, répliqua Danièle.

Daniel, estomaqué du ton adopté, se tassa au fond de la banquette, fuyant le regard doucement ironique de Bimtou.

– Et puis, continuait Joséphine, je vais me remettre à la peinture...

– Alors vous allez la faire cette fois-ci votre expo ! fit Agamemnon.

Il faisait allusion à Marbot, l'un des organisateurs du Salon des indépendants, dont Joséphine avait en son temps décliné l'invitation par timidité.

L'homme venait dîner régulièrement en compagnie de propriétaires de galeries de la rive droite et de peintres de la rive gauche. On mesurait les intérêts réciproques de ces pratiquants d'art au millésime des armagnacs offerts en fin de repas.

Une tournée d'eau-de-vie de 1939 réglée par le propriétaire d'une galerie avenue Matignon signifiait au peintre que sa cote était en baisse et que de jeunes loups poussaient du côté hyperréalisme.

La complète en armagnac de 1929 signifiait au contraire de la part du peintre que des propositions d'exclusivité lui avaient été susurrées en américain, aux environs de la 5e avenue.

Quant à la générale, doublée, et vous m'en remettrez encore une après, d'armagnac 1900, elle annonçait de la part du propriétaire de galerie un prochain déménagement sur les Champs-Elysées, l'ouverture d'une annexe à Tokyo et une offre de mensualisation au peintre, rêve caressé par tout artiste.

Ces dîners finissaient fort tard, bien après le départ de tous les autres clients. Le plus souvent Hippolyte était déjà monté se coucher et Joséphine veillait, depuis sa caisse, l'œil posé sur la comptabilité, l'oreille dressée en direction de conversations enflammées où l'on se demandait si le jaune Fragonard uni au bleu Vermeer donne un vert, plus, ou moins, Véronèse.

Vers 2 heures du matin, on sollicitait fréquemment l'avis de Joséphine à propos du bleu de cérulé.

– Oh ! c'est mon préféré, répondait-elle, car du blanc dans du bleu ce n'est jamais bon...

Malicieuse elle ajoutait :

– Mais que pensez-vous du jaune Poussin ?

Et tout le monde éclatait de rire.

Un soir de 1900, Marbot insista pour que Joséphine dévoile certaines de ses toiles à ses amis.

Il insista.

Elle refusa.

Ils insistèrent.

Elle céda.

A cette occasion il lui proposa d'exposer *La brouette pleine de fleurs* au prochain Salon. La pression amicale la fit accepter.

Mais la veille du vernissage, dans le taxi qui la menait au Grand Palais, les mains crispées sur son cadre, Joséphine fut la proie d'une crise aiguë d'humilité. Elle demanda brusquement au chauffeur de faire demi-tour.

Curieusement, elle n'exposerait jamais.

Le très vexé Marbot ne remit plus jamais les pieds dans sa « cantine ».

Aujourd'hui, *La brouette pleine de fleurs* a réintégré sa place au-dessus de la télé et Joséphine en rougit encore de honte.

Aussi répondit-elle à Agamemnon :

– Non... je n'exposerai pas... juste pour moi, je peins juste pour moi...

Oscar était épuisé.

Il évitait de regarder Bimtou, assise juste en face de lui.

Mais comment faire dans une pièce dont chaque

mur est couvert de miroirs ? Les regards ricochaient, le hasard jouait au billard avec les reflets, les trajectoires finissaient par se croiser.

Quand ces pupilles se rencontraient, une fraction d'instant, elles échangaient un peu de regret, puis subtilement déviaient, reprenaient leur course, cherchaient un point où se fixer, une conversation à partager, un havre de repos.

Oscar ne voulait pas que Lydie surprenne ces œillades.

Elle n'avait rien dit depuis longtemps, avait mangé son dessert en silence.

Oscar avait peur.

Mylène s'étira et posa sa main sur son estomac tendu en soupirant bruyamment.

– Bon ! Combien de cafés ? demanda-t-elle en filant vers le comptoir.

Plusieurs mains se levèrent et furent commentées.

– Deux serrés dont un double, récapitula Mylène en se faufilant derrière le percolateur, un crème, un déca et trois légers !

Elle heurta violemment le porte-filtre contre un billot de bois vissé sous le comptoir. Les chocs résonnèrent dans la salle quasi silencieuse. Le café pulvérulent se répandit dans un petit seau en plastique. Le filtre fut nettoyé.

– Hé ! vous deux, demanda-t-elle en mesurant une double dose de café moulu, vous m'avez pas répondu ?

Lydie redressa la tête en souriant.

– Non, pas pour moi, merci, de toute façon on va rentrer... Toi t'en veux un ?

– Non, non, fit Oscar... On y va, hein ?

– Oui.

Ils se levèrent d'un coup.

Mylène haussa les épaules et enclencha le porte-filtre dans le percolateur. Elle abaissa la manette en poussant un cri de bûcheron.

La machine poussa un rugissement étouffé, la pression monta, elle trembla légèrement, les premières gouttes de café apparurent sous le filtre. Le niveau de mousse brune monta lentement dans les petites tasses.

Oscar avait revêtu son manteau, il embrassa Joséphine, une fois, deux fois, trois fois, quatre fois.

– A très bientôt, lui dit-il en se redressant... Merci pour tout... depuis des années... vous êtes...

Il hésita un peu.

– Vous et votre mari êtes des gens exceptionnels...

– Merci, Oscar, répondit Joséphine, émue. Tu es un gentil garçon.

Oscar, gêné, se pinça les lèvres. Lydie le rejoignit.

Elle aussi embrassa Joséphine.

Puis ils dirent au revoir à leurs amis.

Quand Oscar embrassa Bimtou, il sentit peser sur lui le regard de Lydie.

Ensuite Lydie embrassa Bimtou.

Rien ne transparut.

Hippolyte, toujours assis près de Barnabé, se leva quand ils s'approchèrent et les serra dans ses bras tous les deux ensemble.

– Allez ! A très bientôt ! Et merci d'être venus ce soir, ça m'a fait très plaisir.

– Au revoir, monsieur Iroulégui, dit Lydie, vous allez vraiment nous manquer... On n'ira plus jamais manger dans aucun restaurant, promis !

Hippolyte, flatté, lança dans un rire :

– Merci... Puis en se touchant le front du doigt : Attention à toi, Oscar, ne nourris pas trop le poussin, sinon il va se transformer en poule !

Puis ils s'en allèrent après avoir salué Barnabé et Maria.

Un dernier signe de la main et ils étaient dehors.

A peine la porte refermée, Julien bondit et retrouva sa sœur derrière le comptoir.

Il la bouscula au moment où elle enclenchait le porte-filtre, cette fois rempli avec du décaféiné.

– C'est bizarre comme ils sont partis, non ? dit-il. T'as vu ? Ils m'ont même pas dit au revoir...

– Mais non, tu te fais des idées, comme toujours... Ils étaient crevés, c'est tout...

– Non, non, je les ai trouvés bizarres toute la soirée, surtout Oscar... Moi je dis : « Y a de l'eau dans le gaz »...

Mylène haussa les yeux au ciel et abaissa la manette du percolateur. Aussitôt, un jet de vapeur jaillit à l'horizontale et manqua de la brûler.

– Merde ! Ça fuit !

Elle se recula vivement et donna un grand coup sur le manche du porte-filtre pour le caler.

– Merde ! Mais tu fais chier, cria-t-elle après son frère, si t'étais pas toujours dans mes pattes !

– Quoi ? C'est pas de ma faute !

– Mais si, regarde, tu m'as fait foutre ce truc de travers !

Le liquide coulait à toute vitesse, le déca était noyé. Mylène épongea autour de la machine, sans un regard pour Julien, humilié, qui promenait autour de lui des regards affolés.

– Et puis ça nous regarde pas, lâcha Mylène à voix basse, j'ai bien vu qu'ils étaient pas comme d'habitude... mais je vois vraiment pas de quoi tu te mêles !

– N'empêche... J'aimerais bien savoir...

Et Oscar, donc.

Comment pouvait-il deviner ce qu'allait décider Lydie ?

Pour l'instant il était assis à l'arrière d'un taxi.

La seule phrase qu'elle avait prononcée avait été leur adresse, annoncée au chauffeur. Rien d'autre. Il appréhendait le moment où ils se retrouveraient chez eux, seuls.

Plusieurs heures avaient passé.

Nu, Oscar était allongé sur son lit.

Lydie, à ses côtés avait épuisé ses larmes jusqu'au pardon. L'enchaînement de leurs corps venait d'étouffer sa rancœur.

Sa douleur l'avait rendue cannibale. Jamais elle n'avait fait l'amour avec cette envie de le faire jouir à en manger. Et dévorer la honte.

Avec les années, sa vie avait pris le goût d'Oscar et elle avait voulu lire dans ses yeux si elle pourrait réapprendre la confiance.

D'abord elle ne dit rien.

Ils se déshabillèrent puis se couchèrent.

Puis elle se laissa glisser le long de son corps et pour la première fois prit son sexe dans sa bouche.

Oscar écarquilla grands les yeux, tandis que son cœur chavirait. Il voyait, là-bas dressé dans la perspective de ses cuisses écartées, son membre dressé qu'elle aspirait et qui faisait gonfler sa joue.

Maintenant son regard était prisonnier de celui de Lydie qui ne le lâchait plus un instant. Il devait voir ces yeux qui déchiffraient en lui. Et entendre aussi, à chaque fois qu'elle laissait échapper son sexe congestionné, sa voix prononcer son pardon, des mots d'amour, avant de l'engloutir à nouveau, puis de plus en plus vite, de plus en plus souvent, jusqu'à l'affoler, jusqu'à ce qu'il explose au fond de sa gorge et se mette à pleurer. Vaincu.

Plus tard, Oscar avait fouillé Lydie de son sexe, de ses doigts, de sa langue. Il avait découvert un territoire nouveau, longtemps.

Il avait parlé aussi, avait promis un enfant.

De Bimtou il n'avait plus été question depuis l'aveu.

Le plaisir de Lydie avait eu la saveur d'un bien volé.

Mais il faut revenir au temps présent.

A Bimtou pour qui la vie n'existe pas en dehors des complexes multisalles où sont diffusés films américains et français promus à l'excès par les suiveurs, ou bien nids à bêtes et sièges pour nains, des salles où l'on projette les films abandonnés, programmes métis de jeunes auteurs d'aujourd'hui et de grands artistes d'hier attirant un public résistant à la pluie, parlant couramment l'anglais et préférant les sous-titres, musées défendant mille siècles trop tard les dinosaures et dix ans trop tôt les peintres de l'an 2000, et encore ses boutiques de fringues où le tee-shirt coûte 400 francs quand l'acrylique de vingt sur vingt, exposé au premier étage, se monnaye 60 francs, 100 les deux, les chèques sont acceptés sur présentation de la carte d'identité, et puis les concerts à saturer le métro, à ronger la pelouse des sportifs, et les avenues, noyées de lumières, autour du fleuve qui baigne certains des lieux les plus célèbres du monde. Et la tour Eiffel.

Elle pleure ainsi quelques larmes intérieures et secrètes sur le destin de Joséphine, exilée hors de Paris.

En pensant que toute personne devrait succomber à la force centripète, craindre par-dessus tout l'aspiration maléfique des espaces extérieurs, champs bouseux, montagnes givrées ou plages grillées.

En rêvant à cette nouvelle vocation des trains, avions, voitures ou bus, unique et humanitaire, transporter vers la capitale. Jamais l'inverse. On éviterait soigneusement les zones tampons, faubourgs et banlieues, on condamnerait boulevards extérieurs, périphériques et bretelles d'autoroutes, toutes ces voies de circulation dont les tentacules s'étirent déjà en direction de la campagne élémentaire.

Un embouteillage central vaut mille fluidités limitrophes.

En disant à Joséphine :

– Heureusement ! Vous aurez le TGV, là-bas ! Ça met Paris à cinq heures, alors si vous avez un coup de cafard, envie de voir les amis, une expo, des courses, hop ! Un petit saut dans le train...

Joséphine acquiesça en souriant. Elle s'était même renseignée sur les tarifs de l'abonnement à Air Inter.

– Oui, mais enfin nous devrons faire attention, répondit-elle, maintenant on n'a plus de revenus...

– Vous n'êtes pas encore tout à fait dans le besoin..., l'interrompit, amusé, Agamemnon.

– Non, mais l'argent de la vente, c'est tout ce qu'on a pour acheter la maison et vivre après... Oh ! ça ira bien sûr, mais il ne faut pas qu'on fasse de folies...

Danièle écoutait. Depuis le début du repas, une question lui brûlait les lèvres.

Elle se retourna vers les autres, ignorant si elle allait commettre une gaffe mais ces personnes lui étaient devenues suffisamment familières pour qu'elle éprouve à présent le désir de tout comprendre.

Daniel lui avait dit qu'Hippolyte était malade, mais un point lui paraissait obscur et contradictoire. Quelque chose manquait.

– Dites, madame Iroulégui ? Je m'excuse de vous poser cette question, fit-elle... mais vous êtes jeunes encore, votre mari et vous...

Elle hésita un instant, captant l'inquiétude de Joséphine, mais continua :

– Vous avez l'air de l'aimer tellement cet endroit et pourtant vous le vendez, vous le livrez à la destruction... Je sais que votre mari est malade, mais... vous n'auriez pas pu mettre le restaurant en gérance, le temps qu'il se rétablisse, et reprendre votre vie, ici, après ? Ma question doit vous paraître idiote...

Bimtou, Agamemnon et Daniel échangèrent des regards embarrassés.

Joséphine réfléchit peu. La jeune épouse de Daniel lui avait d'abord semblé empruntée. Maintenant cette forme de curiosité naïve et si naturelle la parait de séduction et de charme. Dans le silence brusquement formé, elle allait lui répondre quand Mylène fit irruption, ses tasses de café à la main.

– Le déca, c'est pour qui ?

Agamemnon leva la main.

– Et le très serré ?

Daniel se signala.

– Tu vas encore avoir du mal à dormir, lui fit

remarquer Agamemnon, avec une réelle nuance de sérieux dans la voix.

Daniel leva les yeux au ciel tandis que Bimtou masquait un sourire.

– Ecoute, t'es gentil, répondit Daniel, mais j'arrive encore à m'alimenter sans conseil, de temps à autre...

– Non, il a raison, le reprit Danièle. Tu sais bien qu'après tu tournes en rond toute la nuit...

Daniel resta muet. Il tournait la tête, à droite, à gauche, allant sans trêve de Danièle à Agamemnon, bouche grande ouverte de goujon hameçonné.

– Si tu veux, ajouta Mylène, je te fais un déca...

Cette fois, Daniel marqua une pause dans son roulis, face à Mylène, le temps de la transpercer de son œil noir.

Joséphine s'en mêla et ce fut la fin :

– Elle a raison, Daniel, c'est à ton âge que débutent les insomnies, il faut faire attention dès aujourd'hui... Tu ne prends rien pour dormir j'espère...

– Ben..., hésita Daniel.

– Si, fit Danièle, ça lui arrive au moins une ou deux fois par semaine.

– Ah ! dit Joséphine. Il faut perdre cette habitude rapidement.

– Avant tu ne prenais rien, fit remarquer Agamemnon.

– Bon ça va, ça va, lâcha Daniel sourdement. Puis à Mylène : Bien... et si tu me faisais plutôt un petit tilleul ?

Mylène répéta en riant :

– Et une tisane, une !

Puis elle s'éloigna vers son frère, tandis que Danièle et Agamemnon échangaient un vrai clin d'œil.

Le sourire sur le visage de Joséphine s'effaça rapidement.

Loin, autour d'elle ils étaient loin.

La question de Danièle l'entraînait vers ces mois pendant lesquels la maladie s'était imposée en creusant son lit dans le corps d'Hippolyte. Il avait fallu s'habituer à cette présence supplémentaire pour mieux la combattre.

Mais comment expliquer ce tribut qu'ils devaient maintenant payer à la guérison. Accepter l'arrêt. Elle releva les yeux et dit :

– Vous avez peut-être remarqué les petites marques bleues qu'Hippolyte porte au front et sur la base du nez, comme incrustées dans sa peau ?

– Oui..., répondit Danièle.

– Ce sont des tatouages faits par les médecins. Ils servent de repère pour les rayons qu'on lui fait à cause de son cancer... Un esthésio neurocytome... J'ai bien été forcée d'apprendre à prononcer le mot...

Joséphine se rappela ce mardi matin.

Hippolyte était revenu de l'hôpital Saint-Louis, marqué des tatouages bleus.

– C'est des viseurs ! La saloperie est là-dedans

entre ces trois croix, à quelques millimètres en dessous, avait-il expliqué en touchant du bout du doigt, sur sa peau, la surface circonscrite par les marques. Je suis à la fois le fusil à lunettes et la victime ! Messieurs les toubibs, tirez les premiers, visez au front et soyez sans merci...

Joséphine s'était approchée, sa main avait hésité avant d'effleurer les croix. On sentait un léger relief, une irritation minime qui devait disparaître dans les jours suivants. Puis elle avait regardé la pulpe de ses doigts, comme si l'encre avait pu déteindre. Rien. L'encre avait pénétré l'épiderme, absorbée pour toujours par Hippolyte.

Elle reprit son explication pour Danièle :

– La tumeur a été découverte relativement tôt... c'est pourquoi les médecins sont assez optimistes... Quand ils s'en sont aperçus elle était encore petite... une petite boule tout en haut à l'intérieur de sa narine droite...

Joséphine marqua une nouvelle pause puis reprit d'une voix calme et atonale, comme un médecin :

– L'esthésio neurocytome est un cancer rencontré dans certaines professions exposées à des irritations répétées des fosses nasales : les ébénistes où les menusisiers qui respirent continuellement des micro-échardes, des travailleurs dans les industries du pétrole, à cause des émanations de goudron... Mais chez un cuisinier... c'est la première fois qu'ils rencontraient ce cas... C'est un cancer rare qui se développe aux dépens des cellules olfactives, celles qui permettent de sentir... En croissant, il les détruit...

Julien s'approchait avec le tilleul de Daniel. En entendant les derniers mots prononcés par Joséphine, il s'arrêta. Il restait immobile, debout, derrière elle, sa tasse fumante à la main, espionnant du coin de l'œil en direction d'Hippolyte.

Celui-ci, là-bas, discutait toujours avec son fils, ne prêtant aucune attention à ce que révélait à présent Joséphine :

– Cela signifie qu'Hippolyte a pratiquement perdu sa capacité à percevoir les odeurs du côté droit... Les séances de rayon qu'il subit en ce moment achèvent de brûler la muqueuse et débordent un peu sur la gauche, aussi... Chaque jour, il perd un peu plus son odorat... Il y a des odeurs qu'il ne sent plus du tout, déjà...

Là, elle se tut un instant, déglutit difficilement pour conclure d'un souffle :

– Et l'odorat, c'est le goût... vous comprenez ?

– Oui..., répondit Danièle d'une voix blanche, je vous demande pardon...

Joséphine d'un sourire un peu forcé lui fit comprendre qu'elle n'avait pas à s'excuser. Elle posa sa main sur la sienne.

Un cuisinier sans goût n'est plus un cuisinier.

Tout l'avenir d'Hippolyte reposait sur cette simple constatation.

Plus que la perte de sa vie, c'était la perte de ce qui avait donné un sens à sa vie.

Il abandonnait ce métier avant que le métier l'abandonne.

L'issue était sans espoir puisque les médecins l'avaient informé de leur décision d'intervenir chirurgicalement.

La tumeur était prise à temps, les rayons en avaient atténué l'expansion, il fallait maintenant éradiquer, tailler dans la région.

– Mais rassurez-vous, monsieur Iroulégui, tout se passe à l'intérieur, on ne touchera pas du tout à votre visage... rien n'y paraîtra... à peine une fine cicatrice qui suivra l'aile du nez, presque invisible... Par contre, à l'intérieur, on va faire des dégâts... On va emporter la tumeur, un peu des structures osseuses et mordre sur les muqueuses nasales, à droite comme à gauche, pour prévenir une récidive...

Sans un mot, Hippolyte avait accepté en hochant la tête.

L'intervention achèverait d'anéantir le peu d'odorat qui lui restait et mettait fin à tout espoir de récupérer avec le temps.

Le médecin s'était levé et lui avait vigoureusement serré la main en ajoutant :

– Vous prenez une sage décision, monsieur Iroulégui, et vous vivrez, j'en fais le serment...

Le lendemain Joséphine et Hippolyte avaient pris la décision de vendre le restaurant.

Une nuance de rosé regagnait maintenant les joues de Joséphine, elle toussota discrètement et reprit la parole, le regard distant, perdu quelque part en haut et en arrière du visage de Danièle, dans l'alignement du portrait d'Hippolyte.

– Tout à l'heure avec l'espèce d'emmerdeur... le linguiste, disait Joséphine d'une voix douce. Pourquoi croyez-vous qu'il ait demandé à cette dame âgée de goûter la viande ? Parce qu'il n'est déjà plus capable d'en apprécier le goût avec certitude. Croyez-moi, avant il l'aurait goûtée lui-même et aurait remis ce type à sa place tout seul !

Joséphine avait parlé avec fierté. Yeux plissés.

Elle conserva cette expression rêveuse quelques instants encore.

En douceur, son attention se détourna du portrait, elle décroisa les jambes et de nouveau s'adressa directement à Danièle :

– Il travaille de mémoire, maintenant...

Puis se leva, naturelle, et commença à empiler les assiettes à dessert vides.

En silence elle accomplissait les gestes de tous les jours, manière de signifier la prépondérance de la vie.

Les enfants, c'est ainsi qu'on avait envie d'appeler le groupe de ces jeunes adultes impressionnés, la regardaient sans mot dire.

Julien s'assit, il tendit la tasse à Daniel qui la prit et fit tourner machinalement sa cuillère dans le liquide chaud.

Après plusieurs tours, il goûta et fit la grimace.

Il avait oublié de sucrer.

Hippolyte bâilla longuement.

Il était tard.

Depuis quelques minutes, Barnabé et Maria s'étaient tus, blottis l'un contre l'autre.

Hippolyte décrivit longuement la salle du regard. A tous ces objets, témoins de sa vie, témoins de l'enfance de Barnabé et de l'enfance de la plupart de ses amis, il adressait un adieu. Ce soir, un lieu s'éteignait.

– Bon ! fit-il en donnant un coup de coude à Barnabé, je ne vous fous pas à la porte, mais on a encore tout à ranger, on n'est pas couchés...

Barnabé s'étonna. Chaque soir depuis des années, Joséphine et Hippolyte procédaient au même rituel de rangement. Cela préparait la mise en place du lendemain et volait une demi-heure au sommeil.

– Ce n'est pas la peine, papa, ce soir...

– Ce n'est pas une raison, sous prétexte qu'on n'ouvre pas demain, pour se laisser aller, répondit Hippolyte, et puis... comme on dit qu'un bébé à peine né on le pose sur le ventre de sa mère pour lui faire retrouver quelque chose de familier, le rassurer et limiter le traumatisme... eh bien... des vieux qui partent... il vaut mieux leur laisser leurs habitudes, leurs petites manies... Ça rend leur départ plus facile...

Barnabé regarda son père avec une infinie tendresse.

Il acquiesça.

– Regarde ta mère, elle a déjà commencé à débarrasser... Tu sais, les vieilles bourriques c'est conditionné... on n'y peut rien... Allez, emmène tes amis...

Barnabé et Maria se levèrent pour rejoindre les autres au moment où Paolo et Riquet quittaient la cuisine.

Ils avaient délaissé leurs vêtements de cuisiniers et endossé jeans, blousons et santiags. Tous deux, comme vêtus d'un même uniforme. Tombé du camion. Echangé furtivement contre billets neufs tout frais sortis du distributeur. Rien à dire.

Sauf que les bottes de Paolo étaient d'une pointure trop petite pour lui. Ce qui expliquait sa démarche d'échassier maniéré.

Ils vinrent comme chaque soir se planter en face d'Hippolyte.

– Bon.... bon..., fit celui-ci en leur décochant un regard amusé... Tout est en ordre ? La mise en place dans la cuisine ?

– Oui, chef !

– Le gaz ?

– Oui, chef !

Hippolyte se fit préciser :

– Le général *et* le gril ?

– Oui, oui...

– Bien... et... le seau avec les patates épluchées, vous n'avez pas oublié de remettre de l'eau jusqu'en haut ?

– Non, chef !

– Je ne vais pas retrouver un sorbet tout fondu demain matin, parce que quelqu'un aurait oublié de le rentrer par hasard ?

– Oh ! non, chef...

Paolo se dandinait sur place. Riquet se tordait nerveusement les doigts. Tous deux pressentaient confusément qu'ils parlaient à Hippolyte pour la dernière fois. Leur apprentissage prenait fin. Ils déboulaient prématurément dans la vie. L'instant était précieux.

– Dès demain matin... vous allez voir Mme Aubade à l'école, hein ? Ce n'est pas la peine de perdre du temps pour trouver du travail.

– On a les lettres, chef...

– Travaillez dans de bonnes maisons et faites moi honneur...

– Oui, chef !

– Mais, Paolo, si tu fais tourner la béarnaise parce que tu passes ton temps à rigoler au lieu de surveiller tes casseroles, ce n'est pas la peine de dire que c'est chez moi que tu as appris !

– Oh ! chef...

– Et toi Riquet...

– Je sais, chef, l'interrompit Riquet, faut pas avoir peur de se brûler les doigts, faut pas avoir peur de se geler les fesses !

Hippolyte leur tendit la main.

– Alors au revoir, les gars...

Ils la serrèrent vigoureusement, Hippolyte leur glissa à chacun une petite enveloppe qui contenait

1000 francs.

Joséphine les embrassa en masquant maladroitement son émotion.

A Paolo elle dit :

– Bonne chance...

Et comme il répondait :

– Vous aussi, madame...

A Riquet elle ajouta :

– Je vous ferai communiquer notre adresse par l'école quand nous la connaîtrons... Ça nous fera plaisir d'avoir de vos nouvelles...

Puis ils saluèrent Barnabé et ses amis, promirent qu'ils se feraient un grand plaisir de les recevoir dans leur nouveau lieu de travail, dès qu'ils en auraient trouvé un. Daniel répondit le plus sérieusement du monde :

– Alors j'espère franchement que vous n'allez pas trouver du travail dans un restaurant chinois... J'ai horreur des échantillons et des soupes...

Juste avant leur départ, ils gratifièrent Mylène d'un sourire naïf que Julien jugea bébête.

Quand ils furent dehors, ils se retournèrent sur l'endroit où ils venaient de passer près de trois années et remarquèrent pour la première fois qu'il y avait un « s » à « propriétaires » dans le « IROULEGUI PROPRIETAIRES » inscrit sur l'auvent.

Puis ils s'en allèrent à pied en direction de la gare de l'Est.

Julien et Mylène se contorsionnaient pour enfiler leurs combinaisons de cuir, prétexte aux interminables et irrésolus échanges d'arguments entre partisans et adversaires de la moto.

Le seul élément novateur et digne d'être mentionné fut celui de Bimtou qui expliqua qu'en moto, en cas d'averse violente, on ne risque pas de périr noyé ou électrocuté, au contraire du danger encouru dans sa 403.

– Le mois dernier, j'avais doublé le toit à l'intérieur en agrafant des sacs poubelles... Je devais aller au Mans pour des photos... Il a plu sans arrêt, tout le trajet... et moi je voyais la bâche qui se remplissait et qui ployait, ployait... A Chartres les agrafes ont lâché... J'ai reçu au moins vingt litres de flotte... Y a eu une étincelle du feu de Dieu... un court-jus dans le tableau de bord... J'ai dû évacuer en urgence...

Agamemnon échangea son numéro de téléphone avec Danièle. Daniel notifia avec aigreur qu'il aurait pu aussi bien les leur communiquer lui-même. On n'avait qu'à lui demander après tout. D'ailleurs les deux numéros finissaient par 56. Il l'avait remarqué tout de suite.

Il enfila son duffle-coat en boudant.

Mohcène quitta la cuisine à son tour.

Disparaissant dans un imperméable trop grand pour lui, qui avait dû appartenir à Barnabé, le visage enfoui sous une casquette en cachemire beige, maculée de taches, il s'approcha timidement d'Hippolyte.

– Dis, chef ?

– Oui...

– Je me suis dit que si demain t'avais besoin d'un coup de main pour les cartons, pour préparer les déménageurs... eh bien, ça me ferait plaisir... Voilà...

Hippolyte accepta aussitôt. La rupture, demain, sans témoins, serait moins difficile. C'est ce qu'ils avaient pensé tous les deux.

– Dis, Momo, demanda Hippolyte dans la foulée, tu veux bien aller promener le chien, ce soir ?

– Bien sûr, chef ! fit Mohcène avec un grand sourire.

Mohcène aimait marcher avec Bull sur l'avenue large et déserte. Silhouette égarée dans la nuit du petit homme, un quart d'heure investi du pouvoir conféré par la possession d'un tel molosse. Si Bull faisait mine de poser sa crotte au beau milieu du trottoir, Mohcène le tirait en l'engueulant jusqu'à une grille de platane ou un caniveau. Le chien suivait en renâclant, mi-accroupi, yeux plus suppliants qu'à l'accoutumée, griffes râpant le bitume.

Quand Bull entendit cliqueter les maillons de sa laisse en chaîne, il constata avec bonheur qu'enfin le normal reprenait ses droits.

Etrange soirée, imprévisible et mouvementée, où toutes ses habitudes avaient été allègrement piétinées. A commencer par sa gamelle, qu'on avait carrément oubliée.

Le malheureux ignorait à quel point son existence menaçait d'être radicalement bousculée.

Dès le lendemain, l'invasion d'une cohorte de déménageurs allait réduire sans pitié son territoire vital, à force de meubles déplacés et de ballots entassés, au risque même de lui écraser la queue sous une lourde caisse en bois. Qui sait si on n'allait pas embarquer son coucouche en premier ?

Puis, lui qui n'appréciait guère les déplacements en voiture allait, plusieurs semaines durant, se retrouver ballotté, de maison à visiter en maison à visiter.

Une période bizarre aux allures de vacances mais sans véritable retour.

Enfin, cette nouvelle demeure avec un jardin auquel il faudra s'habituer. Pourquoi pas une cheminée avec ses incessantes et dangereuses projections de braises qui ont tôt fait de vous miter le poil ? Une vie de chien, quoi.

Maintenant, sur l'avenue, là-bas, Mohcène était assis sur un banc. Dans la lumière d'un réverbère. Bull à son côté se tenait droit, langue pendante, haletant légèrement.

Mohcène caressait doucement la tête du chien.

Il lui parla à voix basse. Personne ne put entendre.

Sauf Bull.

Pendant ce temps, à l'intérieur, Agamemnon, galamment, aidait Bimtou à enfiler la seconde manche de son manteau.

– Dis donc, apprécia-t-elle, en boutonnant mercredi avec jeudi.

– Dans ton état, lâcha-t-il faussement distrait...

Bimtou le gratifia d'une grimace qui laissait planer un doute sur son origine humaine puis se haussa sur la pointe des pieds et lui murmura avec grâce :

– Ta gueule...

Juste derrière eux, Julien, son casque à la main, adressa à sa sœur un sourire triomphant. Mylène l'attrapa par le bras et l'entraîna vers la porte.

– Tu as souvent raison, frérot, fit-elle en lui déposant un gros bisou sur l'œil, mais ça ne te sert pas à être plus heureux, c'est là tout ton drame...

Ils rejoignirent Hippolyte qui reculait en lâchant les épaules de Danièle. Sur chacune de ses joues brillait une empreinte au rouge à lèvres.

– Je vous souhaite beaucoup de bonheur avec ce zigoto, disait-il en désignant Daniel. Enfin, vous avez l'air solide, ça devrait aller...

Danièle le rassura.

– Ça ira, monsieur, ne vous inquiétez pas...

– Il n'y a pas de raisons, fit Daniel. Quand on s'aime on ne compte pas.

Quelqu'un ouvrit alors la porte et ils disparurent tous, rapidement, aspirés par la nuit.

Hippolyte glissa son pied dans l'entrebâillement de la porte qui se refermait.

– Hoh ! Mademoiselle ! cria-t-il à Danièle par l'ouverture qui laissait pénétrer le froid. Savez-vous pourquoi les cuisiniers peuvent tenir entre les doigts des assiettes bouillantes, si chaudes que le client ne peut les attraper sans se brûler ?

– Heuh... non ! répondit Danièle en forçant la voix à cause du vent.

– Parce qu'ils savent par quel bout les prendre !! clama autour d'elle un chœur de voix complices.

Hippolyte ôta son pied en riant et la porte effaça le visage stupéfait de Danièle.

Les laissant tous quatre seuls à l'intérieur.

Hippolyte et Joséphine.

Barnabé et Maria.

D'abord il y eut un petit silence de gêne.

Puis Barnabé, solennel, entama les trois mots de la vérité :

– Dans la vie...

Maria l'interrompit sur-le-champ :

– As tu déjà trait une vache ?

– Euh... non...

– Alors de quoi tu parles ?

Barnabé fronça les sourcils. Il cherchait à toute vitesse dans ses souvenirs.

– Parce que toi tu l'as fait ? demanda-t-il, suspicieux.

– Non, répondit Maria avec aplomb.

– Ben alors !

– Seulement moi je ne glose pas.

– Gloser, répéta Barnabé, outré... C'est ton rédacteur en chef qui utilise des mots barbares ?

Maria lui caressa doucement la joue.

– Je suis étrangère, ça ne m'empêche pas de savoir quand quelqu'un va dire une bêtise...

Il se retira, cherchant en vain un soutien dans les regards ironiques de ses parents, et reprit, ébranlé :

– J'allais juste dire que... en général... dans l'existence... il vaut mieux une assiette froide avec un plat chaud dedans... que le contraire...

– Oui mais si l'assiette n'est pas chauffée, reprit son père, la viande refroidit tellement vite que ça revient au même...

Puis Hippolyte s'avança pour l'embrasser et ajouta :

– Mais elle a raison... Finalement tout ça, c'est de la glose ! Si la viande n'est pas de qualité...

Barnabé étreignit son père.

Il souhaita de toutes ses forces que le malheur n'atteigne jamais cette force de vie qu'il sentait contre lui, ramassée entre ses bras, rayonnante.

Joséphine glissa à l'oreille de Maria :

– Prends soin de lui...

– Promis, répondit Maria, et prenez soin de vous... de vous deux...

– Ceux qui s'en occupent sont payés pour, fit Hippolyte qui avait entendu.

Hippolyte enlaça Maria si fort qu'il eut l'impression de lui dérober un peu de jeunesse. Il ferma les yeux.

Elle lui devait bien ça. En échange de son fils.

Il n'y a que le père d'un fils unique pour penser une chose pareille.

Maria se sentait bien.

Barnabé se détacha de sa mère avant que l'humidité qui lui montait à l'œil vienne s'épancher benoîtement.

Leurs mains restèrent en contact quelques secondes de plus.

Pendant ce temps les ultimes phrases s'échangèrent.

Barnabé expliqua qu'il ne pourrait aider demain.

Il devait s'absenter pour la journée.

Il serait de retour à Paris après-demain. Il viendrait aussitôt. Oui, oui, il se hâterait.

La fin de l'emballage et le départ étaient prévus pour après-demain en début d'après-midi. C'était l'estimation des déménageurs. Des professionnels, une maison de l'âge du siècle, à Pau, venus exprès. Ils n'attendraient pas.

On n'avait plus rien à se dire.

Les doigts glissèrent.

Lentement.

Une à une les phalanges de Barnabé s'échappèrent.

Sa mère eut du mal à retenir ses larmes.

Ils se retournèrent.

Ouvrirent la porte.
Sortirent.

Cette fois-ci tout le monde était parti.

Autour de la moto leurs amis les attendaient.

On parla encore de ce tournoi d'échecs qu'Agamemnon promettait d'organiser depuis des semaines.

Danièle révéla qu'elle avait été secrétaire de la fédération avant de travailler chez Michelin.

Julien proposa d'interdire le tournoi aux filles.

On convint qu'on en reparlerait au printemps.

On se quitta.

Le puissant moteur de la moto vrombit à plusieurs reprises.

D'un coup sec, Mylène replia la béquille.

Julien se serra fort contre sa sœur.

Il y eut une secousse quand la machine quitta le trottoir et mordit la chaussée.

Il abaissa la visière de son casque.

Gris fumé, le paysage commença à défiler.

Quand il relevait la tête vers le ciel il était heureux.

Bimtou s'éloignait à petits pas en songeant à ce

coup de fil qu'elle donnerait dès demain au gynécologue recommandé par Anne-Françoise.

C'était une femme. Elle préférait.

Il paraît qu'il y a des gynécologues qui essaient de vous sauter après un frottis.

On peut pas voir des culs toute la journée et penser à autre chose. Forcément.

Daniel et Danièle la suivaient d'une dizaine de mètres.

Ils la virent traverser la rue, atteindre la 403 et forcer sur la portière qui céda en gémissant.

L'énorme carcasse sombre sembla avaler Bimtou.

Ils écoutèrent les multiples ratés de l'antique moteur éprouvé par le froid.

Eux se dirigaient vers une station de taxi et Danièle dit simplement :

-Tu as eu raison d'insister... J'aurais été idiote de ne pas venir ce soir.

Barnabé et Maria avaient regagné la R 19.

La galerie était intacte.

Une fine couche de givre opacifiait le pare-brise.

Barnabé mit le contact.

Ses lunettes glissèrent sur son nez.

Il devina, à l'extérieur, la silhouette de Mohcène qui revenait en compagnie de Bull. Promenade accomplie.

Mohcène leur fit un petit signe de la main. Puis entra dans le restaurant.

Il ressortit seul quelques secondes après.

Barnabé le vit dans le rétroviseur qui s'enfonçait dans la nuit.

La voiture démarra.

Désormais seul sur l'avenue, Agamemnon composa lentement le digicode de la porte d'entrée.

Il pensa qu'on ne devrait pas avoir peur de la mort. Le blanc ne craint pas le noir. Ce sont deux systèmes qui ne devraient même pas cœxister. Un vivant ne devrait normalement pas envisager la mort.

Alors il se demanda : « Suis je déjà mort ? »

Et s'aperçut, comme la porte refusait de s'ouvrir, qu'il s'était trompé de code.

Il recommença en se concentrant. Il y eut un déclic. La porte s'ouvrit. Il disparut dans l'immeuble.

Deux minutes plus tard, six étages plus haut, la lumière s'allumait dans la petite chambre de bonne qu'il devait bientôt songer à quitter.

En effet.

Le contrat de vente avec la banque stipule clairement que l'acquisition concerne l'ensemble cadastré section 087 AB n° 86 pour une contenance de trois cent cinq mètres carrés. A savoir : Dans le bâtiment A, local au rez-de chaussée, comprenant salles de restauration, cuisine et vestiaire, ainsi qu'au premier étage, salle de réception et un appartement de trois pièces, ainsi que quatre caves réunies au sous-sol, ainsi que la chambre située au sixième étage, à droite, puis couloir à gauche, porte au fond donnant sur la rue.

Dans le restaurant les gestes s'accomplissaient sans le moindre mot.

D'abord, comme chaque soir, ils avaient trié les serviettes usagées par douzaines, puis les avaient nouées en ballots, ensuite ils avaient soigneusement aligné sur deux plateaux salières, poivrières et moutardiers, en séparant ceux qui nécessitaient un nettoyage et un remplissage.

Maintenant, Hippolyte finissait d'empiler les chaises tête-bêche sur les tables repoussées dans la moitié gauche de la salle.

Quand ce fut terminé, que tout fut prêt pour le lessivage du lendemain, il abaissa successivement les commutateurs principaux du tableau électrique.

Dans la pénombre paraissait maintenant se dresser une forêt pétrifiée, préhistorique, hérissée des pieds et des dossiers des chaises dont l'image était reflétée à l'infini par les miroirs.

Seul restait allumé, à la caisse, le faible abat-jour à la lueur duquel, depuis des années, chaque soir Joséphine effectuait sa comptabilité.

Elle vint s'asseoir et commença à taper le montant des additions, à calculer les services, puis au moyen du stylo dont elle avait fléchi la plume à force de chiffres elle consigna les résultats sur le grand livre de comptabilité.

En cuisine, Hippolyte écouta le ronronnement familier des moteurs des chambres froides. Il vérifia que les portes étaient hermétiquement closes puis longea le fourneau en laissant glisser son doigt sur la fonte encore tiède.

Nulle trace de gras.

Tout était impeccablement nettoyé, seules quelques épluchures coincées dans les filtres d'évacuation des bacs à laver avaient été oubliées. Il les attrapa entre pouce et index, les lâcha délicatement au-dessus de la poubelle, vide par ailleurs.

Il ouvrit les fours, les inspecta avec une mine satisfaite puis les referma.

Quand Joséphine entendit grincer la porte de la cuisine, les deux battants résonner encore une fois dans le calme, elle referma le grand livre de comptabilité.

Hippolyte la rejoignit.

Ensemble, ils contrôlèrent les verrous de la porte avant de gravir en silence l'escalier qui les menait à l'étage.

Ils arrivèrent face à la porte de l'appartement.

Alors ils se retournèrent et jetèrent un dernier regard dans la salle, au pied des marches, pour vérifier que chaque chose était à sa place.

Puis, comme tous les soirs, Hippolyte abaissa un interrupteur.

Et dehors, dans la nuit, s'éteignit l'enseigne en néon du Petit Marguery.

Le surlendemain, Barnabé, arriva en retard.

Il courut. Mais la porte était close.

Hippolyte et Joséphine venaient de partir.

Le dernier camion de déménagement manœuvrait sur le trottoir.

Barnabé le vit arracher, au passage, la branche basse d'un jeune platane desséché par l'hiver.

Elle se brisa. Et chut sur le sol.

Tandis que le camion gagnait la chaussée. Alors Barnabé repensa à ce repas. Il se dit qu'en tout cas les choses avaient dû se passer à peu près ainsi.

Et il eut envie de l'écrire. De parvenir à écrire cette simple histoire. Thomas n'était pas grand...

Pour les souvenirs. Pour son enfance qui disparaissait là-bas, dans le gris de l'avenue Trudaine, conditionnée en cartons, soigneusement emballés, entassés les uns contre les autres, protégés par des housses de jute grise, à l'intérieur du semi-remorque.

Et pour ses parents.

Et il signerait Barnabé Iroulégiu.

FIN

Cet ouvrage a été réalisé par la
SOCIÉTÉ NOUVELLE FIRMIN-DIDOT
Mesnil-sur-l'Estrée
pour le compte des Éditions Barrault
en octobre 1995

Imprimé en France
Dépôt légal : mars 1991
N° d'édition : 16514 - N° d'impression : 32361